O GAROTO DE LUGAR NENHUM

KATHERINE MARSH

O GAROTO DE LUGAR NENHUM

UMA HISTÓRIA DE CORAGEM E DA AMIZADE ENTRE UM JOVEM REFUGIADO SÍRIO E UM GAROTO AMERICANO

Tradução
Beatriz Galindo

Planeta

Título original: *Nowhere boy*

Preparação: Elisa Martins
Revisão: Mariane Genaro e Olívia Tavares
Diagramação: Anna Yue e Francisco Lavorini
Capa: Filipa Pinto e Eduardo Foresti
Imagens de capa: LenaTru/Shutterstock, Ranta Images/Shutterscock

CIP-BRASIL. CATALOGAÇÃO NA FONTE
SINDICATO NACIONAL DOS EDITORES DE LIVROS, RJ

Marsh, Katherine
O garoto de lugar nenhum / Katherine Marsh; tradução de Beatriz Galindo. -- São Paulo: Planeta, 2019.
304 p.

ISBN: 978-85-422-1556-4
Título original: Nowhere boy

1. Literatura infantojuvenil 2. Refugiados - Literatura infantojuvenil I. Título II. Galindo, Beatriz

19-0184 CDD 028.5

2019

Editora Planeta do Brasil Ltda.
Rua Bela Cintra, 986 – 4º andar Consolação
01415-002 – São Paulo-SP
www.planetadelivros.com.br
atendimento@editoraplaneta.com.br

Para Sasha, Natalia e
as crianças do mundo.

Capítulo um

Eles esperaram de propósito por uma noite de julho nublada e sem lua. Era menos provável, os contrabandistas disseram, que a Guarda Costeira Grega os visse.

Mas agora a invisibilidade era um problema. A parte de cima do bote de borracha inflável estava pouco mais de dez centímetros acima do Mar Egeu, muitos centímetros mais para baixo do que quando tinham começado. Não havia terra à vista. O capitão lutava para fazer o motor ligar de novo enquanto as silhuetas de dezoito homens, três mulheres e quatro crianças se amontoavam. Alguns tinham coletes salva-vidas mal-ajustados; poucos sabiam nadar.

— Se o motor não pegar, nós vamos afundar — uma das mulheres disse, com sua voz fina aumentando pelo pânico.

Ninguém discordou.

Ahmed Nasser abraçou seu colete salva-vidas contra o corpo. O colete era pequeno demais para um menino de catorze anos, especialmente um quase tão alto quanto o pai. Ele se lembrou das histórias que tinha ouvido na Turquia sobre contrabandistas que vendiam coletes salva-vidas defeituosos que faziam com que pessoas afundassem em vez de flutuar.

Uma mão tocou seu ombro.

— Ahmed, minha alma, não tenha medo.

Ahmed olhou para o pai, sua silhueta grande espremida contra a lateral do barco. Uma câmara de pneu estava pendurada em seu ombro e ele sorria calmamente, como se soubesse que ficariam bem. Mas o cheiro dos corpos, suados e sem banho, os olhares aterrorizados, o movimento doentio das ondas agitadas diziam o contrário para Ahmed.

— A moça tem razão — Ahmed sussurrou. — O bote está esvaziando. Se o motor não ligar...

— Silêncio — seu pai disse.

Sua voz era de ordem apesar de gentil, como se ele estivesse acalmando uma criança. Mas Ahmed era velho o suficiente para entender a impotência que estava por trás. Ele pensou em sua mãe, suas irmãs e seu avô – será que sua morte seria pior do que foi a deles? Seu pai havia garantido que a deles foi indolor. Com certeza foi mais rápida do que isso. Não houve tempo para palavras falsas de conforto.

Menos de dez quilômetros separavam a costa da Turquia da ilha grega de Lesbos. Ahmed tentou achar as luzes de alguma terra ou até mesmo de outro barco, mas não conseguia ver nada. Onde estava a Europa? Onde estava o resto do mundo? Não havia nem mesmo uma estrela para prometer que um lugar melhor existia. O céu estava tão escuro quanto a água abaixo deles. Ele mal podia ver o relógio de aço inoxidável que seu pai estava usando no início da noite quando ele o prendeu no pulso de Ahmed. O relógio tinha sido do bisavô de Ahmed e tinha o nome de Omega Seamaster, o Mestre dos Mares, algo que parecia irônico agora.

— Baba, você sabe que eu não sei nadar — Ahmed sussurrou.

— Você não vai precisar — seu pai disse.

Mas a água estava encharcando os tênis de Ahmed. Ele podia senti-la indo de um lado para o outro no fundo do bote. As pessoas jogavam malas no mar, tentando diminuir o peso. Ahmed ficou vendo as malas balançarem e depois flutuarem para longe ou afundarem. Algumas pessoas tentavam escoar a água com garrafas plásticas, mas isso mal parecia fazer alguma diferença. A mulher na frente deles começou a chorar. Pela primeira vez, Ahmed percebeu que ela estava segurando um bebê em um *sling*.

— Não chore — o pai de Ahmed disse para ela, com um tom leve. — Já tem água suficiente neste bote.

Mas isso só fez a mulher chorar ainda mais.

— *Allahu Akbar* — várias pessoas rezavam.

— Baba...

— A mulher tem razão — seu pai interrompeu. — Precisamos manter o barco em movimento. Mas você não vai afundar. Nem os outros.

Ahmed o viu olhar para a mulher e o bebê, então para os outros estranhos desesperados e assustados no bote superlotado. Baba puxou a câmara de pneu de seu ombro e passou pela cabeça de Ahmed e pelo seu peito. Então, ele se curvou e sussurrou em seu ouvido:

— Me desculpe, minha alma. Preciso te deixar por um momento.

— Me deixar? Onde?

Mas seu pai já tinha ido para longe.

— Baba!

Ahmed tentou alcançá-lo, mas percebeu que seus braços estavam presos pela câmara de pneu. Quando conseguiu soltá-los, o pai já tinha passado a perna pela amurada do bote.

Ahmed se inclinou para a frente para agarrá-lo, porém era tarde demais. Seu pai escorregou para a água escura como uma enguia. Logo depois reapareceu, só com a cabeça fora da água.

— O que você está fazendo? — Ahmed gritou para ele.

— Precisamos empurrar o bote. — Seu pai passou os olhos pelo grupo de passageiros. — Mais alguém sabe nadar?

Eles eram de vários lugares – Síria, Afeganistão, Iraque –, mas Ahmed percebeu, pelo olhar desamparado com que se olhavam, que tinham uma coisa em comum: nenhum deles sabia nadar.

Mas uma voz atrás dele disse em um árabe com sotaque iraquiano:

— Eu sei.

Ahmed se virou. Um homem pequeno e magro tirou a jaqueta e depois a blusa. Então as entregou para a mulher ao seu lado, que as dobrou com todo cuidado, para deixar claro que ela esperava que ele voltasse. Uma menininha estava sentada entre eles, meio engolida pelo seu colete salva-vidas.

— Eu também sei — disse o capitão. Ele parecia envergonhado por causa do motor, mas Ahmed sentia que não era sua culpa. Na verdade, ele não era bem um capitão. Era apenas um estudante de engenharia de Homs que os contrabandistas escolheram entre os refugiados para pilotar o barco. Sua tarefa ingrata tinha lhe garantido uma boia laranja retangular. Ele jogou a boia no mar e então mergulhou para buscá-la.

Ahmed tentou dar a câmara de pneu para o pai, mas ele se recusava a pegá-la, dizendo que diminuiria a sua velocidade. Os homens nadaram para a frente do barco e, enquanto um passageiro iluminava a água escura com uma lanterna, eles amarraram o cabo de reboque em volta da boia, conversando baixo demais para Ahmed ouvir. Então cada um deles segurou a corda com uma mão, batendo os pés e remando com o braço livre. O pai de Ahmed nadava na frente, com os dois homens atrás dele.

O bote foi para a frente, como se uma mão gigante tivesse dado um empurrão.

Gritos de alegria e de "Louvado seja Deus" eram ouvidos dos passageiros. Os que estavam no centro do bote pegavam água com garrafas e passavam para os que estavam nas pontas esvaziarem. Enquanto esvaziava garrafas, Ahmed sentiu seu medo diminuir, sendo substituído pelo orgulho de que era seu pai quem guiava os nadadores. Isso o lembrou dos fins de semana muito antes da guerra, quando sua família fazia churrascos e piqueniques com amigos na periferia de Alepo. Tarde da noite, seu pai guiava o *dabke*, rodopiando na linha de dançarinos enquanto eles davam as mãos e batiam os pés ao som de tambores e pandeiros. Ahmed olhava para o céu cheio de estrelas e se deixava levar, sabendo que Baba estava no comando.

Porém, meia hora mais tarde, ele foi tirado de suas memórias quando o vento aumentou e as ondas agitadas balançaram o bote. Às vezes elas passavam por cima das bordas flácidas e Ahmed podia ouvir a água bater no fundo do bote. Ele olhava ansioso para o feixe de luz que iluminava seu pai e os outros nadadores. A espuma das ondas batia na cabeça deles, diminuindo seu ritmo, mas seus braços livres continuavam tentando remar.

Uma forte chuva de verão começou a cair. Em minutos, Ahmed estava ensopado. Ele disse a si mesmo que uma chuva tão grossa nunca duraria muito, mas ela deixou o mar ainda mais agitado. Os nadadores puxavam o bote direto para as ondas. Ele se empinava e resistia, esticando a corda, mas continuava flutuando.

Então veio uma onda lateral.

Ahmed não pôde ver, mas ele sentiu. A onda balançou o bote para um lado e pareceu segurá-lo, como se considerasse o valor de quem estava lá dentro. Ahmed respirou forte, esperando a embarcação virar. Mas a onda a fez deslizar para baixo, varrendo os nadadores e deixando-os completamente escondidos. Então, o movimento arrancou a corda do bote e a jogou na escuridão.

Houve um segundo de choque silencioso antes de todos começarem a gritar, virando a lanterna dos celulares para a água.

— Onde eles estão? Alguém consegue ver?

O capitão cuspiu água para a superfície. O iraquiano surgiu logo depois puxando ar, com a mão ainda segurando a corda.

Mas onde estava Baba?

Lá longe, através da chuva, Ahmed pensou ver a cabeça de seu pai flutuar na superfície.

— Baba! — ele gritou.

Mas não houve resposta, e então o garoto olhou de novo, e tudo que conseguiu ver foi a espuma branca das ondas.

Capítulo dois

Max Howard quase engasgou com o waffle.

— Vocês o quê?

Ele sabia que devia ter suspeitado quando seus pais sugeriram um segundo waffle no dia. Eles haviam acabado de sair da Grand-Place, a enorme praça no centro de Bruxelas onde os turistas ficam boquiabertos com os prédios e seus ornamentos dourados. Era o terceiro dia deles na Bélgica, e sua mãe queria tirar uma foto de família lá. Max achava que ela iria postar a foto no Facebook com algum comentário bobinho do tipo "Começando nosso ano incrível na Europa!".

Essa era a primeira vez que Max ia para a Europa, e, como quase tudo que ele havia visto até então, a Grand-Place não parecia real. As ruas estreitas de paralelepípedos em volta da praça eram cheias de lojas de chocolate, barracas de waffle e lojas de lembrancinhas que vendiam canecas de cerveja e chaveiros do *Manneken Pis*, a estátua do menininho fazendo xixi que era a mascote de Bruxelas. Turistas falando em um burburinho de línguas passaram pela mesa deles na frente da loja de waffles e, apesar de parecer manhã, os garçons estavam começando a mudar os quadros de café para o jantar. Mas mesmo com a névoa do fuso horário, Max sabia que havia alguma coisa muito errada com o que seus pais contaram para ele.

— Achei que eu ia para a escola americana. Igual a Claire.

Ele encarou sua irmã mais velha do outro lado da mesa de metal. Será que ela sabia? Mas ela só jogou seu cabelo loiro e continuou a mandar mensagens para um dos seus milhões de amigos de

Washington. Max estava com vontade de arrancar o telefone da mão dela e gritar: "Traidora!". Na cidade deles, ela sempre dizia para ele tudo que seus pais queriam fazer; ela até o ajudava com estratégias para não deixar seus pais surtarem por causa de suas notas. Mas ela havia ficado ainda mais brava que Max quando os pais anunciaram que eles iriam se mudar para Bruxelas por um ano para que seu pai pudesse ser um consultor de defesa da Otan, uma aliança militar fundada para proteger a Europa da Rússia. E agora ela estava deixando claro que ele estava por conta própria.

Sua mãe se inclinou para a frente na cadeira ao lado dele. Ela era pequena, não muito maior do que ele, mas de alguma forma ainda conseguia fazer Max se sentir preso.

— Claire está no ensino médio. Ela não pode ter uma aventura igual a você.

Mas a palavra "aventura" não enganava Max. Ele sabia o que ela realmente estava dizendo: "Claire é uma estudante nota dez que vai conseguir ir para Harvard ou Yale. Você mal passou no sétimo ano e temos medo de que você acabe vivendo no nosso porão".

Max virou-se para o pai. Ele estava bebericando um minicafé europeu, mas com seu rosto queimado de sol, bermudas cargo e uma camiseta da Maratona dos Fuzileiros Navais, ele era claramente americano. Max não tinha visto nenhum homem usando bermuda fora da Grand-Place.

— Pai?

Max sabia que seus pais quase nunca concordavam. No entanto, seu pai apenas sorriu, como se soubesse o que Max queria, e balançou a cabeça.

— É uma boa ideia, Max.

Max encarou os pais com desgosto. Ele teria incluído Claire também, se ela finalmente parasse de olhar para o telefone.

— Ah, vocês sabem que eu não falo francês?

— Você vai aprender — o pai disse.

— A sra. Krantz disse que você tem um bom ouvido — a mãe adicionou.

Max estava com uma sensação de que o lado advogada dela havia esperado para soltar essa evidência devastadora. *O que você disse?*, ele quase falou. Porém, era uma piada boba, e ele estava muito deprimido para fazê-la.

A sra. Krantz era uma especialista em aprendizado que seus pais contrataram em Washington, depois de Max ter reprovado em quase todas as matérias, fora História. Ela disse para seus pais que ele precisava trabalhar em suas habilidades de estudo e de foco, incluindo ser menos impulsivo. Mas isso era provavelmente só por causa do incidente com a bicicleta – depois que um menino maluco do nono ano pegou a bicicleta do seu amigo Kevin, Max decidiu persegui-lo. Não teria sido grande coisa tirando o fato de que o menino maluco do nono ano perdeu o controle da bicicleta quando Max o agarrou e fraturou o braço. Os pais do menino culparam Max e até mesmo Kevin havia ficado bravo com ele porque sua bicicleta ficou torta.

O incidente com a bicicleta, no entanto, não era nada comparado a isso. Aqui ele estava encalhado em um país estrangeiro esquisito onde as pessoas comiam carne de cavalo (sua mãe havia mostrado isso em uma loja, então ele sabia que era verdade) e falavam uma língua que soava como alguém tentando cuspir um catarro, além disso ele teve negado seu direito básico de se distrair em uma escola com uma língua que entendia. O ensino fundamental havia sido ruim o suficiente em inglês. E esqueça os amigos. Pelo menos havia alguns em Washington, como Kevin e Malik, que gostavam de brincar de jogos de RPG e de ler quadrinhos. Mas como ele iria fazer amigos se nem sabia como falar com eles?

Mesmo o clima parecia estar tirando uma com ele. Alguns minutos antes, estava ensolarado; agora nuvens cinzentas cobriam o céu.

Ele conseguia sentir sua mãe pressioná-lo, fazendo uma tempestade de falso entusiasmo.

— Você pode dormir bastante! A escola é logo na esquina. Claire precisa acordar cedo para pegar o ônibus...

— Ele não é *totalmente* idiota — Claire interrompeu.

Max poderia ter achado que ela estava em sua defesa, exceto pelo jeito como ela enfatizou a palavra "totalmente".

Sua mãe a encarou.

— Como é?

— Ele sabe que isso não é só uma atividade divertida. Todos nós sabemos.

— Claire — seu pai advertiu.

Max entendeu. Ela estava feliz em Washington com seus milhões de amigos. Ela amava Walls, a escola superseletiva onde havia acabado de terminar o nono ano. Mas ela agia como se a mudança fosse de algum modo culpa de Max, quando na verdade ele não tinha nada a ver com isso. E ele certamente não se sentia mal por ela agora. Pelo menos ela iria para uma escola em inglês.

Max empurrou seu waffle para longe.

— Eu não vou.

O tom de sua mãe era gentil, mas firme.

— Não é uma escolha, Max.

— Como eu vou passar o oitavo ano em francês?

Um grupo de turistas deu uma olhada para eles. Ele percebeu que estava gritando. Ele odiava como todo mundo em Bruxelas andava sombrio e silencioso, como se tivessem acabado de sair de uma briga. Mesmo as crianças eram mais quietas do que as americanas.

— Lá vamos nós — Claire murmurou.

— Ah, cala a boca — Max disse para ela.

Ela levantou os olhos de seu telefone e os fixou nele.

— Você não vai para o oitavo.

Pelos olhares nervosos que seus pais trocaram, Max instantaneamente soube que Claire estava falando a verdade.

— O quê?

— Nós achamos que seria mais fácil para você aprender francês se você repetisse o sétimo — seu pai disse.

Isso não era uma pausa de café-com-waffle, era uma emboscada! Max se levantou num pulo.

— Vocês vão me atrasar?

— Só pense em como seu francês vai estar ótimo quando você voltar para os Estados Unidos — sua mãe disse. — Você vai ser o melhor da sua sala!

O melhor. Sempre o melhor. Parecia que isso era a única coisa que importava para os seus pais. Max pegou os restos murchos de seu waffle e abriu caminho para passar por sua mãe até chegar ao lixo. Então ele os empurrou para dentro.

— Max! — ela gritou.

Max a ignorou, seus braços cruzados em cima do peito. Uma gota de água estava grudada contra seu rosto, e ele esfregou para tirá-la com as costas da mão. Perfeito. Estava começando a chover. Ele estava em Bruxelas há somente setenta e duas horas e já estava de saco cheio – dos carros pequenos; das nuvens de fumaça de cigarro; das árvores magricelas e aparadas demais, que pareciam amputadas; dos lanches gordurosos e das lojas de batatas fritas e *kebabs*; dos garçons grosseiros que se negavam a fazer qualquer coisa com pressa. Em uma única tarde, ele tinha quase sido atropelado por um bonde elétrico e havia pisado em cocô de cachorro (a cidade inteira era como uma pista de obstáculos de cocô já que ninguém em Bruxelas parecia limpar a sujeira de seus cachorros). Partes da cidade pareciam um livro, bem como ele havia imaginado, com janelas largas, floreiras e telhados íngremes; outras pareciam diferentes (Max nunca havia visto tantas mulheres usando lenços na cabeça). Mas nada disso o fazia se sentir em casa.

Uma onda de saudades o tomou. Ele só queria um hambúrguer – não o bife cru estranho que os belgas inexplicavelmente chamavam de "filet américain". Imaginou Kevin e Malik mastigando um daqueles bem gordurosos na lanchonete da Avenida Connecticut. O que ele não daria para estar lá com eles, discutindo o novo filme dos Vingadores e fazendo planos para uma festa do pijama. Pensou em mandar uma mensagem para eles, mas estava com vergonha demais de admitir que seus pais iam fazê-lo repetir o sétimo ano. Eles ainda seriam seus amigos no próximo ciclo se estivessem em séries diferentes?

Ele nunca havia se sentido tão sozinho.

Ouviu passos atrás de si e uma mão apertou seu ombro. Seu pai não era um homem grande, mas tinha um aperto firme e forte de seus anos de golfe e apertos de mão de Washington.

— Eu sei que isso meio que te pegou de surpresa.

— Qual parte? Mudar para a Bélgica? A escola em francês? Repetir o sétimo ano?

— Todas — ele admitiu. — Mas como sua mãe estava falando, é uma oportunidade e tira a pressão de passar de ano. Tudo que você precisa fazer é aprender francês...

— Tudo que eu tenho que fazer é aprender francês? Uma língua inteira. Uau, obrigado. Fico feliz que seja só isso.

Seu pai riu, e Max não conseguiu evitar deixar um pouco de sua raiva ir embora.

Os olhos de seu pai apertaram quando ele se inclinou para perto.

— De qualquer forma, tem apenas quatro palavras em francês que você realmente precisa saber.

Max, porém, não deixaria seu pai se livrar com uma piadinha. Encarou silenciosamente o outro lado da rua de paralelepípedos. Uma mulher com um lenço na cabeça estava parada na esquina, segurando um copo de café. Max não conseguia entender as palavras escritas a lápis que estavam na placa na sua outra mão, apenas as palavras *faim*, "fome", e *réfugié*, "refugiada". Max desejou não ter pedido o waffle, mas que tivesse dado os cinco euros para ela, ao contrário.

— Max, pare com isso — seu pai disse gentilmente —, só dê uma chance.

— Eu não tenho muita escolha, tenho? — ele murmurou.

— Assim que se fala! Agora, essas palavras... — seu pai olhou para os lados, como que para garantir que ninguém estivesse ouvindo. — *Où est la toilette?* — ele sussurrou.

Max resmungou.

— Onde fica o banheiro? Você está falando sério?

Seu pai bagunçou o cabelo castanho cacheado de Max.

— Olhe só! Você até já entende!

Capítulo três

Ahmed ouviu Ibrahim Malaki sem olhar para ele. Era mais fácil assim do que esconder como ele se sentia sobre as últimas más notícias.

Já fazia tempo que tinha parado de pensar em Ibrahim como o iraquiano. Ele era amigo de seu pai, mesmo que a amizade houvesse sido forjada em menos de um minuto quando os homens andavam no raso e trocavam promessas:

— Se alguma coisa acontecer comigo, cuide da minha família.

Mas agora, depois de quase um mês dormindo em uma barraca no Parc Maximilien, na periferia de Bruxelas, Ibrahim explicou que o Escritório Belga de Estrangeiros havia se recusado a garantir para ele e sua família a condição de refugiados.

— Eles estão nos pressionando a voltar para o Iraque — ele disse.

Ahmed olhou para o mar diante das barracas que se estendiam bem além da que ele estava dividindo com Ibrahim e sua família. Refugiados não podiam ter uma casa até serem registrados do outro lado da rua, no Escritório Belga de Estrangeiros. Mas durante todo o verão, as filas estavam tão longas que as pessoas precisavam esperar dias, até mesmo semanas, ficando sem opções que não fossem dormir no acampamento da Cruz Vermelha no parque. Ahmed gostava dos voluntários que mandavam lá e que compravam tudo; desde roupas e cobertores a alimentos quentes e fraldas para os bebês. Eles haviam até mesmo montado uma escola. Ahmed foi uma vez com a filha de quatro anos de Ibrahim, Bana, e aprendeu algumas frases em francês.

Contudo, o ministro do interior havia anunciado recentemente que iria fechar o acampamento. O verão estava acabando, mas Ahmed sabia que essa medida não era apenas uma reação ao clima. As caixas de madeira, reorganizadas como cadeiras e mesas, as roupas secando em cordas presas entre árvores, a tenda de primeiros socorros com sua cruz vermelha gigante, as pilhas de roupas doadas – tudo gerava um contraste incômodo com o vidro espelhado dos prédios de escritório que cercavam o parque. As autoridades não podiam mais justificar uma cidade de barracas no centro da capital da União Europeia.

Agora, a esposa de Ibrahim, Zainab, explicou que eles esperavam ficar com os parentes, vivendo em um bairro próximo de Molenbeek, enquanto Ibrahim recorria da decisão.

— Por ser um menor desacompanhado, você precisa ficar sob custódia do Estado enquanto eles processam seu caso — ela disse, gentilmente.

O estômago de Ahmed se apertou. Desde que a Guarda Costeira Grega os resgatou e os trouxe para a praia de Lesbos, ele não havia falado mais do que algumas poucas e necessárias palavras. Mas agora encontrou a que mais o aterrorizava.

— Sozinho?

Havia milhares de crianças refugiadas viajando pela Europa sozinhas. Ele conheceu algumas pelo caminho, ouviu os boatos e as informações que elas trocavam sobre em quais contrabandistas confiar e quais rotas eram as mais seguras. Algumas, como ele, eram órfãs; outras foram mandadas na frente com a esperança de que pudessem trazer suas famílias junto depois; poucas haviam sido separadas da família no caminho. Ahmed achava que ficaria com Ibrahim na Bélgica, pelo menos até conseguir terminar o ensino médio. Ele nunca havia considerado a possibilidade de que eles mesmos, Ibrahim e sua família, não pudessem ficar.

— Você vai se sair melhor sem a gente — Ibrahim disse. — Você é sírio, não iraquiano. Eles estão acolhendo os sírios...

Ahmed não queria viver na Bélgica. Ele não sabia quase nada sobre esse pequeno país enfiado entre a França e os Países Baixos como uma pedrinha no sapato. Seu pai havia planejado ir para a Inglaterra ou para o Canadá, onde pelo menos eles poderiam falar a língua. Ahmed só tinha ido para a Bélgica porque Ibrahim foi mandado para lá.

— Mas para onde eu vou?

— Tem um centro de recepção para menores desacompanhados. Você não vai ficar ao relento...

Ahmed estremeceu. Ele havia ficado em outros centros de recepção na Grécia e na Hungria; eram um pouco mais do que currais humanos onde os refugiados eram amontoados juntos, recebiam comida vencida e ouviam gritos de guardas impacientes. Ele havia jurado que nunca mais acabaria em outro daqueles. Já tinha ouvido o suficiente sobre o que os centros guardavam para meninos como ele: as lutas e os pesadelos de adultos cansados, a comida estranha, exames médicos e aulas de línguas. Levaria meses para descobrirem o que fazer com ele, meses nos quais pessoas que ele não conhecia e em quem não confiava ficariam cuidando dele. E quais eram as chances de ele encontrar outra família? É verdade, havia vários belgas simpáticos que traziam comida e roupas para o Parc Maximilien. Mas uma coisa era se voluntariar por algumas horas e outra era adotar um adolescente. Ele acabaria em estado de custódia até ficar adulto.

— Amanhã vamos juntos ao escritório de menores desacompanhados e vamos te registrar — Ibrahim disse.

— Não se preocupe, Ahmed — disse Zainab. — Vamos ficar em contato com você todo dia. Se você tiver qualquer problema, nós vamos ajudar.

Mas Ahmed sabia que não havia muita ajuda que eles poderiam dar do Iraque. E uma vez que se registrasse na Bélgica, ele se tornaria inelegível para se inscrever para ter asilo na Inglaterra ou em qualquer outro lugar. Era assim que as regras do asilo funcionavam. Ele ficaria preso na Bélgica para sempre.

Um medo ainda pior o agarrou. A única prova de que era sírio era um passaporte falsificado. Seu pai havia comprado no mercado negro da Turquia depois que eles fugiram da Síria. Os passaportes verdadeiros haviam sido destruídos naquele dia terrível. E se as autoridades não acreditassem que ele era sírio? Ele estava viajando com uma família iraquiana, ainda por cima. Estaria melhor se tivesse chegado sozinho.

E ainda havia a questão de sua idade. Ele tinha acabado de fazer catorze anos, mas todos achavam que era mais velho. A polícia poderia não ver o rosto de um menino, e sim de um jovem homem carrancudo, um possível terrorista. Não era esse o medo que ele havia visto surgir nos olhos de tantos europeus? Imaginou ser mandado de volta para a Turquia – todos aqueles quilômetros ganhos com dificuldade sendo perdidos, a morte de seu pai, em vão.

Ahmed lembrou da vida que havia imaginado com Baba na Inglaterra: ir para a escola em uma língua que podia pelo menos entender parcialmente, jogar em um time de futebol, comer peixe e batata frita enquanto assistiam às brilhantes defesas de David de Gea no gol do Manchester United. Talvez, apesar de não ter mais Baba, o destino estivesse dizendo para ele não desistir da Inglaterra. Pelas fofocas do acampamento, ele sabia que a melhor chance de chegar lá era pela cidade de Calais, na costa norte da França. Havia outro campo grande lá chamado Selva, onde refugiados esperavam uma chance de viajar através de um túnel com carros e trens embaixo do mar até a Inglaterra. Havia sempre alguns contrabandistas no Parc Maximilien, oferecendo caronas arranjadas até a França.

Ele deveria ir até Calais e ver suas chances lá ou ficar na Bélgica e tentar entrar no sistema sozinho? Tinha menos de quarenta e oito horas para fazer uma escolha que iria moldar o resto de sua vida. Passou a mão no relógio, imaginando o que seu pai lhe diria para fazer. Mas o Mestre dos Mares não dava respostas. Então, fez cócegas em Bana para se distrair com as risadas dela.

Capítulo quatro

Na manhã do dia primeiro de setembro de 2015, Max murmurou um tchau tenso para seus pais, então mergulhou no mar de crianças com uniformes azul-marinhos que entravam no pátio da École du Bonheur. Ele ainda não conseguia acreditar que o nome da sua nova escola era Escola da Felicidade. Parecia alguma piada cósmica.

Max respirou fundo e esfregou a palma suada das mãos. Em apenas sete horas, ele disse para si mesmo, seu primeiro dia teria terminado. Ficaria tudo bem. Como seus pais haviam lembrado, ele já havia feito o sétimo ano uma vez, que na Bélgica ainda fazia parte do primeiro ciclo do fundamental. Ele omitiu esse detalhe vergonhoso quando conversou com Kevin e Malik pelo Skype, e eles estavam ocupados demais contando para ele sobre o acampamento de programação e a batalha épica de armas de água que eles fizeram na casa de Malik para perguntar alguma coisa.

Max se deixou ser afunilado por uma porta de correr enorme para dentro de um corredor de tijolos. A conversa e os gritos se misturaram de uma forma que era familiar – o barulho típico do pátio da escola – e estranha. Aqui e ali, uma palavra foi registrada na cabeça de Max: *coucou*, a palavra engraçada para "oi", ou *l'été*, "verão", o que já parecia uma memória distante debaixo do céu frio e cheio de nuvens. Mas a maior parte das palavras era incompreensível, dando a Max o mesmo sentimento de separação e sonho que ele teve muitas vezes desde que chegou em Bruxelas, como se pudesse piscar e acordar e se descobrir em casa, em sua cama em Washington.

Enquanto a multidão se dispersava no pátio de asfalto, Max procurava a fila para o sétimo ano B. Mas, se havia uma ordem para o caos de crianças correndo e se dando beijos na bochecha igual a adultos, e jogando as mochilas enormes em pilhas no chão e chutando uma bola de futebol, Max não conseguia encontrá-la. Ele finalmente achou uma placa de papel para o sétimo B, que até ali estava, sem ajudar muito, escondida pela cabeça de Madame Legrand, uma mulher alta e loira que não sorria.

— *Mex Ou-Arde* — ela disse, virando para o menino enquanto ele caminhava até lá.

Por um momento, Max achou que ela estivesse chamando-o de ardido, mas logo percebeu que ela estava apenas pronunciando o nome dele com um forte sotaque francês. Isso o fez sorrir, até que percebeu que ela estava olhando para ele sem um sorriso, esperando por uma resposta.

— Sim — ele disse, afinal, se sentindo estúpido. — *Oui*.

Uma menina com óculos grossos e cabelo preto longo que estava na frente da professora mordeu o lábio e olhou para baixo. Max sabia que havia feito alguma coisa errada.

—*Oui, Madame* — Madame Legrand disse, dando ênfase ao *Madame*.

— *Oui, Madame* — Max repetiu.

Madame Legrand pressionou seus lábios juntos como se estivesse considerando se esse "*Oui, Madame*" era aceitável. Max imaginou se eles ficariam dizendo isso uns para os outros como em alguma piadinha engraçada, mas para o seu alívio o sinal tocou e ela acenou para ele até a fila e guiou todos para dentro.

A primeira hora de aula passou rápido, já que o que todos fizeram foi basicamente tirar materiais de escola novos e organizar as coisas na mesa. Max não sabia o nome da maior parte dos materiais escolares e também não entendia as instruções de Madame Legrand sobre onde colocá-los, mas estava sentado atrás da menina com os óculos e o cabelo comprido, que se chamava Farah, e só copiou o que ela fazia. A sala de aula era pequena e com cara de velha, com filas de mesas que se abriam para guardar coisas em vez de armários, quadros negros e giz no lugar de quadros inteligentes, e nenhum computador. Ele até mesmo precisava carregar um cartucho de tinta na caneta tinteiro que tinham que usar, uma tarefa que fazia Max sentir como se tivesse viajado não apenas para um país diferente, mas para um século diferente.

Quando tudo estava em seu lugar, Madame Legrand escreveu algumas linhas no quadro. Vinte e nove canetas tinteiro saltaram assim que todo mundo pôs-se a copiar as frases nos cadernos. Max começou a escrever também, mas a ponta de sua caneta tinteiro apenas arranhou o papel. Ele a chacoalhou e tentou de novo. Podia ver a impressão das letras no papel, mas não havia tinta. Max olhou para os lados – todos os outros estavam ocupados copiando. Ele desatarraxou sua caneta e tirou o cartucho. Estava carregando errado?

Max sentiu um movimento atrás dele e se virou. Um menino grande, com cabelos cor de areia, estava o encarando, com os olhos na caneta. Ele desatarraxou sua própria caneta, então pegou a ponta e imitou a ação de cutucar o topo do cartucho com ela.

Max instantaneamente entendeu. *Merci*, ele murmurou. O menino grande sorriu.

Então, Max se virou e fez a mesma coisa. No segundo em que colocou a ponta da caneta no papel, ele viu uma manchinha confortável de tinta azul. Mas logo depois a tinta estava vazando no papel e em seus dedos.

O menino grande atrás dele fez um som entre um soluço e uma risada, porém Max não tinha tempo para olhar feio para ele. A tinta estava por todos os lados. Max tentou limpar os dedos na camisa Oxford azul, encharcando-a com manchas grandes. Ele pressionou os dedos contra o papel, deixando digitais, mas a tinta estava por todo lugar agora – manchando suas unhas e entre seus dedos.

Max levantou a mão. Mas Madame Legrand, que ainda estava escrevendo no quadro, não o viu. Ele sentiu uma ponta de suor descendo pela lateral de seu rosto e a esfregou antes que pudesse perceber que agora provavelmente havia tinta no seu rosto também. Felizmente, ele sabia o que dizer.

— *Excusez-moi*.

Madame Legrand se virou com um olhar que parecia dizer: "Como você ousa me interromper?".

— *Où est la toilette?* — Então, ele lembrou e adicionou: — *Madame.*

Madame Legrand tinha muito a dizer sobre isso. Max tinha certeza de que sua resposta não era apenas um simples "Vire à esquerda e depois vire à direita". Mas ele não conseguia entender nada, então assim que ela terminou, ele repetiu a pergunta:

— *Où est la toilette, Madame?*

O menino grande atrás dele estava rindo ainda mais. Max sentiu a urgência de se virar e chutá-lo.

Madame Legrand suspirou alto.

— *Où sont les toilettes?* — ela corrigiu. Então acrescentou: — No final do corredor. — Simples assim. Em um inglês com bastante sotaque, mas ainda assim perfeito. Em vez de fazer Max se sentir melhor, ouvi-la falar em inglês fez ele se sentir ainda mais idiota.

A hora do almoço não foi muito melhor. Max pegou a sopa misteriosa e o prato de salsichas, batatas e alguma coisa roxa que a atendente entregou para ele. O gosto era melhor do que a aparência, mas antes de ele realmente conseguir comer, o sinal tocou e todo mundo correu para limpar a mesa. Então, com a mesma desordem da manhã, as crianças correram em direção à porta para o intervalo.

Uma de suas partes favoritas de ter avançado no ensino fundamental era que ele não tinha mais intervalos, apenas períodos livres, em que podia ficar tranquilo e jogar Talismã com Kevin e Malik. Mas agora havia voltado a ter intervalos, uma hora inteira deles. Enquanto o grupo empurrava Max para fora da porta e para a chuva, ele percebeu outra coisa. Ao contrário dos Estados Unidos, onde até mesmo uma ameaça de chuva mudava o intervalo do lado de fora para o lado de dentro, onde basicamente jogavam jogos de computador ou assistiam a um filme, a Escola da Felicidade não o cancelava por tempo ruim.

Da quadra de atletismo coberta onde as crianças se reuniam, Max podia ver através da cerca e por cima da parede até o quintal da casa que sua família havia alugado. Seu quarto no terceiro andar estava provavelmente a menos de quarenta e cinco metros, e ainda assim parecia tão longe e inalcançável quanto sua vida em casa. Um grupo de meninos começou a jogar futebol, se organizando em times, enquanto vários outros cercavam Max com expressões de curiosidade amigável.

— Você fala inglês? — um menino da sua sala com cabelo ruivo e cacheado perguntou.

Era um alívio tão grande ouvir inglês que Max não pensou na leve estranheza da pergunta.

— Sim — ele respondeu, devolvendo o sorriso do menino —, você também fala?

O rosto do menino se animou.

— Você fala inglês? — ele repetiu.

Max concordou.

— Sim, eu disse...

Mas antes que ele pudesse terminar, o menino ruivo começou a rir.

— Coca-Cola! — disse o menino ao lado dele.

— *Shut up and dance with me! This woman is my destiny!* — o menino ruivo gritou de volta, balançando os quadris.

Max reconheceu o refrão da música da banda Walk The Moon que estava tocando no rádio o verão inteiro. Com um vazio no estômago, ele percebeu que eles não sabiam nada de inglês além de "Você fala inglês?", "Coca-Cola" e algumas letras de música.

— É, cara, bom — Max disse. — *Bonne anglais*.

Uma alegria veio dos meninos enquanto eles batiam nas mãos uns dos outros. Max aproveitou a oportunidade para sair e se colocar no jogo de futebol, correndo na linha lateral para cima e para baixo. Algumas das crianças eram muito boas e Max torceu para não passarem a bola para ele, mas eles pareciam passar a bola mais do que os meninos de sua cidade faziam e, inevitavelmente, alguém chutou em sua direção. Ele tentou pará-la, mas seu pé escorregou na grama molhada e a bola saiu do campo. Max olhou irritado, como se não fosse o tipo de coisa que geralmente acontece com ele. Percebeu o menino grande, com cabelo cor de areia, que deu a dica ruim da caneta olhando para ele com descrença.

— Oscar! — alguém gritou, e o menino grande começou a correr na direção da bola, que estava de volta ao jogo, derrubando no caminho um menino pequeno que estava na defesa. Seu pé enorme se ergueu para trás e bateu na bola tão forte que ela atravessou a quadra, acertou a trave do gol e, antes que Max tivesse tempo para reagir, o acertou no rosto com tanta força que ele caiu para trás.

Por alguns segundos, tudo que Max viu foi o céu belga cinza, com gotas de chuva caindo contra ele. Então seu campo de visão encheu de rostos.

— *Ça va*? *Ça va*? — eles disseram.

Ele foi ajudado prontamente. Podia sentir a dor agora, latejando em volta de seu olho. Mais conversas em torno dele. Então um adulto gritando, dispersando as crianças até sobrar apenas Farah. Ela pegou seu braço com cuidado, como se ele fosse uma mulher idosa, e o ajudou a ir até o escritório do diretor. Apesar de ele claramente ser uma vítima, Max pensou se estava encrencado. Mas em vez do diretor, ele foi entregue para a secretária, que o levou para um canto na frente do seu escritório onde o fez se deitar em um banco e o cobriu com um cobertor. Ela fez um monte de barulhinhos, e então pegou um pacote gelado. *Eles têm uma enfermaria?*, Max pensou. Ele podia sentir a pele ao redor de seu olho ficar roxa e endurecer – definitivamente estava com um olho roxo. *Mas pelo menos*, pensou meio azedo, *eu não estou mais na chuva*.

Foi nesse momento que Max inventou um novo nome para sua escola: a Escola da Desgraça.

Capítulo cinco

Na noite do dia primeiro de setembro, a temperatura baixou e Ahmed pôde perceber que o verão estava terminando. Havia sido um verão mais ameno de qualquer jeito, com noites que só eram agradáveis na barraca por causa do calor dos corpos ao seu lado. Agora a chuva caía forte, e apesar das lonas de plástico azul que os voluntários haviam jogado por cima da barraca, a água pingava para dentro, deixando o chão úmido.

Os ponteiros prateados do relógio de Baba se esticaram até meia-noite. Ahmed ouviu Ibrahim roncar e Bana resmungar enquanto dormiam, até Zainab puxá-la mais para perto. Então ele amarrou seus sapatos, conferiu para garantir que estava com os trezentos euros que seu pai havia enfiado no seu passaporte e deu um beijo carinhoso na bochecha de Bana, como tinha feito um dia com sua irmãzinha, Nouri. Um sorriso apareceu no rosto de Bana, mas ela não acordou. Ele rabiscou um bilhete para Ibrahim, agradecendo-lhe por honrar sua promessa e prometendo entrar em contato quando chegasse em Calais. Quando engoliu o nó da garganta e rastejou para fora da abertura da barraca, um vento gelado fazia a chuva cair de lado.

O chão estava enlameado, e ele podia sentir a água encharcando sua meia no lugar em que a sola do seu tênis estava descolando. Mas pelo menos ninguém o tinha visto sair do parque e bater na janela de uma van que estava parada. Um homem com a barba por fazer e um grande pomo de adão se virou no banco do motorista e fez um sinal para ele entrar. Ahmed deslizou a porta para abri-la, liberando uma nuvem de fumaça e batidas de uma música eletrônica albanesa.

— Ahmed! — o homem disse, como se eles se conhecessem há muito tempo.

O nome do contrabandista era Ermir; Ahmed não sabia seu sobrenome, apenas que ele falava inglês e tinha tempo para levá-lo para Calais.

— Você tem o dinheiro?

Ahmed lhe entregou os trezentos euros.

Ermir contou o dinheiro e então o enfiou no bolso do seu jeans.

— Bom, bom. Sente ali atrás.

Ahmed entrou e fechou a porta. A van tinha um cheiro horrível – de fumaça de cigarro e repolho velho. Mas era uma carona. As portas trancaram com um clique, e Ermir colocou a van na estrada. Ahmed respirou fundo enquanto o parque desaparecia atrás dele. Ermir sorriu para ele no retrovisor.

— Eu esqueci... me dá seu telefone.

Ahmed olhou para o reflexo do contrabandista com dúvidas. Seu telefone era o único meio que ele tinha para entrar em contato com qualquer pessoa. Era o único jeito de ele entrar na internet e conversar com os amigos de Alepo. Era lá que ele guardava as fotos da família.

— Não se preocupe, Ahmed. Eu vou te devolver em Calais. Eu só não posso te deixar usar na van.

Ahmed hesitou, tentando lembrar se havia ouvido histórias de contrabandistas roubando telefones. A van deu uma freada e Ermir se virou para olhá-lo.

— Olhe, Ahmed. A gente precisa confiar um no outro. Isso aqui é um grande risco pra mim...

Ermir olhou para a porta como se estivesse começando a pensar que Ahmed não valia o esforço. Ahmed empurrou o telefone na direção dele.

— Tudo bem.

Ermir colocou no bolso e silenciosamente voltou a dirigir. Ahmed apertou o rosto contra a janela. Desde que havia chegado de trem da Alemanha, tinha visto pouco de Bruxelas além do parque e da estação Gare du Nord suja e lotada a algumas quadras dali. Os arranha-céus que pareciam meio vazios mesmo durante o dia estavam escuros e desertos. As avenidas largas perto da estação davam lugar a ruas estreitas e curvas cheias de casas geminadas. Algumas tinham lojas no térreo, mas a essa hora as entradas estavam presas atrás de grades de metal. Linhas de bonde se cruzavam em zigue-zague acima das ruas como teias de aranha. Os únicos sinais de vida eram uns poucos homens fumando embaixo de marquises, e as placas neon de lojas abertas. Ahmed sabia que eram lojas de conveniência que vendiam principalmente álcool e cigarros, mas as palavras em inglês pareciam mostrar algo mais obscuro.

Dez minutos depois, Ermir bateu o punho contra o botão de ligar o rádio, cortando os gemidos da cantora. Ahmed não havia particularmente gostado da música, mas agora queria que ela voltasse. Os únicos sons eram os barulhos mecânicos dos limpadores de para-brisa e de Ermir batendo seu cigarro no cinzeiro. Do nada ele pegou o olhar de Ahmed no espelho. Não estava mais sorrindo.

— Estou começando a achar que trezentos não é suficiente aqui.

Ahmed paralisou.

— Mas você disse que era…

— Mal cobre a gasolina.

Ahmed espiou para fora da janela. Não fazia ideia de onde estavam. *Fique calmo*, ele disse para si mesmo. Contrabandistas sempre forçam a barra para conseguir mais. Mas não conseguia parar de se lembrar de uma história que tinha ouvido sobre um contrabandista que ameaçou roubar os órgãos de um refugiado se ele não pagasse mais. Um rim saudável valia bem mais do que trezentos euros no mercado negro. Ahmed tentou não deixar a sua voz tremer.

— Eu não tenho mais dinheiro.

Ermir parou em um sinal vermelho e virou a cabeça para trás. Ahmed conseguia sentir seus olhos o encarando.

— Gostei desse relógio.

Ahmed agarrou o Mestre dos Mares, como se fosse protegê-lo dos olhos gananciosos de Ermir.

— Não!

— Cale a boca!

O sinal ficou verde e Ermir acelerou rápido, jogando Ahmed de volta em seu lugar.

— Me deixe sair! — Ahmed gritou. Ele tentou forçar a porta, mas ela estava trancada.

— Sente aí! Você está me devendo!

Havia apenas uma forma de escapar. Ahmed pulou para o banco do passageiro. Ermir pisou fundo no freio e segurou Ahmed pela manga do moletom. Ahmed abriu a porta e se jogou por ela com tanta força que podia ouvir sua manga rasgar enquanto caía para fora da van. Ele aterrissou com os joelhos e os cotovelos no asfalto, mas não sentia dor. Levantou-se e correu o mais rápido que conseguiu.

Atrás dele, conseguiu ouvir uma porta batendo e pneus guinchando. Imaginou Ermir acelerando. Ele iria jogar a van contra ele e roubar seu relógio antes de largá-lo para morrer na chuva.

— Socorro! — ele gritou em inglês.

Ninguém respondeu.

Ele virou cegamente em uma rua quieta, passando por um prédio de apartamentos, para onde casas grandes ficavam escondidas atrás de portões de ferro. Um portão estava aberto, e ele correu para dentro, dando a volta na casa e correndo para o quintal onde quase bateu em uma parede de tijolos.

Estava tossindo agora – e engasgando – e encharcado até a roupa íntima, mas a mesma parte dele que o impediu de pular no mar atrás de seu pai o impeliu até o outro lado da parede. Ele caiu desajeitado, arranhando o rosto contra os galhos de um arbusto. O jardim era malcuidado. Mesmo com a chuva forte, ele podia ver que as gavinhas verdes haviam engolido as paredes e ervas daninhas davam voltas no tronco de uma pequena árvore de frutas. A aparência da casa era sombria. Ahmed escorregou pela grama irregular e pelas folhas até a parte de trás da casa, onde havia um pátio de cimento protegido sob uma marquise.

Ele parou embaixo da marquise, tremendo enquanto olhava a parede, meio esperando que o contrabandista pulasse por lá. Mas ninguém veio. Lágrimas quentes desceram por suas bochechas. Pelo menos ele podia sentir o relógio quente e pesado de seu pai no pulso, ouvindo o barulho dos ponteiros. Ahmed recuperou o fôlego, puxou a manga rasgada e inspecionou o relógio para procurar por estragos. Estava ileso, mas na luz pálida das nuvens do luar ele podia ver a pele arranhada nos cotovelos, que haviam batido no concreto. Lentamente começou a perceber o restante do seu corpo. Sua garganta estava seca e doía quando ele engolia. Precisava de água.

No fundo do pátio, que levava até a casa, havia um par de portas de vidro. Ahmed tentou olhar para dentro, mas uma cortina as cobria. Ele silenciosamente girou a maçaneta e empurrou de leve. Esperava resistência, mas para seu espanto a maçaneta girou e a porta abriu. Ele cuidadosamente colocou a cabeça para dentro e olhou para os lados. O quarto estava cheio de bicicletas, capacetes, um skate e esquis de vários tamanhos. Era com certeza um porão de armazenamento de uma família. Com cuidado, ele tirou os tênis e as meias, e então escorregou para dentro e fechou a porta atrás de si. O tapete azul absorveu o som dos seus passos, mas ele ainda andava devagar, caso alguém estivesse em um quarto próximo.

Quando chegou ao final do quarto de armazenamento, teve outro momento de sorte. Logo ao lado tinha um banheiro. Ele se enfiou para dentro e ligou a torneira, juntou as mãos e bebeu água. Sua garganta queimou, mas ele se sentiu um pouco melhor. Então, um borrão branco se moveu atrás dele.

Ahmed se virou bem a tempo de ver um gato branco e fofo olhar para ele e então correr para o próximo cômodo. Seu coração batia com força. Ele seguiu o gato até a lavanderia, com pilhas de roupas sujas ao lado de uma máquina de lavar e secar. Era tentador tirar suas roupas sujas e colocá-las dentro da máquina. Mas ele continuou andando na ponta dos pés até um quarto bagunçado cheio de cadeiras, um colchão, um tapete enrolado e outros móveis aleatórios. Ahmed se apertou para passar pela porta ao seu lado e se encontrou em um corredor cheio de pilhas de caixas de papelão. Ele passou pelas caixas, cuidadosamente tirando as que estavam no seu caminho. Esperava encontrar uma parede onde o corredor terminasse, mas viu uma porta pequena. Uma chave-mestra presa para fora.

Ahmed girou a chave e abriu a porta. Um cheiro úmido saiu da escuridão. Ele podia ouvir água pingando lá dentro. Andou até duas escadas pequenas e desiguais até estar debaixo do porão, no que parecia ser o subsolo. Do lado direito havia um quarto vazio com paredes sujas. Ao lado, um cômodo de cimento, que Ahmed descobriu ao encostar nas paredes duras e molhadas. Com a mão na parede para se guiar, ele cruzou o quarto e quase bateu a cabeça em um arco mais baixo. Agachado debaixo do arco, atravessou uma cortina de teias de aranha até um terceiro cômodo. Ainda era úmido, porém mais seco do que os outros dois e havia uma pequena luz que vinha da janela retangular, suficiente para iluminar o interruptor na parede. Ahmed ligou o interruptor e a luz surgiu de uma única lâmpada.

No começo, ele pensou ter descoberto uma cripta. As paredes do quarto eram forradas com cubículos fundos. Mas não havia nada dentro deles; o quarto estava vazio, a não ser pelo zigue-zague de teias de aranha. Claramente, ninguém havia descido em semanas, talvez até mesmo meses.

Ahmed percebeu no que estava pensando, mas afastou a ideia.

Alguém o encontraria; ele seria preso por invadir uma casa. Mas a ideia não saía dele. Ele não tinha dinheiro nem telefone. Ele não tinha nada – apenas um passaporte falso e um relógio –, nem mesmo o suficiente para uma passagem de ônibus para o Parc Maximilien. Ele engoliu e sentiu dor nas amígdalas inchadas. Havia um banheiro do lado de fora para água e resíduos, e até mesmo um recanto na parede embaixo da pequena janela que era grande o suficiente para se esconder caso alguém viesse.

E se ele ficasse ali, só por uma ou duas noites?

Ahmed silenciosamente voltou pelo mesmo caminho para fora desse canto escondido até o porão e a lavanderia. Tirou uma toalha da pilha de roupas para se secar e um cobertor para dormir. Então se espremeu de volta pela portinha do corredor e a fechou. Enquanto se inclinava para a porta, seus joelhos ficaram fracos e vacilantes. Ele cambaleou até a cripta, tirou as calças molhadas e o moletom rasgado e desabou no cobertor.

Capítulo seis

— Você se esqueceu de escrever seu nome de novo — Madame Pauline disse. — Como seu professor vai saber que é seu?

— Pela letra horrível?

— Max!

A Escola da Desgraça não teria sido tão ruim se Max pudesse se esquecer dela depois, comendo pretzels e jogando Minecraft. O problema era Madame Pauline, a mulher flamenga que sua mãe havia contratado para ficar de olho nele até ela chegar em casa do trabalho. Madame Pauline era fluente em francês, e também em alemão e inglês, e cheia de opiniões em todas as três línguas, incluindo que "esse *Mentecraft*" apodreceria o cérebro dele. Ela o mantinha ocupado, na maior parte do tempo estudando para a *dictée*, o teste de grafia semanal que era basicamente impossível já que em francês várias palavras com a mesma pronúncia eram, na verdade, escritas de formas diferentes.

Max começou a escrever seu nome. Assim que estava terminando, a campainha tocou. O som inesperado fez sua mão pular, arruinando completamente seu xis. Xis era a letra mais difícil de todas para escrever na cursiva francesa e, para a sua imensa sorte, Max precisava escrevê-la constantemente.

— *Effaceur* — Madame Pauline disse, entregando um corretivo de caneta como uma enfermeira entrega um bisturi. Max mal conseguia escrever uma frase sem ele. Então ela levantou para ver quem estava na porta.

Max passou o corretivo no xis estragado e começou a corrigir com a caneta tinteiro. Mas o papel rasgou e ele lembrou que deveria usar uma caneta de ponta porosa especial do outro lado do *effaceur*.

Tem uma invenção incrível chamada computador, Max se imaginou dizendo para uma multidão de belgas. *Você pode escrever e depois apagar apertando um único botão!* Ele amassou o papel e jogou no chão – teria que começar de novo –, então andou até a entrada da casa para ver quem estava na porta.

Madame Pauline estava falando com um homem magro com aproximadamente a idade de seu pai, vestindo um uniforme azul e uma boina combinando, uma arma presa no quadril e as palavras "Polícia/*Politie*" no braço de sua jaqueta.

Max paralisou. Por que um policial estava na sua casa? Havia acontecido alguma coisa com seus pais ou com Claire? Um catálogo de pensamentos ruins passou por sua cabeça – acidentes de carro, ataques cardíacos, tiroteios em massa (não parecia ter muitos na Bélgica, mas seus pais definitivamente se preocupavam com eles em casa). Madame Pauline não aparentava estar terrivelmente alarmada, na verdade – ela estava conversando em francês com o policial, com um sorriso leve no rosto. Max percebeu que era mais provável que sua família tivesse apenas violado alguma regra belga estranha e boba – como tirar o lixo nas sacolas da cor errada (existe algum código estrito que os pais de Max nunca entendiam, e eles sempre brigavam por isso).

O policial entrou no vestíbulo e tirou a boina azul. Estava ficando careca, e o pouco cabelo que restava era raspado bem próximo do couro cabeludo. Ele olhou para a luminária de bronze, que parecia ser medieval e estava na entrada, com um sorriso de apreciação antes de perceber Max. Os cantos de seus olhos se enrugaram.

— *La famille Ou-Arde?*

Max concordou incerto. Eles estavam todos sendo culpados por algum crime?

— Você prefere inglês?

— Sim, senhor — Max disse. Ele nunca havia chamado ninguém de "senhor" antes, mas também nunca teve um policial aparecendo na sua porta.

— Eu sou o inspetor Fontaine. Estou aqui para a composição da casa.

Max olhou para Madame Pauline. Seja lá o que isso for não parece a tragédia que ele imaginou.

— Ele quer ver se quem seus pais dizem morar aqui realmente mora na casa — ela explicou. — Precisa disso para conseguir a identidade de vocês na comuna.

— Ah — Max disse enquanto o alívio o inundava. A comuna era o lugar da cidade que liberava documentos oficiais, como identidades e passes para estacionar. — Mas eu sou o único em casa agora.

O inspetor Fontaine sorriu.

— Vou conversar só com você então. — Ele olhou para o seu caderno. — Você é *Mex Ou-Arde*?

— Sim.

— E seus pais são Michael e Elizabeth *Ou-Arde*?

— Sim.

— E sua irmã é Claire *Ou-Arde*?

— Sim.

Max quase esperou que o inspetor Fontaine perguntasse: *E seu gato é Teddy Roosevelt Ou-Arde?*, mas, no entanto, ele disse:

— Mais ninguém está vivendo nessa casa?

Max chacoalhou a cabeça.

— Não que eu saiba.

O inspetor Fontaine ficou com uma expressão séria.

— Precisamos garantir que não tem ninguém ilegal. Esse é um problema sério aqui em Bruxelas.

— Na Europa inteira! — Madame Pauline adicionou. — Aqueles muçulmanos só vão entrando aqui.

O jeito como Madame Pauline falou "aqueles muçulmanos" incomodou Max. Quando sua mãe o deixou na Escola da Desgraça de manhã, ela falou mais com as mães europeias que estavam com terninhos e saltos como ela, mas sempre sorriu educadamente para as mães com lenços na cabeça e sobretudos. A mãe de Farah era uma delas, e Farah parecia uma das crianças mais legais da sala dele. Ela sempre ajudava quando ele estava confuso sobre qual página olhar ou onde colocar a bandeja do almoço.

— Que muçulmanos? — Max perguntou.

— Os sírios, os iraquianos, os afegãos — Madame Pauline disse, contando nos dedos. — Você não viu as notícias? Eles estão enchendo a Europa. São piores do que os africanos. Eles não querem se ambientar aqui.

Ela fez um barulho com a garganta.

— Se você vem para o nosso país, precisa seguir o nosso jeito de viver, as nossas leis — o inspetor Fontaine disse.

Madame Pauline concordou vigorosamente.

— Exatamente!

Apesar de Max saber que eles estavam falando sobre muçulmanos, sentiu como se o aviso também se aplicasse a ele. Ele era de um país diferente. Ele não queria usar uma caneta tinteiro e ter intervalo na chuva. Ele esperava que a entrevista tivesse terminado, que o inspetor Fontaine saísse. Mas Madame Pauline estava apenas começando.

— A Europa era um lugar seguro antes de eles chegarem.

— O Estado Islâmico é um problema de verdade — o inspetor Fontaine concordou. — Nós precisamos ficar atentos!

O policial enfiou a cabeça na sala de jantar e deu uma olhada em volta. Max pensou se ele achava que um terrorista podia estar se escondendo lá. Os olhos do inspetor Fontaine passaram pelos painéis de madeira e pelo lustre de cristal e foram até a sala de estar com sua janela enorme que dava para o jardim. Ele deu um passo para dentro da sala de jantar, atraído por alguma coisa que, parecia para Max, só ele podia ver.

Houve uma comoção quando Teddy Roosevelt se esticou debaixo da mesa e correu como um borrão branco em pânico pelo corredor. *Parece que você encontrou um*, Max quis dizer. Mas ele achou que o inspetor Fontaine não gostaria da piada.

— É meu gato — ele disse.

O inspetor Fontaine estendeu a mão como se fosse fazer carinho em Teddy Roosevelt, porém Max já conseguia ouvir as patas do gato correndo até as escadas do porão para se esconder entre as caixas no corredor. O inspetor Fontaine sorriu.

— Meu avô, Henri Fontaine, era dono desta casa. Meu melhor amigo, Georges De Smet, morava na casa ao lado. E eu ainda sou amigo de Hugo LeClerq, que mora atrás de vocês.

Naquele momento, Max entendeu que, da mesma forma que ele ainda considerava sua casa em Washington, D.C., como sua, mesmo que outra família estivesse vivendo lá, o policial considerava a casa de Max como a dele.

— Não se fazem mais casas assim — Madame Pauline disse.

— Não — o inspetor Fontaine concordou. — Elas são caras de manter também. Meu pai vendeu depois que meu avô morreu e os donos atuais alugam para estrangeiros com bons empregos nas instituições europeias.

Ele sorriu para Max, como se ambos soubessem que ele era um desses estrangeiros ricos, e então andou até a janela da sala de estar e olhou para o jardim. Estava selvagem e malcuidado: um nó de heras, rosas e arbustos de rododendro. Max gostava até mais dele do que da casa antiga e bem cuidada. O inspetor Fontaine falou para seu próprio reflexo:

— O jardim está precisando de uma podada.

De novo, Max estava com a impressão de que o inspetor Fontaine realmente era o dono da casa.

— Vou falar para os pais — Madame Pauline disse.

Isso pareceu satisfazer Fontaine, pelo menos o suficiente para ele voltar para suas memórias.

— George, Hugo e eu estávamos todos nos *escuteiros*.

— Os Meninos Belgas *escuteiros* — Madame Pauline explicou para Max.

— Grupo fantástico! — o inspetor Fontaine disse. Depois se virou para Max. — Com certeza você conhece Tintim.

Max concordou. Para ele, Tintim e os Smurfs eram o total de contribuições belgas para a cultura do mundo. Seu pai havia lhe dado algumas revistinhas do personagem belga antes de eles se mudarem.

— Hergé, o homem que desenhava ele, era um *escuteiro*. Dava muita *confiance* para ele.

— Confiança — Madame Pauline traduziu.

— Você, *Mex*, deveria entrar.

Max deu um meio sorriso. Ele foi escoteiro por alguns anos nos Estados Unidos, mas a ideia de passar ainda mais tempo falando francês e tentando entender o que deveria estar fazendo – enquanto recebia orientações na chuva – não o atraía em nada.

— Seria bom para ele — Madame Pauline concordou. — Vou comentar sobre isso com os pais dele.

O inspetor Fontaine sorriu e entregou um cartão para Max. Nele estavam seu nome e o número de uma delegacia de polícia.

— Qualquer problema, é só me ligar. A Albert Jonnart é uma rua especial para mim. E eu ainda fico de olho nesta casa.

— Obrigado, senhor — Max disse, apesar de suspeitar que o inspetor Fontaine estava mais interessado em se intrometer – especialmente com Max – do que em proteger a sua família.

Relutante, ou pelo menos parecia para Max, o policial andou de volta para a porta. No caminho, parou para pegar o papel amassado que Max havia deixado no chão e o jogou de volta na mesa.

Capítulo sete

Ahmed realmente não tinha planejado ficar na adega mais do que um ou dois dias. Mas na manhã seguinte em que chegou, ele acordou febril, com a garganta tão inchada que mal podia engolir. Por três dias ele tremeu, suou e dormiu, enrolado no cobertor. As vozes da família sumiam em um murmúrio parecido com um sonho, que vinha de algum lugar acima dele. Primeiro, achou que estava tendo alucinações, então percebeu que eles realmente estavam falando inglês. Mas não conseguia entender o sotaque – eles eram canadenses, ingleses, americanos? –, e suas vozes estavam muito abafadas e a fala era muito rápida para ele entender o que estavam dizendo. Ainda assim, era reconfortante ouvir a família falar sobre o dia – os gritos da mãe e a correria de passos, portas abrindo e fechando, louças batendo. Se Ahmed fechasse os olhos com força suficiente, podia quase imaginar que estava de volta em casa, em Alepo.

Uma madrugada, quando a casa estava quieta, ele se atreveu a sair para ir ao banheiro para encher com água o copo plástico que encontrou e esvaziar na privada o balde que usava para se aliviar.

Uma noite, com bastante febre, ele olhou pelas sombras vermelhas que estavam penduradas no que ele achava que era o cômodo das mobílias. Ele podia dizer pelas luzes que eram janelas fechadas, e queria ver a rua. Quando as puxou, ficou surpreso por ver uma fila de orquídeas na janela, com folhas verdes e raízes cinza-prateadas murchas. Ahmed colocou o dedo na terra do vaso. Estava completamente seca. Seus olhos estavam cheios de pena, mas ele estava doente demais para ajudá-las.

No seu quarto dia na adega, os calafrios e a febre de Ahmed finalmente diminuíram, e ele percebeu que estava faminto. Esperou até o meio da noite e subiu as escadas até um corredor frio, atravessando as portas de vidro. Estava em uma enorme sala de estar com um pé-direito mais alto do que em qualquer casa que ele já havia visto. Parecia um palácio. O gato branco e fofo que estava se limpando no peitoril de mármore da janela parou para dar um olhar insolente a Ahmed, mas a casa estava quieta, com a família dormindo calmamente.

Com a luz fraca, ele podia enxergar fotos emolduradas em cima da lareira. Andou na ponta dos pés, curioso para ver quem morava na casa. A maior parte das fotos era de uma menina adolescente com cabelo loiro comprido e o olhar direto e confiante de um adulto, e um menino mais novo, com cabelo castanho bagunçado. Ahmed riu do sorriso pouco natural do menino, o sorriso de alguém que claramente odiava sair em fotos. Isso o lembrou de como todo ano durante o Eid al-Fitr, Baba colocava ele e suas irmãs no sofá com suas melhores roupas de feriado, sempre na mesma ordem, e tirava várias fotos. Os olhos de Ahmed piscavam por causa do flash, e entre as fotos ele pulava ou fazia caretas, irritando seu pai, mas fazendo Nouri e Jasmine rirem. Como era difícil ficar sentado olhando para a câmera enquanto a cidade inteira tinha o cheiro de pão doce de anis que marcava o fim do festival do Ramadã. A memória embrulhou seu estômago. Porém, ele parou por mais tempo na frente da maior foto. Tirada contra o pano de fundo de uma praia ao pôr do sol, tinha toda a família – a mãe, que parecia uma versão mais velha da menina, e o pai, sério mas feliz, com o braço em volta do menino. Essas pessoas não pareciam em nada com a sua família – eles eram europeus queimados de sol usando roupas ocidentais –, e ainda assim a forma protetiva como o pai abraçava o menino fez Ahmed sentir tanta falta de seu pai que ele teve que desviar o olhar.

Ele andou com cuidado pela sala de jantar até a cozinha. Podia ouvir a sua própria respiração, curta e rápida, e lhe parecia que a família também iria ouvir. Viu um cacho de bananas pendurado em um gancho. Roubar era pecado, mas ele não conseguia imaginar seu próximo passo, não sem comida. Ele não conseguia mais pensar claramente, e quando tentava, pânico e luto tomavam conta dele: Baba não estava mais lá; ele estava sozinho, perdido, sem dinheiro nem telefone. Precisava se controlar e o primeiro passo era silenciar a fome. Mas como fazer isso sem ser um ladrão?

No balcão, ele viu um bloco quadrado de papel e um lápis. Era isso! Ele iria anotar tudo que pegasse e pagaria a família algum dia. Mesmo sabendo que era pouco provável que fosse conseguir fazer isso logo, sua intenção fez com que se sentisse melhor. Ele arrancou um pedaço de papel e pegou o lápis, depois os colocou no bolso. Em seguida, pegou alguns pedaços de pão do meio do pacote, e uma banana, e correu para as escadas do porão.

De volta ao subsolo, ele devorou o pão e a banana. Eles não o satisfizeram, mas pelo menos ele se sentiu mais calmo, especialmente depois de listá-los em árabe no papel. Saiu do subsolo e voltou para as orquídeas no cômodo com as mobílias. Elas estavam realmente mal – alguém as tinha colocado em muita luz direta do sol e com pouca água. Mas Ahmed lembrou de como seu avô olhava cuidadosamente para as orquídeas doentes que as pessoas traziam para seu viveiro de plantas.

"As pessoas desistem delas rápido demais", ele sempre dizia.

— Vocês só precisam de uma ajudinha — Ahmed sussurrou para elas em árabe. Ele as carregou uma por uma até o banheiro, enfiou suas raízes debaixo da água morna da pia e deixou as raízes escorrerem. Então ele encontrou uma lâmina de barbear e um kit de ferramentas e cortou a ponta de cada orquídea para focar a energia nas folhas e na raiz. Por fim, ele as alinhou de novo em frente à janela.

Enrolado no cobertor no chão do subsolo, ele pensou: *Vou bolar um plano*. Mas parecia suficiente cuidar das orquídeas e então dormir, exausto por suas aventuras no piso de cima.

Na manhã seguinte, Ahmed ouviu o zumbido das vozes da família, o tilintar das tigelas e colheres da cozinha acima. Agora sabia como eram, então podia imaginar todos eles curvados para tomar o café da manhã.

Finalmente ele ouviu uma porta bater para fechar. Esperou para ter certeza de que a casa estava quieta, e então subiu na ponta dos pés. Andou até a entrada com ladrilhos – não havia livros nem maletas, e os ganchos de casacos estavam vazios. A cozinha estava em estado de desordem – tigelas sujas empilhadas na pia, canecas com café pela metade. A família tinha saído para a escola e o trabalho. Parecia que todos haviam comido cereal. Não havia pão de forma nem chá doce, e com certeza não havia a *fateyh* de grão de bico que a sua mãe fazia com sabor de alho e cominho. Ahmed espantou a lembrança. Ele bebeu o café meio tomado, comeu colheradas murchas do resto de cereal. Pegou mais algumas fatias de pão do meio do pacote e conferiu a geladeira, pegando uma cenoura, uma colherada cheia de geleia e um picles de um pote grande. Imaginou que seriam pedaços de comida de que a família provavelmente não sentiria falta, mas ele ainda percebia muito bem cada pedacinho.

Enquanto andava de volta para o porão atravessando a sala de jantar, ele percebeu um som que não ouvia havia muito tempo – os gritos felizes de crianças brincando. Era o mesmo som em todas as línguas. Seguiu o barulho até a sala de estar e olhou através da grande janela.

Do outro lado da parede, ao lado do jardim por onde tinha corrido algumas noites antes, havia uma escola. Ele podia ver uma grade alta com plantas e, do outro lado dela, cabeças de crianças e uma bola de futebol voando no ar.

Quando nós chegarmos à *Europa, Ahmed, você vai voltar para a escola.*

Seu pai havia feito uma promessa para ele. Ele a fez na noite antes de terem subido no bote de borracha superlotado, quando o bote ainda parecia grande, o mar estava calmo e o futuro parecia esticar seus dedos para o leste para levá-los até a segurança.

Ahmed apertou a testa contra a janela. Era difícil ver muita coisa além da grade, mas ele não precisava. Ele só ouviu.

Alguma coisa macia se esfregou em sua perna. Ahmed enrijeceu, mas percebeu que era apenas o gato. Ele se abaixou e fez carinho na sua cabeça macia. O gato ronronou e se esfregou contra ele. Ahmed pensou nas orquídeas, elas precisariam de mais luz do que estavam conseguindo pela janela do porão. Se ele saísse agora e elas ficassem onde estavam, iriam morrer.

De qualquer forma, não havia motivo para já ir embora. Ele precisava de tempo para formar um plano sensato. Precisava garantir que estaria completamente saudável primeiro. Talvez pudesse realmente descobrir um jeito de pagar a família pela comida que havia pegado deles.

Mas, lá no fundo, ele sabia que estava dando desculpas para ficar. Não queria mais sair de lá. Ele se sentia mais seguro do que em qualquer outro lugar.

Capítulo oito

— Michael, você deixou a tampa da privada levantada de novo!

— Não deixei, não! — seu pai gritou.

Max levantou os olhos dos cereais. Seu suprimento – uma dúzia de caixas de cereal enviadas por mar junto com os móveis – havia durado seis semanas e agora os gritos de seus pais estavam estragando a sua última tigela.

— Foi você — disse Claire, que estava sentada num banquinho ao lado dele na cozinha. Ela nem se deu o trabalho de levantar os olhos do telefone.

— Eu não vou lá embaixo.

— Bom, o pai diz que ele também não vai.

Max resmungou.

— Olhe, se eles não estivessem brigando por isso, estariam brigando por outra coisa.

Ele sabia que ela não iria argumentar com aquilo. Seus pais brigavam constantemente. Se não fosse a tampa da privada, era alguma outra coisa ridícula – quem deixou a porta do porão aberta, quem esqueceu de registrar o carro, quem comprou a cera para piso errada para a moça da limpeza, quem comeu a última banana.

Sem olhar para ele, Claire revirou os olhos.

— Por que será?

— O que você quer dizer?

— Você os estressa.

— Bem, talvez seja culpa deles — ele devolveu. — Foram eles que me colocaram em uma escola em francês. Pelo menos você pode falar inglês.

Claire suspirou exagerada, como se Max estivesse sendo realmente cansativo, então levantou em um pulo do banquinho e jogou a tigela na lava-louças.

Você podia pelo menos conversar comigo, ele queria dizer, *porque eu não consigo conversar com mais ninguém*. Mas, em vez disso, ele gritou:

— Claire não lavou a tigela dela!

Balançando seu rabo de cavalo loiro, Claire o encarou. Max sabia que estava sendo um babaca, mas não ligava.

— Claire! — sua mãe gritou do outro cômodo. — Eu te disse umas cem vezes, você precisa lavar aqui! Essas regras europeias...

Claire foi batendo os pés até a pia e deu uma lavada desleixada na tigela. Mas o breve prazer de Max em ver Claire com problemas acabou assim que ela saiu da cozinha, deixando-o sozinho. Na verdade, ele se sentia pior, e o gosto da vergonha e da raiva ficaram com ele enquanto desviava de cocô de cachorro no caminho para a escola.

O dia não melhorou. Madame Legrand devolveu sua *dictée*. Ele conseguiu treze dos setenta e sete pontos, uma pontuação tão baixa que quase não parecia possível. E quem faria uma pontuação de setenta e sete em um teste? Depois do almoço, ele ficou na chuva, fingindo que conseguia entender a turma do "Você fala inglês?". Seus nomes eram Jules, Louis e André, e Max ficou com eles durante o intervalo, mas sem conseguir se comunicar.

Uma bola de *soccer* ou de futebol, como Max aprendeu que o resto do mundo chamava, rolou e parou na frente dele. Max fingiu não perceber, mas então ouviu Oscar gritar "*Mex!*" para ele chutar de volta. Apesar de Max ter chutado em sua direção, Oscar resmungou alto, como que para deixar claro que Max não conseguia fazer nada direito.

— Quando você for agir, conte até dez e pense antes.

A sra. Krantz havia dado uma dica para ele quando discutiram controle de impulsos. Então, Max contou até dez e pensou em empurrar Oscar para cima de uma pilha de cocô de cachorro belga.

O único momento decente do dia foi quando Madame Legrand pediu para Farah ajudá-lo a corrigir sua *dictée*. Ela puxou sua cadeira até a mesa dele e sorriu simpática para o papel marcado.

— Francês é difícil — ela disse, de forma simples e lenta para Max entender. Ela apontou para um monte de vogais amontoadas. — Eu erro isso também e francês é a minha primeira língua.

Max teve vontade de dar um abraço nela para mostrar gratidão.

— Mas olhe, você acertou *gentil* e *étudie*, até o acento. E você começou a aprender agora! — ela disse, como se tirar treze de setenta e sete fosse na verdade uma coisa boa.

Max não acreditava nela, mas ainda era bom ouvir elogios. Ele sorriu e disse:

— *Merci*.

Depois, no caminho para casa, Madame Pauline anunciou mais notícias ruins. Ela tinha convencido seus pais a inscrevê-lo para os escoteiros, que ela continuou a pronunciar como *escuteiros*. Max já odiava a palavra. Cada milímetro do seu autocontrole serviu para não corrigi-la.

— Você vai ter um uniforme — ela disse, como se ele já não odiasse ter que usar um uniforme na escola.

— Ótimo — Max murmurou.

— Você provavelmente já vai conhecer alguns dos meninos. Eles tentam formar grupos por escola.

Max se sentiu ainda pior.

— Não tem um Oscar no meu grupo, tem?

Madame Pauline encolheu os ombros.

— Eu não vi a lista. Ele é seu amigo?

— É mais o contrário.

Ele esperava que Madame Pauline expressasse preocupação, mas ela parecia imperturbável, como se toda criança belga tivesse uma criança malvada só para ela.

— Tomara que ele esteja na sua tropa, então. Vocês não podem ser *escuteiros* juntos e não virar amigos.

Você quer apostar?, Max pensou. Já havia tanto que Oscar poderia fazer com ele na escola. Mas na floresta... ele imaginou Oscar o guiando de propósito para a trilha errada, empurrando-o em um lago imundo, amarrando-o em uma árvore e o deixando lá, no meio de uma floresta belga assustadora. Só precisava torcer para que Oscar achasse os escoteiros tão bregas quanto Max achava, e para que ele nunca entrasse.

Capítulo nove

Enquanto recuperava suas forças, Ahmed aprendeu a rotina da família: nas manhãs dos dias da semana, eles saíam no máximo às oito e quinze, e não ficava ninguém em casa até o meio da tarde. Isso dava para ele um bom tempo para levar as orquídeas do andar de cima para a sala de estar para elas receberem mais luz, tomar um banho, pegar um pouco mais de comida e anotar na sua lista, lavar suas roupas, fazer carinho no gato e até correr para cima e para baixo nas escadas para se exercitar.

Logo antes do Mestre dos Mares marcar dez horas, Ahmed interrompia o que estava fazendo e parava atrás da porta da sala de estar. Como um relógio, chovendo ou com sol, as crianças saíam no jardim da escola por um intervalo de vinte minutos durante a manhã. Ouvindo as vozes do outro lado da parede, ele fechava os olhos e imaginava que Jasmine estava lá, pulando de um quadrado de giz para o outro durante um jogo de *hajla*.

Depois, ele conversava com as orquídeas. Lembrava como seu avô costumava falar com as rosas no seu viveiro de plantas. "Elas gostam de ouvir a sua voz", ele costumava dizer. "Assim elas sabem que você está lá."

Então Ahmed contou para elas sobre Baba – não sobre a noite no mar ou a guerra, mas sobre a vida em Alepo antes da guerra.

— Ele costumava entrar nos nossos jogos de futebol na rua. Ele não ligava de ser o único adulto. Torcia e gritava mais alto do que todos nós. E quando Nouri era pequena, ele costumava deixar ela puxar sua barba e até seus lábios mesmo quando ele estava tentando falar com os amigos. Ele nunca dizia "saia" ou "pare".

— Jasmine e eu sempre íamos ao mercado com ele, e ele sempre nos dava alguns goles de leite fresco antes de levá-lo para casa para a Mama ferver. Uma vez, eu bati na Jasmine porque ela estava bebendo muito leite. Ele ficou muito bravo. Eu falei que não era justo, que ela estava tomando muito mais do que a parte dela. "Alá julga o que é justo", ele disse, "Você deve julgar o que é gentil". Ainda lembro como eu fiquei envergonhado por isso.

Às três e meia da tarde o menino voltava da escola com uma mulher que às vezes falava francês. Às cinco e meia, a voz da menina se juntava à deles, e às seis e meia, as paredes tremiam enquanto a porta da frente abria e fechava milhares de vezes e as vozes dos pais falando inglês substituíam a da mulher em francês. A família normalmente ia dormir perto das onze horas da noite, o que dava outra oportunidade para Ahmed subir perto da meia-noite e comer algumas sobras ou pegar uma banana. Depois de atualizar a sua lista de comidas, ele sempre dava boa-noite para as orquídeas. Mesmo estando meio mortas, elas ainda eram algo que existia com ele. O que era mesmo que seu avô costumava dizer?

"Aqueles que gostam de flores gostam da beleza do mundo criado por Deus."

As quartas-feiras, no entanto, eram difíceis: a escola durava só meio período, e às sete e meia da manhã a mulher da limpeza chegava. Ahmed podia ouvi-la dar bom-dia para a família, e então seus passos descendo para o porão para pegar o aspirador de pó, que rugia sem parar acima dele pelas cinco horas seguintes. Ao meio-dia e meia, ela carregava o aspirador de volta para o porão e, logo depois, o menino chegava em casa. Preso no subsolo, Ahmed fazia flexões, agachamentos ou relembrava de velhas partidas de futebol em sua cabeça para passar o tempo, mas as horas se arrastavam. Os fins de semana eram ainda mais complicados – algumas vezes a família ficava o dia inteiro fora; outras, alguém ficava em casa o tempo todo. Ele tentava armazenar comida extra para o fim de semana, mas ficava com medo de pegar muito, e, quando chegava domingo, ele quase sempre estava cansado e com fome.

No fim de setembro, Ahmed sabia que era hora de ir embora. Havia ficado demais onde não tinha sido convidado. Mas ainda não havia formulado um plano. Mesmo se tivesse dinheiro, sabia que não podia confiar em outro contrabandista. A única ideia que conseguia ter era se enfiar em um trem que fosse para Calais.

Uma manhã, quando a família estava no trabalho e na escola, ele abriu a porta para o pátio pela primeira vez e pisou lá fora. O céu era de um azul estonteante, e periquitos verde-limão voavam de maneira improvável pelo jardim. Ahmed imaginou se algum dia eles foram animais de estimação. Sua mãe tinha um periquito. Ele se lembrou dela fazendo carinho na cabeça felpuda do animal. Ele quase podia sentir o cheiro do sabonete de louro que ela usava para dar banho no pássaro. Quase podia ouvir o som de sua voz enquanto cantava a música de ninar "Rima tnam" – *Rima, durma* – para Nouri.

Não existia um jardim em Calais. Recentemente ele tinha visto fotos da Selva nos jornais que a família deixava no lixo reciclável. Parecia muito pior do que o Parc Maximilien – tendas enfiadas em campos cheios de lama e lixo entre uma estrada e a beira da cidade, e pessoas cozinhando em fogueiras. Com o inverno chegando, as condições só ficariam piores. Ahmed se imaginou dormindo ao relento e tremeu. Estava ficando mais frio desde que ele havia saído. Ele não tinha nem mesmo uma jaqueta – não precisou de uma no verão.

E se ficasse na adega durante o inverno?

É uma ideia estúpida, ele disse para si mesmo. *Alguém vai me encontrar.*

Mas estava escondido na adega há um mês, ele lembrou, e ninguém o havia encontrado. Ele começou a pensar na ideia em termos mais práticos. Precisaria armazenar comida, especialmente para os fins de semana. E precisaria de dinheiro para pagar por ela. Precisava pensar em soluções para esses problemas.

Os gritos das crianças surgiram do outro lado da parede. Ahmed sabia que era apenas o intervalo, mas parecia um sinal. O que Baba havia falado para ele uma vez quando estavam voltando para casa das orações na mesquita? Havia sido sempre seu momento especial juntos, quando seu pai conversava com ele como se já fosse um homem.

Quando não tem jeito, Alá arruma um jeito.

Capítulo dez

O adolescente cheio de espinha líder dos escoteiros apontou para Max.

— *Et toi?*

E você?

Max conseguia sentir os outros meninos olhando para ele. Eles estavam sentados em um círculo em uma das florestas cinza e úmidas na periferia de Bruxelas e ele deveria escolher um espírito animal, mas sua mente se esvaziou. Já era difícil inventar besteiras como essa em inglês, mas em francês era impossível. Ele não sabia como dizer nenhum dos animais legais – águia, leão da montanha, urso.

— *Crapaud!* — Oscar gritou.

Os outros meninos riram e Max sentiu seu rosto ficar vermelho. Ele não fazia ideia de qual animal era aquele, mas tinha certeza de que não era um elogio.

— *Sapu?* — o líder dos escoteiros cheio de espinhas disse, colocando a língua para dentro e para fora na direção de Max.

— Sapo — Max murmurou.

Ele desejou que o inspetor Fontaine nunca tivesse aparecido em sua casa. As reuniões dos *escuteiros* duravam cinco horas domingo sim, domingo não, uma boa parte do fim de semana de Max. O uniforme era bobo – ele precisava usar um lenço vermelho e verde, uma camisa azul-marinho e uma bermuda, não importava o frio que estivesse fazendo. Precisava cantar um monte de músicas bobas que não entendia direito, mas que pareciam ter algo a ver com prometer ser amigos e ajudar os parceiros dos escoteiros. O que era impossível com Oscar sendo um dos seus companheiros de tropa.

TRÊS HORAS MAIS TARDE, Max saiu correndo da floresta e desmoronou no assento de passageiro do novo Volvo da família.

— Só dirige — ele mandou.

Seu pai obedientemente apertou a ignição com um sorriso e voltou para a estrada. O sol estava aparecendo atrás de uma fenda nas nuvens, mas algumas nuvens arroxeadas diziam para Max que não duraria muito. Isso era a Bélgica; o clima estava sempre mudando – normalmente para pior.

— E aí? Gostou?

Max desgrudou a cabeça da janela e olhou para ele.

— Aquele lugar é horrível. Podemos só ir para casa?

— Nós estamos indo para casa.

— Eu quero dizer para nossa casa nos Estados Unidos.

— Ah, Max. Não pode ser de todo ruim.

— Bom, é. A escola, Madame Pauline, *escuteiros*, tudo.

Seu pai não tentou argumentar com ele, o que era um alívio. Ele apenas dirigiu.

A floresta dava em um bairro chique com casas grandes e residências da embaixada. Eles passaram por um parque cheio, bem-cuidado até demais, e voltaram para as linhas do bonde. Uma gota de chuva se esparramou contra o para-brisa. Um minuto depois, começou a chover de verdade. Seu pai ligou os limpadores.

— Max, eu te contei o que estou fazendo no trabalho nesses dias? — seu pai perguntou.

Max chacoalhou a cabeça. Estava tão focado em sua própria vida que nunca havia perguntado.

— Um negócio chamado planos de resiliência. De acordo com a cartela da Otan, todo país precisa ter um plano para poder lidar com ataques até os aliados chegarem. É importante que todo país seja resiliente ao enfrentar adversidades – que eles lutem, não desistam.

Max se arrepiou.

— Então, eu tenho que ser resiliente.

— Tudo o que estou dizendo é que você não pode deixar uns poucos problemas te colocarem para baixo.

— Isso não são uns *poucos* problemas.

— Tudo bem, então, muitos problemas, problemas enormes. Olhe os belgas. Durante a Primeira Guerra Mundial, os alemães invadiram com força enorme. Os alemães não tinham só dez vezes o número de tropas como também armas, gás mostarda e os zepelins – armas que o exército belga nunca havia enfrentado antes. Os belgas deveriam ter morrido em semanas, mas eles lutaram por anos, com mais vigor do que qualquer um esperava. Eles até mesmo inundaram suas próprias terras para deixá-las longe das mãos dos alemães.

Água como arma, quase como alguma coisa do Aquaman. Max ficou com vontade de perguntar sobre isso. Ele adorava conversar com o pai sobre história militar. Em Washington, eles fizeram passeios pelos campos de batalha da Guerra Civil juntos. Mas ele estava bravo demais para dar a satisfação de demonstrar interesse, então apenas ligou o rádio. Uma música americana velha, "(Sittin'on) The dock of the bay", estava tocando e fez Max sentir ainda mais saudade de casa. Seu pai era bem corajoso de sugerir que a sua atitude era o problema, e não a decisão horrível de vir para a Bélgica em primeiro lugar.

Na tarde seguinte, enquanto arranhava com a sua caneta tinteiro, Max decidiu perguntar para Madame Pauline sobre a inundação defensiva dos belgas.

— Isso realmente aconteceu?

Max sabia que sim – seu pai não iria inventar algo como aquilo –, mas ele também sabia que agir com dúvidas iria enrolar Madame Pauline ainda mais, distraindo-a da *dictée*.

— Claro que sim! — Madame Pauline olhou para ele indignada. — A planície do Yser é uma região de terras baixas. Quando a situação ficou desesperadora, os belgas abriram os canais e inundaram as trincheiras alemãs. Nós, belgas, sempre lutamos com força. Mesmo durante a Segunda Guerra Mundial, sempre existiu um movimento de resistência.

Max sentiu a oportunidade de fazê-la continuar falando.

— E aqui em Bruxelas?

— Especialmente aqui em Bruxelas! Olhe o nome da sua rua!

— Albert Jonnart?

— Jonnart — Madame Pauline corrigiu, apesar de, para os ouvidos de Max, ela ter falado exatamente da mesma forma que ele. — Você sabe quem ele era?

Max chacoalhou a cabeça.

— Ele viveu aqui durante a guerra, quando a rua era chamada Jean Linden, por causa do cuidador de orquídeas. Orquídeas tropicais não são nativas no norte da Europa, e não era fácil deixá-las vivas aqui.

Max não disse que ainda era difícil de mantê-las vivas, especialmente para a sua mãe. Ela havia comprado as flores por impulso logo depois de eles chegarem a Bruxelas, apenas para ter algumas flores murchas e caídas nos vasos algumas semanas depois. Quando a escola começou, ela se livrou delas e comprou orquídeas falsas.

— Jonnart falsificou papeladas de trabalhadores para os belgas não precisarem ir para a Alemanha trabalhar para o Reich. E ele escondeu um menino judeu, um colega de classe do seu filho, chamado Ralph Mayer. Ralph era o único filho de um casal judeu que se mudou da Alemanha para a Bélgica em 1930. Quando os alemães invadiram o país, o pai de Ralph pediu para Jonnart proteger o menino. Então, Jonnart o escondeu em sua casa.

— Igual a Anne Frank — Max disse. Ele havia lido o diário dela no ano anterior na escola. — Quantos anos ele tinha?

— Eu não sei exatamente. Não era muito mais velho do que você, talvez tivesse a idade de Claire. Pierre, o filho de Jonnart, e Ralph eram colegas no Colégio Saint-Michel, no ensino médio.

— O que aconteceu?

— A Gestapo descobriu e prendeu Jonnart. Eles o mandaram para a prisão e depois para um campo de trabalho na França, onde ele morreu. É por isso que eles mudaram o nome da rua para o nome dele.

Ralph deve ter morrido também, provavelmente em um campo de concentração igual a Anne, Max pensou. A história era tão triste que Max quase quis não ter perguntado sobre Albert Jonnart. Mas então ele ainda estaria lutando para tentar entender a diferença entre *toi*, *trois* e *toit*.

— Ele morou aqui? No número trinta e seis?

Madame Pauline chacoalhou a cabeça.

— Ele morou no número cinquenta.

Max pensou onde Albert Jonnart havia escondido Ralph. Quando eles se mudaram para essa casa, o pai de Max havia mostrado para ele alguns quartos não terminados atrás da porta do porão, incluindo uma adega de vinhos. Era úmida e mofada demais para eles usarem – mesmo para guardar as caixas da mudança, que seus pais deixaram do lado de fora –, mas parecia o tipo de lugar em que você poderia esconder alguém. Ele abriu a boca para perguntar, mas Madame Pauline já estava em cima dele.

— Chega, Max — ela disse firmemente. — Precisamos voltar para a *dictée*.

Capítulo onze

No dia seguinte, Ahmed procurou pelo piso térreo até achar um chaveiro com chaves idênticas em uma gaveta bagunçada na cozinha. Ele as testou na porta do porão, tirou uma do chaveiro e a colocou no bolso. Enquanto tivesse uma chave, não havia motivo para ficar dentro de casa. Ele só precisaria tomar cuidado para sair quando a família não estivesse e ficar de olho nos vizinhos quando pulasse o muro do jardim.

A questão do dinheiro era o pior problema. Ele poderia implorar por dinheiro na rua, mas a ideia parecia perigosa demais – a polícia podia pedir seus documentos. Durante sua busca por uma chave extra, ele encontrou algumas moedas de dois euros no fundo de uma caneca com canetas e lápis, mas se sentiu mal só de pensar em pegar não apenas comida, mas também dinheiro.

Ainda assim, quanto mais ele olhava, mais dinheiro parecia encontrar – moedas espalhadas pela lareira, no chão da lavanderia, embaixo das almofadas do sofá da sala de estar. A família falante de inglês parecia rica, pelo menos rica o suficiente para ser descuidada com o seu dinheiro. Ele decidiu pegar apenas as moedas pequenas e sempre adicionar na lista de coisas que ele tinha pegado para poder pagar depois.

No outro dia, quando a família estava no trabalho e na escola, Ahmed juntou as moedas, trancou a porta do porão e se esgueirou pela parede do quintal até o jardim do vizinho e a rua. Havia pegado emprestado um suéter que encontrara na pilha de roupa suja, mas ainda tremia enquanto andava deliberadamente pelo bairro, e ladeira abaixo, onde viu um supermercado. Ahmed comprou bolachas, peixe enlatado e feijões. No caminho de volta, passou por uma banquinha de jornais e, antes de poder se controlar, gastou o resto do seu dinheiro em uma revista de futebol. Apesar de não saber ler francês, ele sabia o nome de alguns jogadores e podia olhar os placares e as fotos. Então ele voltou com cuidado para casa, com seus sapatos fazendo barulho nas pilhas de folhas molhadas de outubro.

Os dias começaram a ganhar um ritmo: manhãs fazendo várias tarefas ou conversando com as orquídeas, tirando longas sonecas ou se debruçando sobre a revista de futebol quando o menino estava em casa, noites perambulando pela casa procurando sobras de comida ou trocados, uma visita ocasional até a padaria.

Uma manhã, ele estava mexendo nas caixas da mudança e encontrou um colchão inflável. Ele imaginou como seria mais macio do que o cobertor no chão. Estava esfriando lá dentro também, e uma camada a mais entre ele e o cimento seria um isolamento. Era pouco provável que a família fosse precisar, a não ser que fosse primavera, mas Ahmed ainda assim adicionou na sua lista.

Naquela noite, ele começou a dizer suas orações de novo, ficando em cima do colchão virado para o sudeste, na direção de Meca. Com Ibrahim, ele falava baixinho as palavras familiares, mas agora ele aumentou a sua voz:

— *Allahu Akbar*...

As palavras entoadas o percorreram e ele lembrou de Baba ajoelhado em seu tapete de orações com a borda com flores vermelhas e brancas na sala de estar deles em Alepo. A imagem o acalmou, assim como a repetição das palavras "Deus é maior".

No começo, entre as orações, ele esvaziava o colchão, enrolava e escondia na alcova. Mas era muito complicado encher de novo, e depois de um tempo ele começou a deixar assim. Dava uma sensação de casa para o cômodo, mas as paredes de cimento lascado o deprimiam, especialmente nos dias em que não podia sair.

Uma tarde, ele arrancou os pôsteres da sua revista de futebol, pegou emprestado um pouco de fita e os grudou na parede. Na manhã seguinte, enquanto o gato dormia ao lado dele no sofá da sala de estar e as orquídeas tomavam sol no peitoril da janela, Ahmed olhou os panfletos e as revistas no lixo reciclável. Então ele recortou suas imagens preferidas, incluindo um super-herói com um tridente e escamas douradas e um desenho estranho de um homem com uma gaiola de passarinhos no lugar do corpo, e as adicionou à sua galeria.

Na primeira semana de novembro, a família viajou. A mulher da limpeza vinha em algumas manhãs para alimentar o gato, mas de resto Ahmed estava livre para ir e vir como quisesse. Na quarta-feira ele descobriu um açougueiro *halal* no bairro ao lado e decidiu tentar fazer o *kibbeh* de sua mãe. O açougueiro só falava francês, mas ele ajustou a quantidade de carneiro na balança para o pouco que Ahmed podia pagar. Na loja de comida saudável, Ahmed passou quinze minutos procurando triguilho porque ele estava com medo demais de perguntar; ele sabia que não se parecia nem um pouco com os clientes europeus. Mas finalmente encontrou e, sem fazer contato visual, entregou o resto do seu dinheiro para o caixa.

De volta a casa, percebeu que tinha apenas uma vaga ideia da receita e de como cozinhar qualquer coisa, mas não desanimou; então ele cortou e misturou, cantarolando para si mesmo. Sentia que estava indo bem até que, meia hora depois, as cebolas queimaram e as bolas de carneiro e o triguilho se desmancharam na panela. Ele comeu a bagunça que fez com um nó na garganta, pensando na mãe e em como ele nunca mais iria comer seu *kibbeh*.

No fim da semana, ele ficou aliviado de a família estar de volta, pelo menos podia ouvir suas vozes. Ele não se incomodava quando eles gritavam ou brigavam. Seus pais também brigavam, às vezes, normalmente quando pensavam que ele e suas irmãs estavam dormindo. Ele lembrou de uma briga sobre como Ahmed estava passando tempo demais jogando futebol e pouco tempo fazendo as tarefas da escola. Pelo menos quando ouvia as vozes da família falando inglês ele sabia que não estava sozinho.

Em todas as suas expedições ao andar de cima, mesmo quando a família estava fora, ele nunca ia além do primeiro andar. Obedecia a essa regra que o fazia sentir como se tivesse um compromisso com eles. Ele não entrava em seus quartos, e eles não entravam no dele. Então, enquanto todos seguissem essa regra, ele se sentia seguro.

Capítulo doze

Max desejou que as férias de outono em Paris pudessem ter durado outra semana. Ele havia comemorado seu aniversário lá, comendo bife e batatas fritas em um restaurante perto da Torre Eiffel que parecia uma locação de cinema. A cidade o tinha impressionado muito mais do que Bruxelas; havia gostado particularmente de andar com o pai pelos túneis subterrâneos das catacumbas, que estavam cheios de caveiras e tinham sido usados pelos membros da resistência durante a ocupação nazista. Mas agora que era domingo à noite e ele estava de volta à sua cama em Bruxelas, Max não conseguia dormir. De vez em quando isso acontecia com ele – normalmente quando estava nervoso sobre o próximo dia na escola.

Max não acreditava em fantasmas, mas algumas vezes, se revirando na cama, ele ouvia as tábuas do chão rangerem, um passo leve. Sabia que provavelmente era só Teddy Roosevelt, mas gostava de imaginar que a casa estava viva, estalando seus velhos ossos ou resmungando pelo peso de sua história sombria. Anne Frank parecia uma história de muito tempo atrás e em um lugar muito longe, mas havia alguma coisa em se viver na rua em que Albert Jonnart havia escondido Ralph, algo que fazia a guerra parecer mais recente.

Os sussurros bravos de seus pais subiram pelas escadas. Ele não conseguia entender o assunto da última briga deles, mas tinha certeza de que era algo bobo, como sua mãe dizendo que eles tinham cinco chaves extras da casa e seu pai jurando que eram apenas quatro. No último mês, Max já havia contado três brigas unicamente sobre bananas, o que parecia no mínimo um exagero. Seu pai acusava sua mãe de ter comido a última, e ela o acusava, e por aí seguiam em um círculo sem-fim que quase fazia Max querer correr de volta para a Escola da Desgraça, onde pelo menos quando as pessoas estavam sendo ridículas, ele não conseguia entendê-las.

Enquanto os sussurros cresciam, evoluindo para vozes tensas, ele ouviu sua mãe dizer:

— Nós deveríamos tê-lo mandado para a escola americana.

Max sentou rápido, se esticando para ouvir.

— Dê uma chance para ele — seu pai disse. — Mal faz três meses.

— Você já ouviu ele dizer alguma coisa? Ah, Michael. Ele não é igual a Claire.

— Esse é exatamente o motivo de nós o termos colocado em uma escola francesa. Ainda é novembro. Dê um tempo para ele.

— Talvez nós devêssemos ter ficado em Washington.

— Você só está com dúvidas. Ele parecia perdido lá…

Perdido lá? Max queria gritar. *Eu estou muito mais perdido aqui!* Ele tapou os ouvidos, não aguentava mais.

Quando Max finalmente tirou os dedos dos ouvidos, seu pais haviam parado de brigar. Mas mesmo depois de terem apagado as luzes, Max continuava acordado. Claire tinha razão. *Ele* estava os estressando. E era sua mãe que concordava com ele: a escola belga era um desastre, e não o tipo que precisa de um pouco de resiliência para se superar.

Max saiu da cama e desceu as escadas, passando pelos quartos escuros de Claire e de seus pais, chegando ao primeiro andar. Ele sentou no sofá embaixo da grande janela da sala de estar e olhou para o jardim. Dava para entender porque o inspetor Fontaine havia gostado. Uma chuva fina estava caindo de lado em cima dos arbustos de azevinho, quase como neve. Havia uma beleza estranha na silhueta bagunçada do pé de pera sem folhas. Um gato se apertou contra a parede. As bochechas de Max estavam úmidas com lágrimas, como se as nuvens tivessem se mudado para dentro. Ele deitou de costas e fechou os olhos.

Blam!

Max se sentou com um pulo. No andar de baixo, uma porta bateu e fechou. A confusão do sono acabou, e ele percebeu que não estava na sua cama no terceiro andar, mas sim no primeiro andar. A chuva havia parado e no silêncio estranho a luz da lua cortava a sala de estar. Max se levantou, respirando rápido. Havia alguém lá embaixo?

Ele foi até a porta do porão, abriu-a e parou no topo da escada, ouvindo. Tudo estava quieto. Ele acendeu as luzes. As lâmpadas halógenas brilharam, disparando seus nervos. Talvez o barulho tivesse vindo do andar de cima – só alguém fechando a porta do banheiro? Ele deu um passo para baixo, então outro, até estar no chão de terracota da lavanderia.

Houve um barulho, e Max pulou quando uma caixa no corredorzinho do quarto da frente caiu no chão. Antes que Max pudesse correr de volta para as escadas, Teddy Roosevelt saiu correndo, em pânico pela avalanche de papelão.

Max riu.

— Então é você — ele disse.

O gato o encarou com seus olhos verdes, então voltou para a escada.

Max estava prestes a segui-lo quando se lembrou da portinha no fim do corredor. Sentiu urgência de abri-la e olhar lá dentro. Pegou uma lanterna na caixa de ferramentas do pai e mexeu nas caixas para poder passar por elas e chegar à porta. Parecia estranho que as caixas tivessem sido arrumadas para que a porta pudesse ser aberta sem bagunçá-las. Talvez seus pais tivessem guardado alguma coisa ali depois de tudo? Curioso, Max pegou a chave mestra.

Capítulo treze

O som de uma chave virando na fechadura alarmou Ahmed. Ele olhou ao redor em pânico. Enquanto as semanas passavam, ele foi ficando menos cuidadoso, andando mais durante a noite, fechando a porta do subsolo com ruído demais. Porém, ninguém havia vindo para a sua casa – engraçado como ele passou a chamar assim –, e parecia que ninguém viria.

Mas agora, enquanto ouvia a fechadura girar, Ahmed percebeu que essa ideia só estava na sua própria cabeça. Ele juntou seu cobertor. A porta começou a abrir. Ele se enfiou na alcova e se apertou para trás o máximo que pôde. Mas não havia nada que pudesse fazer sobre o colchão inflável ou as imagens na parede. Enquanto a luz da lanterna passava pelo subsolo, ele se cobriu com o cobertor, apertando os olhos e rezando para não ser encontrado.

Capítulo catorze

A luz da lanterna de Max iluminou uma visão estranha: uma foto presa em cima de um dos cubículos da adega. Max não conseguia parar de olhá-la. A imagem era de um homem – ou pelo menos ele achava que era um homem –, mas o meio de seu corpo era uma gaiola de passarinhos. Um pombo estava empoleirado dentro enquanto o outro descansava, como em solidariedade, em uma plataforma do lado de fora.

Quando andou mais para perto, Max sentiu uma lona mole embaixo de seus pés. Ele olhou para baixo e viu o colchão inflável do pai. Ficou pensando porque seu pai havia se deitado na frente dessa imagem estranha.

Max virou a lanterna para o fundo da adega. Os pelos no seu pescoço se arrepiaram. Havia outras duas fotos grudadas na parede – uma de Cristiano Ronaldo, o atacante famoso do Real Madrid, e outra do Aquaman correndo na água com seu tridente. Difícil de acreditar que seu pai teria colocado aquelas fotos.

Max moveu a lanterna para todos os lados dos cubículos, mas não encontrou nada neles até chegar no último. Dentro dele havia uma banana meio comida.

Max respirou fundo para se acalmar e tentou pensar em alguma explicação: seu pai podia ter descido enquanto comia uma banana e acidentalmente a esqueceu ali. Talvez Max só não tivesse percebido o Aquaman e o Cristiano Ronaldo antes, mas e se um menino da família que alugava a casa antes deles havia colocado aquelas imagens ali?

— Oi? — Max disse.

Ninguém respondeu. Ele ainda estava assustado. Era hora de sair e perguntar para o pai o que tinha acontecido no subsolo de manhã.

Ele apontou a lanterna uma última vez para o homem-gaiola. A porta de sua gaiola estava aberta. Por que o pombo de dentro não voava? Por que o pombo do lado de fora ficava? A foto era como uma charada que Max não conseguia responder.

Assim que ia sair, seus olhos baixaram na alcova. Ele mirou a lanterna lá dentro. Era mais funda do que ele imaginava. No fundo, ele viu um cobertor enrolado. Esticou o braço e segurou, mas não conseguiu puxá-la. Max deu um puxão forte. Dessa vez, o cobertor se moveu um pouco e ele conseguiu ver um par de olhos.

Max caiu para trás. Estava pronto para gritar pedindo ajuda quando o cobertor caiu e um homem apareceu. Era forte, com sobrancelhas escuras e grossas e a sombra de um bigode.

— Por favor — o homem disse. — Não conte!

Sua voz rachou e Max percebeu que não era de jeito nenhum um homem, mas um menino, como ele. Tinha olhos assustados e bochechas macias. O que Max havia achado que era um bigode era uma leve sombra de penugens acima dos seus lábios. O grito morreu na garganta de Max. O cabelo do menino era bagunçado, como se não tivesse sido cortado há muito tempo. Ele tinha uma pele bronzeada e falava com sotaque árabe. Max sabia o que ele era. O menino tinha que ser o que o inspetor Fontaine chamou de um "ilegal".

— De onde você veio? — Max perguntou. Ele percebeu que sua voz estava tremendo. Mesmo que o ilegal fosse uma criança, era maior e mais forte do que Max.

O menino olhou em volta como se estivesse tentando decidir se revelaria aquilo.

— Síria — ele finalmente disse.

Era um dos países que Madame Pauline havia mencionado no dia em que o inspetor Fontaine veio verificar quem vivia na casa. Max encarou o menino imaginando como ele havia acabado em Bruxelas sozinho. Mas o menino parecia interpretar a sua curiosidade como desconfiança. Ele caiu de joelhos e olhou para Max, segurando as mãos juntas.

— Por favor, não conte! Eles me mandar para centro! Eu não problema! Por favor!

Max não fazia ideia de qual centro ele estava falando, mas o olhar desesperado no rosto do menino fez ele responder antes de poder se impedir:

— Eu não vou contar.

— Obrigado, obrigado — o menino disse. Ele se levantou. Mas não olhou diretamente para Max, e Max teve a sensação de que ele não acreditava. Era justo. Max não tinha certeza se acreditaria também.

— Quem é você? — ele perguntou. — E como você veio parar aqui?

— Ahmed — disse o menino.

Max esperou ele responder à segunda pergunta, mas Ahmed não disse mais nada, então Max encheu o silêncio se apresentando.

— Meu nome é Max. Sou americano. Acabei de fazer treze anos. Quantos anos você tem?

— Catorze — Ahmed disse.

Ahmed parecia ter mais do que catorze anos, porém Max não o desafiou. Talvez ele quisesse que Max pensasse que ele era mais novo para parecer menos intimidante.

— São suas fotos? — Max disse, apontando para o Aquaman e o jogador de futebol.

— Sim.

— Você gosta de futebol, tipo, não futebol americano, futebol mesmo?

Os lábios de Ahmed se curvaram um pouco.

— Vai, Red Castle.

Max imaginou que ele queria dizer Red Devils, o time belga, mas não o corrigiu. Havia algo reconfortante no sorriso bobo do menino.

— Você gosta de futebol também? — Ahmed perguntou avidamente. — Cristiano Ronaldo? Messi?

— Sim — Max disse, mais para ser educado do que qualquer outra coisa. — Você também gosta do Aquaman?

Ahmed olhou para a foto.

— Ele não conhecer. Mas ele bom nadar? Esse o poder?

— Não só isso — Max disse. — Ele pode viver embaixo do oceano.

O sorriso de Ahmed se alargou. Max percebeu que não estava mais tremendo; seus músculos não estavam mais tensos. Ele se recostou na parede da adega, se sentindo quase relaxado.

— É você que está roubando nossas bananas.

O sorriso do menino sumiu.

— Não roubando.

Max percebeu que tinha ofendido o menino, o que parecia um pouco ridículo porque Ahmed estava basicamente roubando. Mas não era como se os pais de Max não pudessem comprar outras bananas, e eles pareciam perfeitamente capazes de brigar por outras coisas que não tinham nada a ver com Ahmed.

— Não, eu quero dizer… — Max percebeu que ele não conseguiria explicar sem ofendê-lo de novo, então apontou para a foto do homem-gaiola. — Quem é esse?

Ahmed encolheu os ombros.

— Eu gosto.

— Eu também — Max admitiu. — Há quanto tempo você está aqui?

Ahmed hesitou, seus olhos piscando. Max não sabia dizer se ele não havia entendido a pergunta ou se não queria revelar a resposta.

— Você tem uma família? Mãe? Pai?

Ahmed olhou para o chão.

— Não.

Por um segundo, Max sentiu a solidão de Ahmed como se fosse sua.

— Eu posso te trazer alguma coisa? — ele se ouviu dizer.

Ahmed chacoalhou a cabeça.

— Não precisa.

— Você tem certeza?

Então uma coisa estranha aconteceu. Ahmed o levou para a pequena porta de volta para o porão, como se Max fosse *seu* convidado e ele o estivesse levando para fora de *sua* casa. Então ele acenou para Max ir atrás dele até o quarto em que os pais do garoto deixavam os móveis extra.

— Vem — ele disse. — Coisa que eu quero mostrar.

Era uma armadilha? Mas se Ahmed quisesse machucá-lo, porque ele o tiraria da adega para onde seus pais poderiam ouvir mais facilmente? Max seguiu Ahmed até a janela da frente. Ahmed levantou a persiana. Uma dúzia de vasos, a maioria com folhas verdes caindo dos lados, estava no peitoril. Raízes torcidas e cinza se contorciam embaixo delas como dedos.

Ahmed se endireitou e olhou direto para Max.

— Eu cuido delas.

Então sua mãe não havia se livrado das orquídeas; ela apenas havia enfiado as flores lá, esperando que se recuperassem longe de seus olhos. Max imaginou se ela se sentia do mesmo jeito sobre ele – que ele era apenas outra frustração que precisva ser escondida na melancolia belga.

— Mas minha mãe deve vir dar uma olhada nelas de vez em quando, não?

Ahmed chacoalhou a cabeça.

— Ninguém vem. Nunca.

Ela havia esquecido delas. Max olhou as orquídeas de perto.

— Elas não estão mortas, estão? — Max perguntou.

Ahmed chacoalhou a cabeça.

— Ainda vivas.

Ele delicadamente abaixou a persiana e olhou para o chão. A única coisa que ele parecia querer era que Max voltasse para o andar de cima e esquecesse que havia um menino morando na sua adega. Mas aquilo parecia impossível. Max ficou parado por um longo e desconfortável momento até Ahmed se virar e voltar para a adega. Max silenciosamente o seguiu, mas apenas quando Ahmed alcançou a porta ele falou:

— Boa noite — ele disse.

— Boa noite — Max respondeu automaticamente.

Ahmed fechou a porta entre eles. Max ficou parado no corredor por um momento, encarando as caixas da mudança sem vê-las. Um estranho estava vivendo na sua casa, um imigrante ilegal, quase com certeza um muçulmano. E se fosse um terrorista? E se agora que foi descoberto ele decidisse matar todo mundo na casa? Max pensou na sua família dormindo no andar de cima, desprotegida e desamparada. Ele devia correr para cima e chamar a polícia.

Mas então Max pensou nas orquídeas. Que tipo de terrorista cuida de plantas domésticas? Também havia algo caseiro no jeito de ele arrumar o colchão inflável e as fotos. Ahmed – ele tinha um nome, Max se lembrou – era apenas um menino, um menino que gostava de futebol e revistas em quadrinhos de super-heróis. Ele havia perdido os pais, estava sozinho e parecia muito mais assustado do que perigoso.

A compaixão que Max sentiu o acalmou. Parecia pouco provável que Ahmed fosse machucar alguém. Max apenas estressaria seus pais ainda mais se lhes contasse. Além disso, eles quase nunca contavam tudo para *ele*.

Quando Max subiu na ponta dos pés passando pelo quarto dos pais, ele havia tomado uma decisão. Iria tentar dormir e decidiria o que fazer com Ahmed de manhã.

Capítulo quinze

Demorou bastante para o menino sair do corredor, tempo no qual Ahmed enrolou o colchão, enfiou o resto da sua comida em uma sacola plástica e rasgou suas fotos. Apenas uma decisão fazia sentido: assim que o menino subisse, ele iria embora. É verdade, Max havia prometido não contar, mas por que iria manter a promessa? Ahmed era um estranho; ele havia invadido sua casa e claramente assustado o garoto ao sair da alcova e implorar por misericórdia. Ele não deveria ter revelado que era da Síria. De tudo que Ahmed havia ouvido nos campos, americanos tinham ainda mais medo de pessoas do Oriente Médio do que os europeus, juntando todos eles como fanáticos e terroristas.

Quando os passos de Max desapareceram além das escadas do porão, Ahmed estava pronto para partir. A adega parecia exatamente igual ao dia em que ele a descobriu. Não havia traços de que Ahmed esteve lá, e o entristecia ver como era facilmente apagável.

Ele abriu a portinha e ouviu. Não havia sons no andar de cima. Mas isso não queria dizer que Max não estava contando para os pais. Eles podiam estar ouvindo a história, seu pai pronto para pular da cama ou sua mãe no telefone, ligando para a polícia. Ele correu para o quarto da mobília para dizer um tchau rápido para as orquídeas. Ele ficou feliz que Max soube que ele se importou com elas – dando algo, mais do que apenas tirar de sua família. Mas ele duvidou que Max fosse cuidar delas como ele cuidou. Ahmed sentiu um peso no peito. Ele se esticou e pegou a orquídea mais saudável para levar com ele.

Ahmed correu pela lavanderia e de volta para o cômodo com as bicicletas e esquis. Ele destrancou a porta e se esgueirou para o pátio.

A noite estava muito mais fria do que ele esperava. Ele podia ver a sua respiração e seus dedos tremiam. Desejou que tivesse comprado um casaco ou pelo menos pegado o cobertor – a família não sentiria falta. Mas ele não era um ladrão. Ele até deixou as moedas que havia encontrado por último, como prova disso. Era um ponto de orgulho bobo em uma noite tão amarga. Ele não tinha nem dinheiro para o ônibus.

Essa percepção sombria gerou outra enquanto o olhar de Ahmed pairava na planta em sua mão amortecida. Ele não poderia levá-la com ele. Estava quase congelando; o frio iria matar a orquídea em horas. Ele precisava levar a flor de volta para dentro. Mas e se o pai de Max já estivesse no porão? Ahmed imaginou seus passos pesados na escada, uma arma nas mãos (os americanos nos filmes estavam sempre carregando armas). Ele devia apenas largar a orquídea e correr. Mas em vez disso ficou plantado no lugar. Depois de tudo que havia perdido, como podia se sentir mal por uma orquídea estúpida? Talvez, ele pensou, porque a orquídea estúpida era tudo que lhe restava.

Ele delicadamente empurrou a porta e colocou a cabeça para dentro. O porão estava escuro, o que parecia um bom sinal. Não havia passos nem gritos, nenhum som no andar de cima. Assim, cuidadosamente, colocou a orquídea no tapete azul. Talvez a mãe de Max a notasse e lhe desse uma segunda chance. Agora, era hora de ele ir.

Mas ele continuou agachado atrás da bicicleta. E se Max tivesse mantido a sua promessa? Não parecia que alguém estivesse descendo – pelo menos não naquela noite. Depois de alguns minutos, ele voltou para dentro pelo jardim e olhou para a casa. Nenhuma luz estava acesa. Com certeza, se Max tivesse dedurado, as luzes estariam acesas.

Parecia bobo sair no meio da noite. Era melhor formular um plano, dormir um pouco e esperar até de manhã, quando não estaria tão frio. Ahmed colocou a orquídea de volta no peitoril da janela no quarto da mobília e voltou nas pontas dos pés para a adega. Ele desenrolou o colchão inflável e se envolveu bem apertado com o cobertor. Antes de conseguir pensar em um plano para o dia seguinte, ele dormiu.

Capítulo dezesseis

Depois de uma noite sem descansar, Max acordou rápido, pensando em Ahmed. À luz do dia, sua promessa parecia impossível. Ele não podia fingir que Ahmed não estava lá. Mesmo se ainda estivesse bravo, ele precisava contar para os seus pais. Era melhor pensar adiante e deixar os adultos lidarem com a situação.

Por outro lado, olhe o que os adultos confiáveis haviam feito por ele – ele estava preso na Bélgica! Além disso, a promessa que fez a Ahmed o incomodava, e quando ele finalmente desceu, não parecia certo falar sobre aquilo. Sua mãe estava brigando com Claire sobre uma festa que ela havia falado que iria na sexta-feira, seu pai estava sofrendo para pagar uma conta em francês e Teddy Roosevelt havia vomitado no chão chique de madeira. Sua família mal parecia perceber que ele estava lá, exceto por Claire, que deu uma pausa nos gritos com a mãe para gritar com ele por ter acabado com a última caixa de leite.

— Max, diga para Madame Pauline pegar leite para a gente no caminho para casa — a mãe disse enquanto enfiava papéis em sua maleta. — Eu não tenho dinheiro. Michael, onde a gente deixa aquelas moedas? Juro que parece que elas se escondem! Diga para ela que vou reembolsá-la quando eu pagar no fim da semana.

— Tudo bem — Max disse, mas não tinha certeza de que ela havia ouvido. Ele imaginou se Ahmed tinha algo a ver com as moedas desaparecidas também.

Pensou em dizer algo para o pai no caminho para a escola. O céu estava brilhando em cima dos telhados das casas da cidade e a rua calma convidava a uma conversa. Mas em vez disso Max procurou o número cinquenta, a casa de Albert Jonnart. Ele a encontrou logo depois do terreno com os arbustos de framboesa bagunçados e uma placa em francês que avisava: "Isso é privado, não é um lixão". Era a única casa geminada da quadra e tinha um telhado triangular impressionante que, para Max, parecia dois lances de escada que se encontravam no meio. Max imaginou que Albert Jonnart devia ter sido uma pessoa bem importante para conseguir pagar por uma casa como aquela. Ainda assim, ele havia desistido da sua vida para esconder um menino que nem era belga.

— Você está quieto hoje — seu pai percebeu. — No que está pensando?

— Nada — Max disse. Ele hesitou antes de adicionar: — Na Síria, na verdade.

— Síria? — seu pai perguntou levantando as sobrancelhas.

— Eu vi uma coisa sobre isso — Max disse vagamente. — O que está acontecendo lá?

— Tem uma guerra civil.

Seu pai começou uma explicação complicada de como a guerra começou, seus três lados e os papéis de outros países, como a Rússia e os Estados Unidos. Porém, o que mais prendeu Max foi o que seu pai disse sobre os refugiados – como milhões de Sírios haviam fugido da violência e estavam amontoados em campos provisórios pelo Oriente Médio e pela Europa, com medo de voltar.

— É uma situação terrível, especialmente com o inverno chegando. Mulheres e crianças dormindo ao relento, em barracas. Alguns deles se machucaram na guerra e outros perderam membros da família e estão traumatizados.

Max tinha certeza de que era por isso que Ahmed estava sozinho, seu pais deviam ter morrido na guerra.

— Não tem ninguém ajudando eles?

— Claro. Tem grupos como a Cruz Vermelha, o Comitê Internacional de Resgate e os Médicos sem Fronteiras; governos também. Mas eles estão cansados – a última vez que houve tantos refugiados na Europa foi depois da Segunda Guerra Mundial. Mais que isso, desde que o Estado Islâmico está na Síria, as pessoas se preocupam que alguns possam ser terroristas...

— Tipo Madame Pauline — Max disse. — Ela pensa que eles são todos terroristas.

— Ah, Madame Pauline — seu pai disse, chacoalhando a cabeça lamentavelmente. — Olhe, talvez alguns deles sejam. Mas não a maioria.

Max se sentiu encorajado. Seu pai parecia compreensivo sobre a condição dos refugiados. Era essa a chance de falar sobre Ahmed.

— Tem campos como esse em Bruxelas?

— No verão houve um grande no Parc Maximilien — seu pai disse. — Mas a cidade o fechou em setembro e mandou todo mundo para os centros de recepção.

Centro, era essa a palavra que Ahmed tinha usado.

— Eles são... bons?

— Eles estão cheios.

— Talvez nós pudéssemos ficar com um refugiado em casa. Nossa casa é grande o suficiente.

Seu pai parou na frente da Escola da Desgraça e passou a mão em seu cabelo.

— Você é uma boa criança, Max. Mas nós não podemos fazer isso.

Max se afastou.

— Por que não?

— Eu sou um empreiteiro americano. Seria político demais para mim.

— Mas o que tem de político em ajudar alguém?

— Olhe, Max. Cuidar de outra pessoa é uma responsabilidade enorme e nós só vamos ficar mais oito meses. Além disso — ele adicionou com um sorriso —, você consegue imaginar o que Madame Pauline iria dizer?

Max escondeu seu desapontamento com um sorriso, então se arrastou para a Escola da Desgraça. Ele devia saber que não poderia contar com o pai. Seu pai não achava que ele era uma boa criança. Ele achava que era uma criança perdida.

NA ESCOLA, Max se esforçou para se concentrar, porém era mais difícil do que o normal não deixar as palavras de Madame Legrand se misturarem enquanto ele tentava decidir o que fazer. Parecia bobo encorajar Ahmed a ficar na adega. Os pais de Max iriam dedurá-lo para um desses centros se o descobrissem. E o inspetor Fontaine, que disse que ficaria de olho na casa? Seria ainda pior para Ahmed se o policial o descobrisse vivendo em uma casa que o inspetor Fontaine parecia considerar sua.

No intervalo, enquanto a turma do "Você fala inglês?" dava risada imitando vários professores, Max ficava olhando para sua casa. Imaginou o que Ahmed fazia todo dia enquanto ele estava na escola. Ele ia no quarto de Max? Max nunca havia percebido nada faltando ou fora do lugar, mas ele deixava tudo em todo lugar – roupa suja, seu iPad e outros eletrônicos, livros, revistas em quadrinhos, jogos de tabuleiro. Ele nunca tinha se importado de ser bagunceiro, mas agora sentia um pouco de vergonha quando pensava como todas essas coisas, largadas sem cuidado, deveriam parecer para Ahmed.

De repente ele percebeu que Ahmed podia ter fugido assim que ele saiu. Nesse caso, Max constatou que não precisaria tomar nenhuma decisão. Mas essa possibilidade só o fez se sentir pior. Ele imaginou Ahmed se arrastando na chuva, segurando uma placa escrita à mão como a dos pedintes nas esquinas e no metrô, implorando por dinheiro.

Um grito interrompeu os pensamentos de Max. Seus olhos focaram de volta no pátio da escola e viram Oscar o encarando, com a bola de futebol enfiada embaixo do seu pé enorme.

— *Arrête de me regarder comme ça!*

Para sua surpresa, Max percebeu que havia entendido. *Pare de olhar para mim assim!*

A turma do "Você fala inglês?" parou de rir. O jogo de futebol parou do nada.

— *Je ne te regarde pas* — Max disse.

Eu não estou te olhando.

Oscar projetou seu queixo.

— *Si tu me regardais!*

Sim, você estava olhando!

Max percebeu que podia ter parecido para Oscar que ele estava o encarando quando na verdade estava olhando para a sua casa. Mas ele com certeza não iria explicar isso, especialmente quando o menino parecia não ir com a cara dele. Max sabia que deveria contar até dez, mas em vez disso ele deu um passo para a frente.

Jules, o melhor menino da turma do "Você fala inglês?", colocou seu braço em volta de Max e tentou fazê-lo dar meia-volta.

— *C'est un idiot* — Jules disse, respirando alto.

Oscar é um idiota.

Porém Max se livrou dele.

— *Et alors?* — ele disse, encarando Oscar.

Max não tinha certeza se era a expressão certa para "E daí se eu estava?", mas talvez só assassinar a língua já fosse insulto suficiente. As narinas de Oscar se alargaram.

— Talvez você entenda, estúpido — Oscar disse em inglês. — Nenhum amor de menino aqui.

Max conseguia ouvir seu coração batendo forte nos ouvidos. Não importava se as outras crianças haviam entendido ou se pensavam que ele era gay. Não importava que ele estivesse quebrando as regras da escola ou que seus pais tivessem dito para nunca, nunca mais bater em alguém. Ele já havia cansado do *bullying* de Oscar. Correndo, Max bateu nele.

Oscar era grande e pesado, mas seu pé estava na bola e por isso perdeu o equilíbrio. Ainda assim, conseguiu bater no nariz de Max com um soco forte enquanto caía. A dor atordoou Max apenas por um instante, então o cegou com fúria. Ele pulou em Oscar e começou a socá-lo.

— *Mex Ou-Arde!*

Quando Max reconheceu seu nome inteiro gritado em um sotaque francês, Madame Mansouri, uma das ajudantes, havia se enfiado no círculo de crianças em volta deles. Ela puxou Max com força na sua direção. Oscar apertou sua barriga e começou a gritar em um francês tão rápido que Max só conseguia entender a raiva do seu dedo grosso apontando em sua direção.

Max percebeu que estava com sérios problemas. Oscar não havia ganhado a batalha de socos, mas definitivamente havia ganhado a batalha de palavras. Quem entendeu o que ele estava dizendo – talvez que Max fosse um americano louco que estava praticando *bullying* com *ele*. Era o incidente com a criança do nono ano e a bicicleta, tudo de novo.

Então, uma voz vinda de trás o cortou.

— *Non, c'est pas vrai.*

Não, não é verdade.

Max virou para olhar para o seu defensor. Era Farah.

— É Oscar que está sendo cruel com Max — ela continuou, falando em um francês calmo e lento para Max poder entender. — Ele queria que Max atacasse ele.

Houve murmúrios de concordância de Jules e vários outros.

Madame Mansouri aliviou o aperto no braço de Max e se virou para Oscar.

— Oscar, isso é verdade?

— *Non* — Oscar disse. Mas ele cometeu o erro de não olhá-la nos olhos, e isso a fez soltar o braço de Max e gritar com os dois. Max não entendia tudo que ela estava dizendo, mas entendeu alguma coisa sobre regras e sobre que na próxima vez eles seriam mandados para *la directrice*, a diretora. Então ela os fez apertar as mãos e se olhar nos olhos, o que Max pensou que era uma punição apropriada, pelo menos para Oscar.

Quando o sinal tocou, Max correu para a fila atrás de Farah.

— *Merci* — ele disse.

Farah encolheu os ombros.

— Não foi nada — ela falou em francês.

Max lutou para encontrar as palavras em francês.

— Eu queria saber... por que ele me detesta.

Farah se virou para olhá-lo.

— Não é você. O pai de Oscar morreu quando ele estava no quarto ano, em um acidente de carro. Todo mundo era muito gentil com ele, eu ainda tento ser, mas ele está malvado desde então.

Max sentiu uma ponta de pena.

— Ele tem mãe?

— Sim — Farah disse. — Ela é secretária na comuna. Ela deixa ele fazer o que quiser. E ele faz o que quer aqui na escola. Você foi corajoso de enfrentá-lo.

Max olhou impressionado para ela. Ninguém nunca havia o chamado de corajoso, com certeza não por ter seguido seus impulsos loucos. De repente ele imaginou se eles eram tão loucos depois de tudo. Ele assimilou a palavra em francês – *courageux*. Talvez ele não fosse tão inteligente quanto Claire, talvez ele nunca fosse o melhor em alguma coisa. Mas ele sabia a diferença entre crueldade e gentileza; sabia como proteger um amigo.

Seus pensamentos se voltaram para Ahmed. Talvez houvesse outra forma de ser corajoso: não usando os punhos, mas agindo como Albert Jonnart e simplesmente fazendo a coisa certa. Ele iria seguir seu primeiro impulso. Não iria dedurar Ahmed. Tentaria ajudá-lo.

Provavelmente já era tarde demais. Ahmed havia sentido seu medo e sua hesitação; era mais provável que ele já tivesse ido embora. Porém Max não podia ter certeza – não durante o resto da tarde enquanto Madame Pauline implacavelmente o enchia de verbos em francês. Não enquanto ele procurava na internet em seu quarto aquela foto do homem com o tronco de gaiola. Nem mesmo depois que Claire e seus pais chegaram em casa e voltaram a brigar sobre a festa a que Claire queria ir. Durante a briga, Max tentou fugir para a escada do porão – com a desculpa de que precisava usar o banheiro – quando Claire o ouviu.

— É ele que está deixando o assento levantado! — ela disse com um toque de triunfo na voz.

— Max! — sua mãe gritou. — Eu te disse para abaixar o assento.

— Desculpa! — Mesmo que Ahmed tivesse ido embora, parecia melhor para todo mundo acreditar que ele era o culpado.

— E provavelmente ele faz xixi por tudo! — Claire adicionou. — Como ele faz no andar de cima!

Apenas quando todos já haviam ido deitar, Max finalmente conseguiu descobrir se o menino da adega ainda estava lá.

Capítulo dezessete

Nos últimos anos, Ahmed aprendeu a linguagem das batidas – a batida alguma-coisa-horrível-aconteceu-a-alguém-que-você-conhece, a batida saia-antes-de-eu-te-tirar e a batida é-hora-de-você-sair-agora-é-a-sua-única-chance. É por isso que, onze e meia, quando ouviu uma batida na portinha, ele soltou a respiração. Era uma batida gentil, uma batida que dizia "Eu venho em paz".

Ahmed se agachou embaixo do arco e abriu a portinha. Max estava parado lá de pijama, segurando um cobertor e um travesseiro, com um saco de papel em cima deles.

— Eu não sabia o que você gostava de comer — ele disse, olhando para as coisas. — Quer dizer, além de bananas.

Pela segunda vez nos últimos dias, Ahmed sentiu seus lábios se transformarem em um sorriso.

— Obrigado — ele disse.

Então ele pegou o saco e se afastou para indicar que Max podia entrar.

— Tem um sanduíche de peru, uma caixa de suco e umas barrinhas saudáveis. Elas são meio nojentas, mas é por serem cheias de vitaminas.

Ahmed não conseguia acompanhar o que Max estava dizendo, mas concordava como se entendesse. E em um sentido entendia, pelo menos o tom de Max, que era nervoso, mas gentil.

— Eu também trouxe um travesseiro e outro cobertor — Max disse, enquanto o seguia para dentro da adega. — Parece meio gelado aqui embaixo.

— Obrigado — Ahmed agachou para colocar o travesseiro e o cobertor no colchão inflável. — Senta?

Max se largou no colchão. Ele parecia mais relaxado agora, com as pernas cruzadas embaixo do corpo.

— Eu estava preocupado que você tivesse ido embora — ele disse.

Ahmed não contou o quanto esteve perto. Como teria ido embora antes do amanhecer se não tivesse acidentalmente dormido, sendo acordado apenas pela voz da família acima dele. Como no momento em que a porta da frente fechou, ele havia tomado banho, se vestido, pegado mais comida, adicionado mais pão e uma laranja do andar de cima. Como no último minuto ele levou as orquídeas para cima e como acabou conversando com elas sobre os gritos do pátio da escola.

— Se o menino tivesse falado, alguém já teria vindo me buscar. Mas eu posso confiar nele?

Nós confiamos em você, ele imaginou as orquídeas dizendo. *Confie nele – pelo menos por mais um dia. Além disso, está frio e vai chover.*

Ahmed abriu o saco e tirou o sanduíche. Tinha queijo e algum tipo de carne dentro. Ele cutucou com o dedo, tentando decidir o que fazer.

— Você não gosta de peru? — Max perguntou.

Ahmed estava aliviado de não ter que explicar sobre *halal*. Quanto menos falasse de sua religião, melhor.

— Não.

— Desculpe. Eu não sabia. Você pode tirar.

Ahmed esticou o braço para entregar de volta as fatias.

— Você quer?

— Ah, não — Max disse, acenando que não para ele. — Eu estou bem.

Parecia rude comer sozinho, mas Ahmed estava com fome. Ele mordeu, mastigou.

Max assistiu a ele com uma expressão de satisfação.

— Estou feliz que você não foi embora — ele disse depois de um minuto.

— Nenhum lugar para ir — Ahmed admitiu.

— Aquele centro de que você falou é realmente tão ruim?

Um pedaço de pão sem casca e queijo grudou na garganta de Ahmed. Ele chacoalhou a cabeça vigorosamente.

— Como prisão. Espera com muitos meninos, então eles me mandam de volta.

— Eles não vão te mandar de volta! Eu procurei, sírios podem ficar.

— Sem papel. — Parecia menos suspeito, Ahmed pensou, do que dizer para Max que ele tinha documentos falsos. Porém, Max ainda parecia confuso. Ele provavelmente pensava que mudar para um país novo era só questão de dar as caras. A vida era fácil para os americanos. Ele tentou explicar de novo. — Sem papéis, então sem nome, sem aniversário, sem país. Todo mundo quer ser sírio. Ninguém acredita em mim. Eles me mandam para Turquia... Por favor, não conte.

— Mas você é só uma criança.

Ahmed deixou o sanduíche de lado. Seu apetite havia sumido. Eles pareciam estar de volta onde haviam começado – Max quase o traindo, Ahmed implorando para ele não fazer. Ele desejou poder culpar as orquídeas. *Vocês me disseram para confiar nele.*

Porém Max deve ter lido a sua expressão porque segurou sua mão.

— Relaxa, eu prometi que não contaria. E não vou. Eu vou te ajudar. Mas só vamos ficar aqui até julho, e, além disso, você não pode ficar aqui pelo resto da vida. Talvez a gente possa conversar outra hora?

Max era com certeza persistente. Ahmed não queria prometer, mas também não queria que Max agisse sem sua permissão.

— Talvez — disse sem entusiasmo.

O rosto de Max relaxou; essa resposta parecia o suficiente para ele.

— Do que mais você precisa?

Ahmed podia pensar em centenas de coisas de que precisava, mas não disse nada. Não queria ficar em dívida com Max. E se preocupava que Max pudesse ser pego trazendo coisas para ele.

— Você só tem essas roupas — Max disse no meio do silêncio. — Você não tem nem roupa para dormir.

— Por favor — Ahmed disse. — Não precisa.

— Não tem problema — Max disse. — Eu volto amanhã à noite.

Ele levantou e olhou em volta da adega como se estivesse fazendo um inventário do que Ahmed tinha e não tinha.

Ahmed levantou também.

Max apontou para o homem-gaiola, que Ahmed havia grudado de novo.

— É Magritte.

Ahmed não entendeu.

— O quê?

— O artista... Seu nome é Magritte. Eu pesquisei no Google. Ele é belga.

Mas o que mais significou para Ahmed além do seu nome ou nacionalidade era o fato de Max ter procurado a imagem em primeiro lugar. A imagem havia ficado na cabeça de Max do mesmo jeito que ficou na dele. Ele pensou se Max também tinha percebido que o homem estava sentado em um penhasco, acima do mar.

— Um livro — Ahmed disse do nada. — Você traz para mim? Eu leio um pouco em inglês.

Max acenou que sim.

— Do que você gosta? Eu tenho vários: revistas em quadrinhos, ficção científica, história. Você foi no meu quarto?

Ahmed chacoalhou a cabeça. Ele não sabia como explicar a sua regra sobre não passar do primeiro andar.

— Você escolhe para mim.

Ahmed andou com ele de volta para a portinha. Quando abriu, ele percebeu que o lado esquerdo do nariz de Max estava vermelho.

— O que aconteceu? — ele perguntou, apontando.

— Eu tropecei. Nada de mais.

Max encolheu os ombros, mas seus olhos ficaram sombrios. Não era uma mentira muito convincente, Ahmed pensou. Mas aquilo o reconfortou: Max sabia algo do mundo no fim das contas.

Ele seguiu Max pelas caixas até o corredor, mas no meio do caminho Max parou e se virou.

— Você é muçulmano, certo?

Ahmed congelou. Ele pôde perceber pelo jeito com que Max perguntou que ele já tinha adivinhado que era. Então, por que queria que ele dissesse? O estômago de Ahmed apertou. Max devia ter dúvidas sobre ajudá-lo, sobre ajudar um muçulmano. Provavelmente estava preocupado que ele fosse um terrorista. Mas Ahmed não podia mentir, não sobre isso.

— Sim — ele disse. — É por isso eu não como carne. Precisa ser *halal*.

— O que é isso?

— *Halal* é regra dos muçulmanos sobre como matar animal.

— Eu não sei muita coisa sobre ser muçulmano — Max admitiu.

Ahmed pensou se ele sabia qualquer coisa – ele provavelmente pensava que o islã era apenas uma religião violenta que servia para atacar não muçulmanos. Desejou poder dizer para Max como seu pai o levava junto quando entregava arroz e açúcar para os pobres, ensinando sobre a importância da caridade, que era um dos pilares da religião deles. Mas não achava que pudesse contar para Max sobre seu pai – ainda não.

— Muito importante no islã é ajudar pobres e estranhos. Maomé, nosso profeta, diz que os melhores muçulmanos são aqueles que ajudam os outros. Isso está no nosso livro sagrado, o Alcorão, as palavras que Deus revelou para Maomé.

Max concordou, sua expressão estava pensativa.

— Eu não acredito em Deus. Mas, às vezes, acho que alguém precisa acreditar.

A garganta de Ahmed apertou; ele estava com medo de chorar. Então apenas se virou com um sussurro.

— Boa noite.

Capítulo dezoito

O dia seguinte foi uma sexta-feira, treze de novembro, mas foi só na noite daquele dia horrível que Max percebeu a data infeliz. Assim que chegou em casa da escola, ele começou a trabalhar. Primeiro, olhou os livros e as revistas, tentando escolher os mais perfeitos para Ahmed. *Aquaman: o trono de Atlântida,* volume três, era uma escolha óbvia. Mas ele estava tendo dificuldade para escolher o segundo livro. Achava que precisava ser um assunto com o qual Ahmed pudesse se identificar, mas que fosse inspirador também. *O diário de Anne Frank* não terminava bem, então desistiu desse. Pais mortos eram outro assunto que ele queria evitar, mas quase todo livro de fantasia parecia começar com um pai morto.

Então ele voltou no tempo por meio de sua prateleira de livros até achar o primeiro que leu sozinho. O título era *Meninos heróis da guerra entre estados*, e havia sido escrito nos anos 1950. Max havia passado por uma grande fixação pela Guerra Civil durante o quarto ano. Seu pai se lembrava de ter gostado dos *Meninos heróis* quando era criança e achou para Max um livro velho com manchas de umidade no eBay. Algumas histórias eram tristes, mas havia outras triunfantes também, algumas que mostravam que crianças podiam ser tão corajosas quanto adultos. O livro impressionou muito Max. Depois de colocar o livro e a revista em uma sacola, ele olhou as roupas velhas do pai e encontrou um pijama que nunca o havia visto usar e de que seu pai provavelmente não sentiria falta. Adicionou uma escova de dentes extra, nunca usada, e uma pasta de dentes tamanho viagem.

Como esperado, seus pais foram dormir cedo – como normalmente faziam às sextas, exaustos por causa da semana. Em outro lance de sorte, Claire também foi dormir, reclamando de dor de garganta. Às dez e meia da noite, ele desceu até o quarto dos pais e deu uma olhada. A única luz era a do telefone de seu pai, que piscava com mensagens ou alertas de notícias – ele claramente havia se esquecido de mudar para o "não perturbe". Ele dormia pesado, apesar disso. Não havia luz alguma vindo do quarto de Claire.

Max percebeu seus passos no corredor no andar de baixo. A porta da frente abriu. O estômago de Max revirou. Onde Ahmed estava indo? Ele iria embora? Max correu para descer as escadas e estava prestes a sussurrar seu nome quando Claire apareceu, com o cabelo loiro balançando atrás dela, e o encarou. Ela estava de casaco, usando delineador e batom e segurava uma bolsa pequena com lantejoulas em sua mão enluvada.

— Nem pense em contar para a mãe e o pai — ela chiou. — Eu te mato.

Então, silenciosamente, ela fechou a porta e saiu.

Max ficou congelado onde estava, com o coração ainda batendo forte. Será que ela havia imaginado onde ele estava indo, descendo no meio da noite, carregando uma sacola? Mas então ele percebeu que ela só estava pensando em si mesma e se ele iria contar. Ela estava fugindo para a festa, claro. Seus pais nunca a deixariam ir. Uma pequena parte dele se sentia tentada a contar – como seria bom ela não ser mais a senhorita Perfeita. Mas então seus pais iriam atrás de Claire e ficariam acordados metade da noite brigando com ela, e ele não poderia visitar Ahmed. Além disso, por um bom tempo, seus pais ficariam de olho para evitar fugas no meio da noite.

Era melhor, de qualquer jeito, fazê-la ficar devendo um favor para ele do que começar uma guerra. Enquanto ele fazia um sanduíche de manteiga de amendoim e geleia para Ahmed na cozinha, Max riu baixinho sozinho – quantos segredos havia naquela casa? Quantas crianças vagando à noite? Ele quase se sentiu mal por seus pais, desconhecedores do universo maluco escondido perto deles.

Seu humor estava leve quando ele bateu na portinha. Parecia contagioso, também, porque quando a porta abriu, Ahmed sorriu. Max segurou a sacola aberta.

— Bananas, sanduíche de pasta de amendoim e geleia, dois livros...

Mas antes de poder terminar, ele ouviu a voz da mãe da escada.

— Meu Deus!

O sorriso sumiu do rosto de Ahmed. Max enfiou a sacola em sua mão. Quando voltou para o corredor, Ahmed tinha fechado a porta da adega. Max subiu na ponta dos pés a escada do porão, com o estômago apertado. Tinha acontecido alguma coisa com Claire? Ele imaginou a irmã presa e machucada. Ele se livrou dos pensamentos. Ela havia deixado a casa dez minutos antes. Não era muito provável que já estivesse com problemas – isto é, a não ser que estivesse com um problema diferente. Sua mãe era bem capaz de chorar daquele jeito simplesmente por descobrir que Claire não estava no quarto.

Ele agarrou uma banana da cozinha e correu para a escada, dessa vez sem se incomodar em abafar os passos.

— O que aconteceu? — ele disse, entrando no quarto dos pais.

Os dois estavam sentados, com a luz acesa, olhando para os telefones.

— Quieto! — sua mãe sussurrou. — Você vai acordar Claire.

Max soltou um respiro que não percebeu que estava segurando. Independentemente do que estava acontecendo, não tinha nada a ver com ela.

— Foi você que gritou — seu pai disse para ela.

— Bom, foi você que deixou o telefone ligado.

— O que aconteceu? — Max interrompeu.

— Tem ataques terroristas acontecendo em Paris — seu pai disse. — Em vários lugares. Eles estão com reféns em uma casa de shows.

— Meu Deus, são só garotos — sua mãe disse.

— Que tipo de terroristas? — Max perguntou.

— Muçulmanos — sua mãe disse. — Eles estavam gritando "Deus é maior".

Max sentiu que não podia respirar. E se Ahmed fosse complacente com os terroristas? E se estivesse ajudando eles?

— Max, você está bem? — sua mãe perguntou.

— A maior parte dos muçulmanos não é terrorista — ele murmurou.

— Claro que não — ela hesitou, parecia escolher suas palavras com cuidado. — Eles são pacíficos, pessoas decentes. Igual àquela menina… na escola...

— Farah.

— Isso, Farah. — Sua mãe sorriu como se pensar em Farah a deixasse feliz antes de sua expressão ficar séria de novo. — Mas o extremismo islâmico é um problema sério.

— E não só na Europa — seu pai adicionou. — No Oriente Médio e na Ásia também.

A voz de sua mãe começou a ficar mais alta.

— São pessoas inocentes indo a um show...

— Você vai acordar Claire — seu pai disse.

Claire! Max precisava avisar a irmã. Quais eram as chances de sua mãe ir dar uma olhada nela? Ela estava triste; pessoas estavam sendo mortas. Em algum momento, sua mãe iria querer dar uma olhada enquanto ela dormia.

— Onde você estava, hein? — sua mãe perguntou.

Max segurou a banana.

— Fazendo um lanche. Preciso fazer xixi agora. Já volto.

— Olhe isso — sua mãe disse, mostrando o telefone para seu pai.

Max correu para subir a escada e começou a digitar o mais rápido que podia.

MÃE PAI ACORDADOS ATAQUE TERRORISTA PARIS VEM PRA CASA ANTES Q ELES VEJAM Q VC SAIU

Ele apertou enviar. Depois correu de volta para o quarto dos pais. Eles ainda estavam grudados nos telefones.

— Mais alguma notícia? — ele perguntou.

— A polícia não foi para o Bataclan ainda — seu pai disse. — Os terroristas devem ter coletes suicidas. A polícia deve estar preocupada que eles se explodam.

A voz de seu pai estava tensa, e o medo nos olhos de sua mãe enquanto ela olhava seu celular assustou Max. Era horrível imaginar as pessoas presas dentro do clube com terroristas suicidas, sem saber se aqueles momentos seriam seus últimos. Max tentou não pensar nisso. Ele se concentrou em manter os pais conversando para eles não se levantarem e irem olhar Claire.

Pelo menos, seu celular vibrou.

PORTA DA FRENTE

— Eu já volto — ele disse.

Nenhum deles disse nada. Sua mãe parecia prestes a chorar por causa do que estava lendo no telefone.

Max desceu a escada correndo e abriu a porta. Claire se esgueirou passando por ele. De alguma forma ela havia tirado toda a maquiagem. Ela chutou os sapatos e pendurou o casaco, então tirou a calça jeans e a colocou embaixo da pilha de chapéus e echarpes. Só então ela parou para olhar para Max, não com uma cara brava, mas com um olhar que era calmo e tranquilo. Ele sentiu que era a primeira vez desde que eles mudaram para Bruxelas em que ela realmente estava vendo ele.

— Obrigada — ela sussurrou. Então acenou para ele subir as escadas, seguindo-o na ponta dos pés enquanto ele batia os pés.

— O que você está fazendo, Max? — sua mãe disse em um sussurro alto. — Você vai acordar Claire.

Claire surgiu na frente dele entrando no quarto de seus pais, bocejando.

— Tarde demais. Ele já acordou.

— Fui conferir se a porta estava trancada — Max disse, entrando atrás dela.

— O que aconteceu? — Claire perguntou, esfregando os olhos como se tivesse acabado de acordar. Apenas se Max olhasse bem de perto ele poderia ver pedacinhos de maquiagem cinza nas rugas de seus olhos.

— Ataques terroristas em Paris — seu pai disse. Enquanto Claire sentava ao lado da mãe, o pai de Max se mexeu e bateu no espaço vazio ao seu lado. Max andou até o lado dele da cama e sentou. Seu medo se transformou em vergonha. Como ele podia pensar, nem que fosse por um segundo, que Ahmed estava envolvido com coisas assim? É verdade, ele era muçulmano, mas ele falava sobre caridade, não violência. Ele não havia sido nada além de gentil.

— Não se preocupe, Max — seu pai disse. — Ninguém vai te machucar. Isso está acontecendo em Paris, certo? Você está seguro aqui.

Sua mãe envolveu Claire com os braços e beijou seu cabelo. Seu pai colocou o braço em volta dele. Mas tudo que Max conseguia pensar era em Ahmed, sentado sozinho na adega, sem ninguém para dizer que ele estava a salvo.

Capítulo dezenove

Foi apenas no meio da noite seguinte que Ahmed ouviu a batida de leve em sua porta. Nas mais de vinte quatro horas desde que a mãe de Max havia gritado e ele havia corrido, Ahmed ficou na adega, sem sair nem para usar o banheiro, se aliviando no balde em vez disso.

Para passar o tempo, Ahmed olhou os livros que Max trouxe para ele. Era bem fácil entender as revistinhas do Aquaman. As imagens ajudavam: havia Aquaman no trono de Atlântida; havia ele saindo para se juntar à Liga da Justiça; tinha o Lorde Orm malvado mantendo o mundo como refém e roubando o trono de Aquaman. O outro livro tinha mais palavras e menos imagens. Parecia ser sobre meninos em uma guerra muito tempo atrás, mas o inglês de Ahmed não era bom o suficiente para ele entender, e ele não gostava das fotos dos meninos segurando rifles maiores do que eles ou carregando tambores enormes. Havia um olhar assombrado em seus olhos – de cansaço e resignação – que ele reconhecia.

Assim que ouviu a batida, Ahmed correu para a porta. Ele estava se sentindo mal por não estar usando o pijama que Max tinha dado, mas esperava ter de fugir a qualquer momento, e parecia ridículo correr pela cidade usando pijama. No entanto, Max não pareceu notar. Ele entrou rápido, carregando uma sacola e uma bolsa térmica.

— O que aconteceu? — Ahmed perguntou.

Max não estava olhando em seus olhos.

— Aconteceram vários ataques terroristas em Paris.

— Quantas pessoas mortas?

— Mais de cem.

Max não disse muito mais, porém Ahmed entendeu tudo. Os terroristas muito provavelmente eram do Estado Islâmico, treinados na Síria. Alguns deles supostamente tinham ido e vindo da Turquia para a Europa e podem ter fingido serem refugiados. Eles provavelmente se pareciam muito com ele – homens jovens sem documentos viajando sozinhos.

— Muito ruim — ele disse.

Max concordou com a cabeça, mas não parecia querer falar muito mais sobre isso. Ele levantou a bolsa térmica.

— Eu te trouxe umas outras coisas para comer — ele disse. — Iogurte, vegetais, sem carne. Também tem mais alguns livros.

— Obrigado — Ahmed disse.

Enquanto guiava Max para dentro da adega, ele permitiu que seus pensamentos chegassem à uma conclusão inevitável. Os europeus iriam culpar os refugiados. Não importava quantos deles estivessem fugindo do Estado Islâmico. Eles eram todos muçulmanos. Para os europeus, eram todos iguais. Ele precisava deixar claro que não tinha nada a ver com aquilo.

— Você gostou dos primeiros livros? — Max perguntou.

— Eu gostei Lord Orm — Ahmed disse. Tarde demais, ele percebeu como poderia soar para Max que ele tinha gostado do vilão. — Não tipo. Ele é ruim.

— Não — Max disse, parecendo entender. — Ele é meio-irmão do Aquaman. Você sabia?

Ahmed chacoalhou a cabeça.

— Eles tinham o mesmo pai, mas Lord Orm é completamente humano.

— Humano? — Ahmed repetiu, sem ter certeza da palavra.

— Tipo… ahn… — Max pausou. — Tipo não mágico. Comum. Igual à gente.

Ahmed chacoalhou a cabeça.

— Mas eu não gostar Lord Orm. Eu não gostar desse homem ruim em Paris...

— Pare — Max disse, levantando sua mão. — Eu sei. — Seu rosto estava levemente vermelho, como se a conversa o tivesse envergonhado, mas Ahmed pensou se ele também estava envergonhado pelos medos e dúvidas que cruzaram sua cabeça.

— Você leu o outro livro? — Max perguntou.

— Um pouco — Ahmed disse, mais para não parecer rude.

— Eu lia devagar — Max explicou. — Minha irmã, Claire, leu os primeiros quatro livros do Harry Potter no segundo ano e todo mundo estava preocupado porque eu ainda não lia capítulos inteiros de livros no terceiro. Mas aí ganhei esse livro e... sei lá. Eu gostei dele.

Ahmed não acompanhou. Com medo de que Max estivesse esperando uma resposta, ele decidiu contar a verdade.

— Esse livro muito difícil. Eu não ler.

— Ah — Max disse, suas bochechas ficaram vermelhas como se fosse ele a admitir isso. — Seu inglês é muito bom, mesmo assim. Onde você aprendeu?

— Meu pai.

A resposta doeu ao ser falada.

— Ele falava bem?

— Ele era professor de inglês.

— O que aconteceu com ele?

Ahmed olhou para a imagem do homem com o corpo de gaiola equilibrado no topo do penhasco olhando para o mar. Ele se sentiu exatamente como esse homem, na beira de um precipício. Tinha certeza de que, se respondesse, ele cairia no mar.

— Você ensina inglês melhor para mim? — ele perguntou em vez de responder. — Para eu ler este livro?

Max parecia surpreso. Então seus olhos se curvaram em um sorriso.

— Claro. Nós podemos ler juntos. Eu vou te trazer um dicionário também, aí você pode procurar as palavras e ver o que elas significam. Enquanto isso, você pode olhar esses outros. Esse é sobre os meninos que inventaram o Super-Homem. Você sabe quem ele é, né, o super-herói de outro planeta?

Ahmed levantou um punho para o céu.

— Nabil Fawzi!

Max chacoalhou a cabeça.

— Quem?

— Esse é o seu nome quando ele é só trabalhador.

— Você quer dizer Clark Kent!

— Não Clerk Cant! Em árabe, Nabil Fawzi.

— É um pássaro, é um avião, é Nabil Fawzi? — Max caiu para o lado dando risada. — Talvez em árabe soe bem.

Ahmed percebeu que estava rindo também. Ele derrubou Max e o prendeu no chão.

— Tudo bem, tudo bem! — Max gritou. — Inábil Fácil! Nóbil Fúcsia!

Quando Ahmed finalmente sentou e soltou Max, seu estômago doeu de tanto rir.

— O que mais você trouxe? — ele perguntou com a sua voz mais imperiosa.

— Eis aqui diante de vós — Max pegou o próximo livro da sacola com esplendor. — *O caso Girassol*, um dos melhores livros do Tintim, ou como você chama em árabe…

— Tintim.

— Você tem certeza de que não é Abdul Abdul ou alguma outra coisa?

Ahmed deu um empurrão de brincadeira nele.

Max colocou o livro na cabeça de Ahmed, então pegou outro.

— E por último, mas não menos importante, meu querido, meus pais atenciosos me deram este antes de anunciarem que estavam me forçando a me mudar para cá. Sem palavras, só imagens. É sobre um cara que chega em uma cidade nova sozinho…

Ahmed sorriu.

— Bruxelas?

— Não é uma cidade real, na verdade. Eu acho que é mais tipo Nova York.

— Onde você mora?

— Não, eu sou de Washington, D.C.

— É como Bruxelas?

Max riu.

— De jeito nenhum. Primeiro que não chove o tempo todo. E as pessoas são mais simpáticas. Pelo menos a maioria. Aqui, deixa eu te mostrar umas fotos...

Ahmed se curvou para cima do telefone de Max enquanto ele passava pelas fotos de seus amigos e selfies bobas. Apesar de a casa de Max e de seu bairro parecerem mais chiques, sua vida real não parecia tão diferente da de Ahmed antes da guerra – sair com os primos e amigos, brincar.

— Você tem alguma foto da sua família? — Max perguntou.

Ahmed sacudiu a cabeça. Todas estavam no seu telefone.

Max pausou em uma foto de dois meninos empoleirados em suas bicicletas. Crianças com mochilas estavam saindo de um prédio de tijolos atrás deles.

— É sua escola? — Ahmed perguntou.

— Sim.

O estômago de Ahmed apertou de saudade. Ele olhou para Max, surpreso de o encontrar encarando a foto com igual intensidade.

— Esses são Kevin e Malik. E a bicicleta que eu destruí.

Ele apontou para a bicicleta de montanhismo azul de Kevin.

— Destruiu como?

Max olhou para Ahmed como se não tivesse certeza se queria falar sobre isso. Então, com um grande suspiro, ele começou a contar a história. Max riu quando contou, agindo como se não fosse grande coisa, mas Ahmed pôde dizer que era, pelo jeito como ele mexia as mãos.

— Todo mundo ficou bravo comigo — Max disse. — Mas eu só estava sendo um bom amigo.

Ele disse isso de um jeito desafiante, mas ao mesmo tempo olhava para Ahmed como se precisasse de confirmação.

Ahmed não hesitou.

— Você é um bom amigo, Max.

Capítulo vinte

Toda noite, nos dias seguintes, Max levou comida e outros suprimentos para Ahmed, incluindo o dicionário de inglês que tinha prometido. Então Max ouviu Ahmed ler *Meninos heróis da guerra entre estados*. O primeiro capítulo era sobre Johnny Clem, que tinha entrado no Exército da União com dez anos e, aos doze, durante a Batalha de Chickamauga, atirou no coronel confederado que tinha exigido sua rendição. Max havia achado a história de Johnny emocionante, mas Ahmed não parecia emocionado. Max imaginou que podia ser pela dificuldade da língua: eles precisavam pausar várias vezes para ele explicar a Ahmed o que uma palavra significava ou como pronunciar corretamente. Mas também ocorreu a Max que Ahmed tinha passado por uma guerra. Quando ele imaginava a história pelos olhos de Ahmed, tudo parecia mais triste e menos glorioso: um menino que implorava para entrar no exército depois de perder a mãe em um acidente de trem e então acabava atirando em um homem com um mosquete pequeno serrado para ficar do seu tamanho.

Durante essas visitas, Max propositalmente evitava contar para Ahmed as últimas notícias: como o planejador chefe dos ataques de Paris era na verdade belga, como ele havia ido e vindo da Síria. Como três dos outros terroristas, incluindo o que ainda estava solto, moravam no bairro de Molenbeek, em Bruxelas, bem perto do Parc Maximilien e a apenas quatro quilômetros da casa de Max.

Um nervosismo havia caído na cidade. Era impossível não sentir, mesmo na escola. Esperando a porta do pátio abrir de manhã, os pais se amontoavam todos juntos, falando baixinho. Max percebeu alguns deles olhando para as mães com lenços na cabeça, seus sorrisos educados sofrendo para camuflar seu desconforto.

Na aula, Madame Legrand devolveu a última *dictée*. Max tinha tirado trinta e quatro de setenta e sete.

— Quase metade — Farah disse em francês quando se juntou a ele na mesa para ajudá-lo a corrigir. — Não é ruim!

Max quis fazer alguma piada sobre como ela estava avaliando seu trabalho com a maior boa-vontade do mundo, mas isso estava muito além do seu francês.

— Graças a você — ele disse.

— Eu posso ler o seu exercício de escrita também.

— Minha letra, segundo você, estava ruim?

Farah ficou vermelha.

— Não... não.

Max sorriu para mostrar que só estava brincando.

— Eu sei. Ruim nos Estados Unidos também. Mas no computador eu escrevo bem. Você precisa de um computador. Moderno.

Ela gargalhou e fez Max se sentir inteligente – mesmo em francês. Ele imaginou se ela poderia sair depois da escola, talvez para ajudá-lo com a sua tarefa de casa. Queria ouvi-la rir de novo. Mas tinha a sensação de que Madame Pauline não gostaria de ser trocada por Farah.

— Farah — uma voz disse atrás deles.

Max enrijeceu. Oscar o estava evitando desde a briga, porém Max não gostou do tom maldoso em sua voz.

Farah se virou e o olhou severamente.

— O quê?

— Você conhece algum desses terroristas que eles estão procurando?

Farah se virou de novo sem responder, porém Max encarou Oscar.

— O quê? — Oscar disse inocente. — Você sabe que ela mora em Molenbeek.

Antes de Max poder levantar da cadeira para agarrar Oscar, uma sombra caiu na mesa.

— Oscar! — Madame Legrand rosnou.

Oscar correu para sua mesa, mas seus olhos apertados fizeram Max pensar que ele ainda estava todo cheio de si.

Antes da saída, Madame Legrand lembrou a classe que a escola aceitava crianças de todas as religiões e acreditava que todos deviam ser tratados com respeito.

No caminho para casa, Max contou para Madame Pauline o que sua professora havia falado, esperando que isso funcionasse para convidar Farah. Mas ela apenas respondeu com uma bufada alta, como se Madame Legrand fosse a errada de verdade.

— Você acha que essas pessoas estão respeitando a *nossa* cultura? Eles querem que a gente os apoie, mas não querem ser nada como a gente — disse. — Você vai ver, Max — ela acrescentou sombria. — Algum dia, a Europa vai ser deles.

Max suspirou. Ele não queria correr o risco de Madame Pauline compartilhar uma opinião dessas com Farah. Ele queria que Farah gostasse de sair com ele, e não que ela achasse que ele ou seus pais pensavam assim. Madame Pauline não era a única com essa opinião. Depois de Paris, Max havia começado a ler os jornais on-line. Políticos em toda a Europa e nos Estados Unidos estavam culpando os refugiados pelos ataques – ou pelo menos as fronteiras abertas que os deixavam entrar.

Na tarde seguinte, Max estava em casa, lendo um editorial britânico que pedia verificações mais rígidas de identidade e controle de fronteiras, quando a campainha tocou. Ele fechou seu notebook e correu para descer as escadas assim que Madame Pauline abriu a porta. Uma voz familiar ecoou pela entrada.

— *Bonjour, Mex* — o inspetor Fontaine disse, olhando para onde Max tinha parado subitamente na escada. — Ou eu ainda deveria dizer olá?

— *Bonjour, Monsieur* — Max disse. Seu coração estava batendo forte, mas ele tentou manter sua voz firme. Mesmo se o inspetor Fontaine soubesse de Ahmed, talvez Max pudesse avisá-lo.

— *Tu parles un peu français maintenant*. Bravo!

— Eu só falo um pouco — Max disse em inglês.

— Você tenta. Nem todo mundo tenta.

Max acenou com a cabeça. Ele não conseguia entender se o policial estava brincando com ele ou se era possível que não soubesse de Ahmed.

— Você deve estar ocupado — Max disse, tentando tirar dele o motivo de estar ali.

Ele desceu as escadas, tentando pensar desesperadamente em uma forma de avisar Ahmed. Mas a única ideia que conseguia ter era gritar: "Corra, Ahmed! Polícia!", e isso parecia apenas idiota, um bom jeito de se incriminar e garantir que metade da polícia de Bruxelas ficasse atrás de Ahmed.

O inspetor Fontaine tirou o quepe e esfregou a manga da camisa na testa, tirando gotas de chuva.

— Ah, sim. Muito ocupado.

— Vocês precisam se livrar dessas pessoas — Madame Pauline censurou.

Apenas um pequeno aperto dos olhos do inspetor traiu seu incômodo.

— Se fosse tão fácil, madame. A União Europeia não concorda em fechar as portas, pelo menos não ainda. Mas eu resolvi ser duro. Se eu pegar qualquer um deles descumprindo até uma das menores leis…

— Alguns deles não são apenas crianças? — Max perguntou antes de conseguir se controlar.

O inspetor Fontaine o olhou com um olhar de pena, como se ele não entendesse de verdade.

— O Estado Islâmico recruta crianças, Max, meninos da sua idade, até mais novos.

— O islã é uma religião violenta — Madame Pauline acrescentou.

Max quase mencionou o que Ahmed havia falado sobre a importância de ajudar pessoas pregada pelo islã. Mas ela provavelmente não acreditaria nele, então ele apenas disse:

— A maior parte dos muçulmanos não parece violenta.

— Até eles se radicalizarem — Fontaine disse. Então, antes de Max conseguir responder, ele levantou um pedaço de papel. — Eu estava passando, então pensei em deixar isso aqui.

Isso era um jogo elaborado da polícia? Max abriu o papel. O nome de um homem estava escrito, ao lado de um número de telefone.

— O que é isso? — Max perguntou.

O inspetor Fontaine sorriu de maneira autocongratulatória.

— Um jardineiro. Você pode dar o número para os seus pais. — Ele andou a passos largos até a sala de estar e apontou para fora da janela. — Tomek vai deixar o jardim bonito de novo. O outono é a melhor época para plantar bulbos...

Porém, Max mal ouviu enquanto ele tagarelava. O inspetor Fontaine realmente só havia passado para entregar o nome de um jardineiro? Ele também se incomodava que o policial soubesse que os pais de Max não haviam contratado ninguém. Ele havia apenas suposto que eles não iriam dar um jeito ou estava assistindo, talvez da casa do vizinho?

— Obrigado por isso — Max disse, segurando o pedaço de papel. — *Merci.*

O inspetor Fontaine hesitou, olhando continuamente para o jardim. Max quase sentiu como se ele estivesse pescando um convite para ficar. Porém Max não lhe fez o convite.

— Eu preciso ir — o inspetor Fontaine finalmente disse.

Mas enquanto andava de volta para o corredor, ele parou ao lado da porta do porão e enfiou a cabeça lá. Max sentiu suas pernas tremendo.

— Aposto que o gato de vocês gosta de se esconder lá embaixo!

Max nem conseguia falar. Ele apenas concordou com a cabeça.

O inspetor Fontaine riu de leve, como se houvesse lembrado da corrida desesperada de Teddy Roosevelt.

— Eu costumava brincar de esconde-esconde lá.

Então ele andou até a porta.

— *Bonne journée* — ele disse, dando adeus.

Assim que a porta bateu, Max soltou a respiração.

Mas Madame Pauline apenas chacoalhou a cabeça.

— Dá pra entender porque a cidade está cheia de terroristas enquanto a polícia de Bruxelas está mais preocupada com os jardins.

Capítulo vinte e um

Naquela tarde, Ahmed ouviu uma batida surda seguida de um ruído enquanto um pedaço de papel passava por baixo da porta da adega. Ele se debruçou e abriu o bilhete.

"Não saia", estava escrito. Com um garrancho, estava assinado "Max".

Alguém viera até a casa. Ahmed tinha ouvido a campainha tocar, uma voz pouco familiar e passos acima dele. Era a voz de um homem, e parecia estar próxima, talvez perto da escada do porão. Seja quem for, tinha assustado Max. Mas o homem tinha ido embora, ou pelo menos Ahmed pensava que tinha, porque ouviu a porta da frente fechar.

Ahmed obedientemente ficou na adega. Ele tentou se manter ocupado olhando os novos livros enquanto esperava por Max.

Era quase meia-noite quando Ahmed ouviu a batida leve. Ele abriu a porta e viu Max carregando a mesma sacola cheia de comidas, livros e outros suprimentos.

— Que aconteceu? — ele perguntou.

Max entregou a bolsa, então entrou e fechou a porta.

— Um tira passou por aqui.

Ahmed chacoalhou a cabeça ao ouvir a palavra pouco conhecida.

— Tira?

— Um policial. Não surte.

Os braços de Ahmed pareciam amortecidos. Ele colocou a sacola no chão. Ele não sabia o que "surte" significava, mas imaginava que tinha algo a ver com o jeito como seu estômago começou a se revirar e a girar, como se ele ainda estivesse no mar.

— Não acho que ele saiba que você está aqui — Max disse.

Ahmed não se sentiu confortável.

— Não acha?

Max se sentou e deu tapinhas no colchão ao lado dele. Ahmed se afundou ao seu lado. Se um policial estava bisbilhotando por aí, ele não estava mais seguro.

— É o mesmo cara que veio ver quem nós éramos pra gente poder ter as licenças de residência — Max explicou. — O avô dele era dono da casa, então ele é meio que obcecado por ela.

— Ótimo — Ahmed murmurou.

— Não se preocupe, ele está mais focado no jardim. Ele quer que meus pais arrumem.

— Precisa aparar — Ahmed concordou melancolicamente.

— Ele passou para deixar o nome de um jardineiro. Eu realmente não acho que ele saiba alguma coisa. Mas, em todo caso, ele ainda estava por aqui. Eu não queria que você saísse.

Max tinha feito a coisa certa. Mas Ahmed ainda se sentia "surtado". Não era bom que o policial sentisse um interesse especial pela casa. E se havia brincado nela quando era criança, ele provavelmente sabia da adega. Ele tentou se acalmar: se o policial realmente suspeitasse que Ahmed estava lá, já não teria checado?

— Eu fico dentro — Ahmed disse.

— Talvez por alguns dias — Max concordou. — Mesmo porque está chovendo. — Então ele pegou *Meninos heróis*.

Ahmed sentiu que havia mais alguma coisa que Max não estava contando para ele.

— Eles pegaram todos os terroristas de Paris? — ele perguntou.

Max abriu no capítulo em que eles estavam.

— Acho que não — ele disse, sem olhar para cima.

Então era isso. Havia uma busca. As autoridades estavam provavelmente procurando por eles em toda a Europa, inclusive na Bélgica.

— Quer ler? — Max perguntou.

Mas enquanto Ahmed tentava ler sobre John Cook, um menino de catorze anos, músico da União (ele tocava corneta, que Max explicou que era um tipo de trompete), sua mente vagava. Com a busca acontecendo, ele podia ter que ficar dentro de casa por mais do que alguns dias. Isso não era terrível – ele tinha cobertores agora, e livros, comida suficiente e a companhia de Max. As orquídeas estavam melhores – algumas até tinham folhas novas – mas os dias estavam ficando mais curtos e Ahmed sabia que para se recuperar totalmente elas precisavam de mais luz.

John Cook havia acabado de largar sua corneta para carregar um oficial machucado e afastá-lo do perigo quando Ahmed parou de ler e olhou para Max.

— As orquídeas não tem luz suficiente. Você me traz lâmpada para elas?

— Tipo uma luminária?

Ahmed não conseguiu se controlar e riu.

— Não, bobo, uma lâmpada de crescer. Lâmpada especial pra flores. Tipo sol.

Max riu.

— E eu sou o quê? Seu assistente pessoal? Tudo bem, tudo bem. Vou ver o que consigo fazer, vossa alteza.

— Não tão alto aqui na adega.

— É uma expressão. Como você sabe tanto sobre orquídeas?

Não era a primeira vez que Max perguntava sobre a sua vida, mas era a primeira vez que Ahmed queria responder.

— Meu avô, pai da minha mãe, tem loja de jardinagem.

— Ele está vivo?

Ahmed olhou para baixo enquanto percebia seu erro.

— Tinha.

Max não disse nada, e Ahmed sabia que ele queria que ele continuasse. Mas contar a história da sua família para outra pessoa, que poderia ler seus olhos e fazer perguntas, era bem diferente de contar para uma flor.

— Elas vão florescer de novo?

Ahmed pausou, então falou honestamente:

— Eu não sei.

Capítulo vinte e dois

Em uma manhã de sábado, uma semana depois dos ataques de Paris, Max acordou e encontrou seus pais ainda na cama, vendo veículos blindados e soldados com armas que patrulhavam o centro da cidade no noticiário local em francês.

— O que está acontecendo? — ele perguntou.

— A cidade está bloqueada — seu pai explicou. — A polícia acha que um dos terroristas de Paris está aqui e eles estão fazendo batidas pela cidade para encontrar o sujeito.

— Nós não podemos sair — sua mãe adicionou.

— Nem para comer? — Max perguntou.

— Eles disseram para ficar longe de lojas, de qualquer lugar em que as pessoas se reúnem — sua mãe disse. — Eles fecharam o metrô e estão cancelando todos os eventos públicos de hoje. Esse cara está armado e pode fazer reféns.

— Eu ouvi — disse Claire, saindo do seu quarto — que tem gente tuitando as melhores fotos de gatos.

— Fotos de gatos? — Max perguntou.

Max esperava que Claire virasse os olhos, mas desde a noite dos ataques de Paris, ela estava mais paciente com ele.

— Para manter as operações policiais secretas, ninguém deve postar nas redes sociais o que os policiais estão fazendo. Por isso, fotos de gatos. É o jeito belga de mostrar que eles não estão com medo.

O velho Max teria achado isto o máximo: um criminoso perigoso à solta, sendo forçado a se esconder dentro de casa como se fosse um dia com neve, mas sem a neve, mesmo a bobagem das fotos de gatos. Mas agora ele estava mais preocupado com Ahmed do que com qualquer outra coisa.

— O meu jeito de mostrar que eu não estou com medo é comprar umas cervejas — seu pai disse, colocando uma camisa. — E talvez uns salgadinhos e molho, se eu conseguir encontrar molho bom nesse país louco.

— Michael, você está brincando? — sua mãe disse, com a voz quase em pânico. — Nós vamos ficar dentro de casa. Todos nós!

Enquanto seus pais brigavam sobre se seu pai estava ou não arriscando a vida por cerveja e molho, Max desceu correndo as escadas e passou outra mensagem por baixo da porta da adega. "Não saia, nem para cuidar das orquídeas", estava escrito. Até onde Max sabia, Ahmed não tinha saído da adega desde que o inspetor Fontaine fez sua visita, mas com todos em casa o dia inteiro, e com o bloqueio, era vital que Ahmed ficasse escondido.

— Max, o que você está fazendo aí embaixo? — Claire gritou do topo da escada do porão.

Max correu de volta para a lavandeira. O que ele estava fazendo? Então, lembrou: as fotos de gatos!

— Procurando o Teddy!

— Ele está aqui. Você ainda tem a máscara do Batman? Eu queria tirar uma foto dele com ela.

Sua mãe conseguiu acabar com a expedição da cerveja, mas apenas porque os vizinhos da casa ao lado, um casal jovem de franceses chamados Florian e Inès, que sempre pareciam muito ocupados para dizer mais do que "olá", passaram com várias garrafas de vinho. A família belga-alemã do outro lado, Arnaud e Petra, também se juntou a eles, com a filha de dezessete anos, Simone. Todos comeram macarrão na sala de estar, onde o pai de Max acendeu uma lareira e conversou sobre o bloqueio.

— A polícia passou vergonha — disse Arnaud. — Por muito tempo, eles não prestaram atenção nos crimes muçulmanos e no extremismo.

Max foi até a lareira de tijolos, pensando em Ahmed escondido abaixo dela. Ele não era um extremista ou criminoso, mas qual era a probabilidade de alguém acreditar que ele era inocente se ele surgisse da adega durante um bloqueio?

— Bem, eles parecem estar tentando resolver isso agora — o pai de Max disse.

Principalmente o inspetor Fontaine, Max pensou triste.

Claire se levantou.

— Nós vamos subir — ela disse enquanto Simone ia atrás dela.

— Ei, Max, por que você não vai com elas? — sua mãe disse.

Max sabia que ela estava tentando se livrar deles para os adultos poderem conversar com mais liberdade, mas estava nervoso demais para sair. E se Arnaud ou algum dos outros vizinhos soubessem da adega? Max pensou que era pouco provável que eles decidissem passar por lá, mas tudo parecia possível naquela atmosfera tensa e nervosa.

— Eu ainda estou comendo — ele disse, e enfiou um garfo cheio de espaguete na boca.

Sua mãe encarou seu pai. Mas seu pai só encolheu os ombros como se fosse dizer: *Ele já é grandinho*, e se virou para Arnaud.

— Por quanto tempo você acha que a cidade vai ficar bloqueada?

Max ouviu atentamente. Ahmed precisaria ficar na adega até o bloqueio terminar. Mas será que teria terminado amanhã?

— Vai saber — Arnaud disse. — O governo de Bruxelas está tentando mostrar competência com isso.

Florian chacoalhou a cabeça.

— Mas em vez disso age demais, cria *panique*.

— Eles com certeza fizeram um bom trabalho com isso — sua mãe disse. Ela começou a completar sua taça de vinho, então parou e olhou para Max. — É uma situação louca. Especialmente para as crianças...

Os outros adultos o encararam.

— O que você acha, Max? — Inès perguntou.

Max se imaginou dizendo: *Acho que vocês todos deveriam sair para eu poder ir dar uma olhada no refugiado sírio que está escondido no nosso porão*, mas em vez disso ele só encolheu os ombros.

— Espero que eles encontrem o cara.

Foi apenas depois da meia-noite, quando seus pais e Claire finalmente foram dormir, que Max conseguiu visitar Ahmed e explicar o que estava acontecendo.

— Eles estão procurando o terrorista principalmente em Molenbeek, do outro lado da cidade.

Ele disse isso mais para se acalmar do que para acalmar Ahmed, que ouvia quieto e sem muita emoção, como alguém acostumado a receber más notícias.

— O policial, ele voltou?

Max chacoalhou a cabeça, pensando no que os adultos disseram.

— Provavelmente ele está muito ocupado.

Para mudar de assunto, Max pegou seu telefone e mostrou para Ahmed as fotos dos gatos do bloqueio: vestidos com fardas do exército, carregando armas pequenas; outras editadas, com eles voando acima de Bruxelas com *stormtroopers* nas costas. Ele estava aliviado de ver Ahmed sorrir.

— E o seu gato?

— As do Teddy não são tão boas.

Teddy não tinha se empolgado com a ideia de participar do ensaio fotográfico de Claire, tentando tirar a máscara do Batman e mordê-la.

Ahmed riu das fotos borradas.

— Ele acha a máscara terrorista.

— Ou eu — Max disse, mostrando um arranhão na parte de dentro do braço.

Ahmed estudou o machucado solenemente.

— Machucado durante batalha com gato. Bélgica honra sua bravura.

Max riu.

— Da próxima vez você pode detê-lo.

— Não, isso é trabalho perigoso apenas para o herói americano. Nabil Fawzi escolhe tirar foto.

Quando Max se levantou para sair, eles tinham se provocado tanto que ele se sentia relaxado de novo.

— Tenho certeza de que o bloqueio vai acabar na segunda — ele disse para Ahmed.

Mas não acabou na segunda. O encontro dos escoteiros foi cancelado e agora as aulas foram suspensas também; o metrô não estava funcionando, e seus pais haviam sido notificados pelo trabalho para ficar em casa. De novo, normalmente, Max teria gostado dessa pausa. Madame Pauline não podia vir, ele não tinha tarefa de casa, e seus pais, que estavam ou distraídos pelo trabalho ou pelos últimos avisos do bloqueio, pareciam felizes por deixá-lo ver filmes e jogar no seu iPad o dia inteiro. Também não era ruim ficar preso com Claire. Em vez de brigar ou batalhar pelo controle remoto, ela fez chocolate quente para eles e o deixou escolher o filme.

Porém, Max não conseguia se concentrar, nem no último *Capitão América*. A atividade da polícia estava se espalhando para mais bairros, incluindo o que ficava logo ao lado do deles. Sirenes soavam a distância. Ele estava com medo de que a polícia, com o inspetor Fontaine na liderança, entrasse na sua casa em seguida. Ele havia dado o nome e o telefone do jardineiro para seus pais, mas a sua mãe havia apenas revirado os olhos.

— Lidar com esse jardim é a última coisa em que eu estou pensando agora.

Na terça o bloqueio continuou, e o que poderia ter sido divertido havia oficialmente acabado. Max queria sair, queria ficar longe de Claire (ele estava cansado da sua gentileza sufocante), queria até mesmo ir para a Escola da Desgraça. Ele lembrou que Ahmed estava preso na adega por muito mais do que quatro dias; pensou como deveria ser ouvir o mundo do lado de fora – os gritos do pátio da escola, os aviões acima, as sirenes e buzinas e os barulhos da construção – e saber que ele não poderia fazer parte. Independentemente do que Ahmed viu, independentemente de ter medo de ser mandado de volta, deve ter sido horrível para ele preferir uma vida como essa.

Max não era o único se sentindo incomodado. Naquela mesma tarde, seu pai anunciou que precisava sair da casa e Max implorou para ir com ele. Sua mãe reclamou – as autoridades ainda estavam dizendo para ficar longe de lugares públicos –, mas eles estavam com pouca comida e Max sabia que ela não conseguiria aguentá-lo reclamando por muito mais tempo.

Era um alívio sair de casa, mesmo na tarde fria e úmida de novembro. Ele andou energicamente à frente de seu pai descendo a ladeira até o Carrefour. Normalmente ele odiava fazer compras, mas até mesmo tentar achar pimenta-da-jamaica em francês para a sua mãe e esperar no corredor infinito de cervejas enquanto seu pai sofria para escolher entre cervejas belgas chamadas Buraco Negro, Delirium e Fumaça de Loucura era mais interessante do que ficar trancado em casa.

Max havia parado de pensar no bloqueio, mas enquanto eles saíam da loja cheios de sacolas, ele percebeu um tumulto. Do outro lado da rua, um homem jovem parecendo árabe estava sentado com as pernas e os braços abertos, enquanto um policial o revistava.

Um segundo policial, que Max instantaneamente reconheceu como o inspetor Fontaine, resmungava com o homem em francês:

— Não se mexa, não se mexa!

Vários passantes olhavam para os homens com cautela.

— O que está acontecendo? — Max perguntou para o seu pai.

— Eu não sei. Parece que eles estão procurando suspeitos. É melhor a gente não mencionar isso para a sua mãe. Ela nunca mais vai deixar a gente sair de casa.

Seu pai começou a subir a ladeira, porém Max ficou onde estava. Não conseguia parar de olhar. O homem tentava explicar alguma coisa.

— Eu só estava indo para...

— Onde está a sua *carte d'identité?* — Fontaine interrompeu.

— Eu vou te dar — o homem disse. — Mas eu preciso mexer as mãos.

Fontaine deu um empurrão nele.

— Mexa-se então!

Pelo resto do dia, Max não conseguiu esquecer aquela cena, especialmente a raiva na voz de Fontaine e o jeito com que ele não deixava nem mesmo o homem falar.

Naquela noite, Max decidiu tentar descobrir a história de Ahmed novamente. A adega estava tomada pela luz rosa arroxeada da lâmpada que Max tinha comprado para as orquídeas em uma loja de jardinagem local. Ela iluminava as teias de aranha, a poeira e as sombras nas paredes de gesso. Durante a noite, Ahmed deixava as orquídeas com ela para ter mais horas de luz. Ele as envolveu cuidadosamente em jornais para conservá-las aquecidas e fez Max trazer um ventilador de mesa para manter o ar circulando. Ele explicou para Max como molhar as orquídeas para as raízes não apodrecerem, como garantir que a temperatura do ar estivesse acima de dezoito graus Celsius e como tomar cuidado para não colocá-las na luz direta do sol no verão, como a mãe de Max havia feito. Max se impressionou que alguém da sua idade soubesse cuidar de algo tão frágil.

Ahmed havia começado a ler o capítulo três de *Meninos heróis*, sobre Edwin Jamison, um soldado confederado de dezesseis anos que lutou na Batalha de Malvern Hill. Não era uma das histórias mais inspiradoras, no entanto Max sentiu como se houvesse algo desonesto em pular essa. Ouviu Ahmed ler como Edwin havia descido bravamente uma colina diretamente para o fogo da União. Mas toda vez que Max ia interromper e perguntar para Ahmed sobre ele, ele hesitava. Ele se sentia da mesma forma que se sentia antes de jogar uma pedrinha em um rio, meio com medo de perturbar o que estava abaixo da superfície.

Quando Ahmed chegou na parte do capítulo em que Edwin é morto por um tiro de canhão, ele parou de ler para olhar para a foto de Edwin. Max sempre achou que era o melhor de todos os meninos heróis – a imagem clara, Edwin olhando direto para a câmera, seus olhos largos e gentis.

Ahmed abriu a boca. Nenhum som saiu, mas seus olhos olhavam para Max como os de Edwin Jamison, como se quisessem falar.

— O que foi? — Max perguntou.

Ahmed piscou e se virou para longe dele na direção das orquídeas.

— Canhão é como bomba. As pessoas atingidas não sentem dor.

Capítulo vinte e três

Era isso que seu pai havia falado. E por quase um ano, Ahmed fingiu acreditar.

— De quem você está falando? — Max perguntou, gentilmente.

Ahmed se virou para Max. Era tarde demais para ficar quieto e manter em segredo a sua história. Uma parte dele nem queria mais.

— Nós morávamos em Alepo — ele começou. — Você conhece Alepo?

Max chacoalhou a cabeça.

— Maior cidade da Síria, muito antiga. Casa de Jami' Halab al-Kabir, mesquita antiga muito famosa. Também maior mercado bazar no mundo.

Esses eram lugares familiares de turistas. Ele tinha certeza de que pelo menos ainda havia fotos do vasto pátio de azulejos da Grande Mesquita e seus minaretes de mil anos de idade e o *souk* de Al Madina, treze quilômetros de lojas cobertas que vendiam de tudo, de pedaços de renda a nozes. O que parecia mais perdido era algo que ele não poderia ter capturado nem se soubesse as palavras em inglês – os ritmos comuns da vida que fazem um lugar e um tempo parecerem um lar. Havia apenas flashes de memórias, quase irreais agora: o cheiro de jasmim enquanto ele andava pelas ruas de paralelepípedos tortos no caminho para a escola; torcer para o Red Castle, o time campeão de futebol da cidade; a árvore de romã perto do parquinho; pombas empoleiradas nos galhos; ajudar seu avô a cuidar das rosas e molhar as árvores de peras e nêsperas no seu viveiro de plantas; as noites do Ramadã, depois da longa oração do Tarawih; brincar com as suas irmãs e comer pão doce *ma'arouk*; seu pai falando com ele sobre a Cidade Velha enquanto ouvia músicas sufi que cantavam a poesia sombria de Alepo: *Por que você me ensina a amar/ Então me deixa quando meu coração se torna parte sua?*.

— Quando guerra começou, verão. Eu tenho onze anos. Rebeldes que querem terminar com o presidente sírio Bashar al-Assad tomar a parte oriental de Alepo, e exército do governo tenta pegar de volta. Uma manhã, tudo calmo. Na outra tem bomba, uma quadra da nossa rua.

Ahmed ainda se lembra daquele dia. Como Baba mandou Ahmed e o resto da família ficarem longe das janelas, e então correu para fora. Mas Ahmed havia encontrado uma forma de espiar, na direção da explosão. Uma nuvem de poeira cinza e calcária pairava no ar onde ficava o prédio do apartamento do seu amigo Hassan. Ahmed podia ouvir choro e gritos enquanto seu pai e outros vizinhos escalavam o topo do que havia restado do prédio, abrindo caminho com as mãos por entre as pedras.

Não havia parecido possível, apesar disso, que o prédio houvesse ido embora, que existisse ar onde deveria haver paredes, que Hassan, que ele tinha visto de manhã carregando um pacote de pães para casa, pudesse ter ido embora também. O sol ainda estava brilhando, o ar do verão ainda exalava café, o motor de uma moto rugia e Fairuz, a cantora popular libanesa, soava de um rádio ao longe. Os olhos de Ahmed pausaram em uma árvore familiar de laranjas no jardim do seu vizinho. Era a mesma de sempre – alta e magra e ainda assim carregada de frutas – e por um segundo Ahmed teve certeza de que a sua vida ainda era aquela e não essa – o espaço vazio do prédio desaparecido, como um dente arrancado. Então, percebeu olhos virados para ele. Entre os galhos da laranjeira, um soldado rebelde estava agachado com uma arma.

— Em dias como esse, mais bombas, mais tiros. Muitas pessoas saem. Levam tudo que podem no carro, no ônibus ou na moto. Então não tem gasolina suficiente. Nós ficamos na escola do meu pai, espera.

Ahmed desejou conseguir descrever o êxodo – colchões, tapetes, crianças e idosos amontoados juntos nos colchonetes de caminhonetes; famílias inteiras vacilando em cima de uma motocicleta como em um número desesperado de circo; até mesmo pessoas andando, carregando crianças e sacolas cheias demais nas costas. Mesmo sem gasolina, a família de Ahmed podia ter ido embora, mas a escola parecia segura e seu pai temia que os campos de refugiados que se formavam fora da cidade pudessem ser alvos também. Então, eles esperaram vários dias até as bombas parecerem menos frequentes e o fogo da artilharia, mais distante.

— Alguns dias depois, está calmo, nós vamos para casa. Muitos prédios caídos, lojas fechadas, poucos carros na rua. Mas a nossa casa está lá.

Ahmed tinha certeza de que Max nunca entenderia o alívio que todos sentiram ao ver a casa em pé. Foi apenas quando eles entraram, lágrimas surgindo nos olhos de sua mãe, as meninas quase desoladas, que eles perceberam que a televisão, o computador do seu pai, a mesa e todas as cadeiras haviam sumido, provavelmente roubadas por rebeldes. Um cheiro ruim vinha da cozinha. A comida na geladeira havia apodrecido depois de a luz cair. E quase ao mesmo tempo, a sua irmã Jasmine gritou que a descarga não estava funcionando.

— Muitos problemas, mesmo assim. Sem água, eletricidade, telefone — Ahmed explicou para Max. — Mãe, pai prontos para sair; eles pegaram fotos, documentos, roupas. Mas não tem bomba naquela noite e todo mundo está cansado.

Eles todos acordaram na manhã seguinte logo antes do amanhecer para orar. Enquanto o sol surgia, o bairro começou a voltar – alguns carrinhos de mascates, um monte de vizinhos inspecionando as sacolas de areia empilhadas em uma esquina. A eletricidade voltou, o rádio tocou, um bebê chorou. Foi assim que começou – a ilusão de que a vida podia ser normal de novo. Enquanto seus pais e irmãs sentavam no chão e silenciosamente comiam pão com geleia de figo, Ahmed pôde perceber que ninguém queria sair. Quando o barulho dos tiros ecoou no ar, eles congelaram enquanto comiam. Um silêncio estranho caiu do lado de fora, como se eles fossem passarinhos e um gato estivesse passando. Mas assim que o som dos tiros parou, os sons e as vozes recomeçaram, e Ahmed e sua família voltaram a comer.

— Pai se sentiu mal de deixar seus alunos — Ahmed explicou. — Nós decidimos não ir.

Eles nunca tomaram uma real decisão de ficar, apesar disso. Uma sacola de emergência sempre ficou pronta, esperando na porta. Foi mais como um dia se estendendo no outro, e o barulho dos tiros se tornou familiar. Algumas lojas reabriram e, com um dos vizinhos restantes, eles compraram um gerador, que dava energia suficiente para alimentar a geladeira. Ahmed ajudou seu avô a plantar vegetais – abobrinha, feijão, batatas – em um pequeno jardim no viveiro de plantas do avô que eles sempre enchiam com flores. Eles aprenderam a coletar água quando as torneiras funcionavam e a trazer contêineres para a grande estação de água de metal quando elas não funcionavam. Eles até aprenderam a brincar do lado de dentro quando parecia muito perigoso sair, Ahmed inventava jogos para Jasmine, que tinha sete anos, e Nouri, que tinha apenas três.

— No fim do verão — ele continuou —, eu volto para a escola.

Era a mesma escola que ele havia frequentado no ano anterior, mas parecia diferente, com apenas metade dos professores e mais da metade dos estudantes tendo ido embora. Alguns, como Hassan, haviam morrido, mas a maioria tinha ido para a Turquia, Jordânia ou Líbano. Levou várias semanas para conseguir um time novo de futebol, já que o centroavante havia perdido uma perna, o ala esquerdo estava morto, e o goleiro e o zagueiro estavam na Turquia. Havia também alguns dias em que era muito perigoso andar as cinco quadras para a escola, então seu pai ensinava ele e Jasmine em casa. Mas nos dias em que podia ir, Ahmed ficava feliz de estar lá, se ele pudesse imaginar que estava salvo. Mas esse sentimento não durou muito.

— Naquela primavera, escola é bombardeada. Graças a Deus, ninguém está lá, mas o prédio não está mais. Depois disso, eu fico em casa.

— Você se sentia seguro lá? — Max perguntou.

— Não durante as bombas.

Por mais que Ahmed se impressionasse com as coisas com que alguém podia se acostumar, não havia como se acostumar com as bombas. Quando eles ouviam o som de um helicóptero do governo voando acima deles, corriam para um abrigo no porão de um prédio perto dali. Se ouviam um barulho de zumbido, por outro lado, mesmo Nouri sabia que não havia tempo suficiente e em vez disso corria para o banheiro, o lugar mais seguro na casa. Eles se amontoavam juntos na banheira, sua mãe e seu pai em cima deles, as palmas das mãos de Ahmed suando e sua respiração curta. À noite, ele tinha sonhos doentios de corpos cortados na metade. Ele se pegava cada vez com mais frequência com o olhar perdido no horizonte, tendo esquecido o que deveria estar fazendo. Nouri começou a molhar a cama. Um dia, uma bomba atingiu o viveiro de plantas do seu avô. Seu avô, felizmente, não estava lá; havia ido ajudar a plantar flores em uma rotatória. Mas a destruição do viveiro o afetou tanto quanto a morte de sua avó muitos anos antes.

— Meu avô tem problema de coração e vem morar com a gente. Mãe não quer deixar ele. Ela se preocupa também o que vai acontecer com ele se a gente sair.

Todo dia a energia voltava por duas horas e sua mãe podia conferir seu e-mail. Ela lia notícias de mais estradas do norte sendo fechadas e de famílias presas no lado sírio da fronteira, doentes por causa de comida envenenada, infestadas de piolhos e sem banheiros no calor horrível. "Melhor morrer aqui", ela disse, juntos.

Ahmed sabia que ela não queria dizer aquilo. Aceitar a morte, olhá-la nos olhos, era só uma forma de ter menos medo.

— Em 2014 meu pai começa uma escola secreta para seus alunos, embaixo de um porão.

Max olhou em volta da adega.

— Assim?

— Sim.

Pela primeira vez, Ahmed pensou se isso era parte da atração da adega.

— E você foi também?

— Às vezes eu vou, mas mais vezes meu pai diz que é perigoso para eu sair. Daesh, Estado Islâmico, veio para Alepo também. Eles querem meninos com mais de dez anos lutando. Não indo para a escola. Eu ajudo a mãe em casa. Último inverno é muito difícil. Inverno mais frio em muito tempo.

O aquecedor só funcionava algumas horas por dia, então os cinco começaram a dormir na cama de seus pais. Apesar de Ahmed poder ver nuvens de sua respiração, eles se mantiveram aquecidos assim. Lá fora nas ruas, lixo empilhado, canos explodindo e poças congeladas. As filas do pão aumentavam e as pessoas brigavam para proteger seu lugar. Algumas vezes seu pai precisava fechar a escola para comprar pão, esperando até doze horas na chuva gelada. Poucos estudantes estavam indo de qualquer jeito. Todo dia eles ouviam mais histórias de aviões do governo bombardeando escolas e hospitais, de rebeldes executando famílias inteiras que eles suspeitavam que estavam colaborando com o governo, do Daesh matando civis que não seguiam suas regras restritas de religião. Seu pai olhava para as suas bolsas, ainda arrumadas perto da porta, e pensava alto se era hora de ir. Mas sua mãe queria esperar até a primavera. As pessoas estavam vivendo em cabanas fraquinhas nos campos de refugiados turcos, sem aquecedor e com muito pouca comida, e alguns diziam que era ainda pior do que estar em casa. "Pelo menos nós ainda temos paredes", sua mãe dizia. Seu pai não conseguia argumentar com isso; o avô de Ahmed estava dormindo cada vez mais e nenhum deles realmente parecia em condições de viajar.

— Muito doença naquele inverno — Ahmed explicou.

Nouri ficou doente com febre e tosse. Ahmed e Jasmine desenvolveram uma erupção cutânea estranha. Seu pai suspeitava que fosse por causa da água, que ele temia estar contaminada com o esgoto. Mas parecia muito perigoso se aventurar até o médico. Depois de algumas noites assustadoras, Nouri se recuperou. Mas então Jasmine ficou com febre, suas bochechas vermelhas embaixo dos olhos grandes e pretos. Ela era a beleza da família, mas também se assustava fácil, como se soubesse que qualquer coisa bonita era frágil. Ela não se preocupava em esconder o medo como ele e Nouri faziam, afastando o sentimento até ele aparecer em outras formas – molhando a cama, tendo pesadelos. Jasmine tremia quando as bombas caíam, então começava a chorar. Ela chorava pela morte de estranhos. Alimentava gatos de rua, por isso chorava quando atiradores os usavam como alvo para praticar.

— Em um dia de março, eu implorei meu pai para me levar com ele para comprar óleo mecânico. Isso é para o carro, mas nós usamos no fogão para minha mãe cozinhar a refeição especial de sexta-feira. Minha irmã Jasmine ainda estava melhorando da doença. Ela fica em casa com minha mãe, meu avô e Nouri.

A febre de Jasmine havia cessado, mas ela estava fraca. Nouri, que gostava de cuidar de qualquer um que deixasse, estava alimentando a irmã com pedaços de pão. Sua mãe estava fazendo chá no fogão da cozinha com o resto de óleo. Foi assim que Ahmed deixou sua família – Nouri se inclinando para cima de Jasmine, sua mãe agachada no fogão, seu avô replantando uma orquídea com os dedos trêmulos. Ele estava certo de que eles disseram algumas palavras de adeus enquanto ele saía, mas elas eram comuns demais para lembrar.

Seu pai andava à frente dele, sempre ficando alguns passos adiante, como um escudo. Dois meninos estavam brincando de bolinha de gude embaixo de um arco. O barulho de uma arma fez Ahmed e seu pai acelerarem, mas os meninos continuaram jogando. Um cachorro faminto seguiu os dois por um tempo até seu pai afastá-lo. Eles passaram por um ônibus abandonado com as janelas quebradas, que havia sido preso entre dois prédios como uma barreira contra balas. Então eles correram silenciosamente passando por uma tela de lençóis brancos pendurados em uma lavanderia para esconder dos atiradores qualquer um que passasse por ali.

— Nós ouvimos avião acima e bombas caindo, muito rápido. Eu vejo nuvem cinza em cima de casa. Eu começo a correr para casa. Baba grita para eu parar. Mas não consigo parar.

Não importava que ainda houvesse um avião acima. Ahmed desceu correndo a rua vazia em direção à sua casa. Ele podia sentir a fumaça acre, a poeira. Quando alcançou sua quadra, a fumaça parecia envolvê-lo. O sol da primavera sumiu na neblina. Ele entrou na nuvem, gritando: "Mama! Jasmine, Nouri, avô!". Mas antes de poder entrar aos tropeções no que restava da casa, alguém pulou de cima e o deteve. Era um vizinho, um homem mais velho chamado sr. Algafari. Ahmed nunca gostou muito dele – uma vez ele gritou com Ahmed por jogar futebol embaixo de sua janela e sempre tossia e escarrava depois de uma vida de fumante, mas ele segurou Ahmed com uma força impressionante.

— Não vá lá — ele disse nos ouvidos de Ahmed enquanto o arrastava para longe.

Foi nesse momento que Ahmed entendeu.

— Bomba atingiu eles direto — Ahmed sussurrou para Max.

Segundos depois, seu pai chegou, gritando. Sr. Algafari não o impediu de cavar nas pedras. Os gritos de seu pai confirmavam o que Ahmed já sabia.

— Eles estavam...

Ahmed fechou seus olhos, cheios de lágrimas.

— Tá tudo bem — uma voz disse gentilmente. — Você pode chorar.

Ahmed abriu os olhos e olhou para Max.

— Meu pai disse que eles não sentiram dor. Mas como ele podia saber?

E então ele desabou contra Max e chorou. Igual Jasmine teria feito.

Capítulo vinte e quatro

Na manhã seguinte, o bloqueio terminou, apesar de o terrorista ainda estar à solta. A polícia dizia que era mais provável que ele tivesse deixado a cidade, porém Max suspeitava que os oficiais do governo que haviam aprovado o bloqueio só estavam tão cansados de ficar presos dentro de casa quanto ele.

Um policial armado – felizmente não Fontaine – estava parado na entrada da Escola da Desgraça, e nem mesmo os pais podiam entrar no prédio. Isso pareceu tranquilizar sua mãe, que havia hesitado em mandá-lo de volta. Mas ela ainda lhe deu um abraço mega-apertado na entrada do pátio.

Max a empurrou.

— Eu corro mais perigo com esse menino belga estúpido do que com o terrorista — ele murmurou.

As rugas nas sobrancelhas de sua mãe se afundaram.

— Você não falou de ninguém te incomodando. O que ele está fazendo?

— Só provocando — Max mentiu. — Não é grande coisa.

Sua mãe estudou seu rosto.

— Não guarde tudo para você, tudo bem, Max? Se isso continuar, me fale e eu vou conversar com Madame Legrand…

Max instantaneamente se arrependeu de mencionar Oscar. A última coisa de que ele precisava era sua mãe entrando para defendê-lo.

— De verdade, não é nada…

Sua mãe concordou com a cabeça como se quisesse acreditar nele. Porém, Max pensou se ela só não queria outro problema em suas mãos.

— Talvez ele só queira ser seu amigo? — ela perguntou. — Alguns meninos não sabem como a não ser agindo assim...

Max estava com vontade de lembrar que a experiência dela com a escola era de um século atrás, além disso ela não conseguiria entender um trombadinha como Oscar. Mas, em vez disso, ele só sorriu.

— Sim. Provavelmente é isso.

Antes de ele poder sair correndo, ela se inclinou para a frente e lhe deu um beijo. Pelo menos não era tão vergonhoso na Bélgica como teria sido nos Estados Unidos.

— Relaxa — ele murmurou. — Eu vou ficar bem.

Sua mãe não era a única que estava nervosa pelo ataque terrorista. Várias crianças da sala de Max, incluindo Farah, faltaram – primeiro porque metade das linhas de metrô ainda estava fechada e também porque seus pais estavam preocupados demais para mandá-los para a escola. Max desejou ter perguntado o número de Farah para poder mandar uma mensagem para ela sobre como a escola estava estranha depois do bloqueio. Cada vez que havia uma sirene de polícia, ou um barulho alto do lado de fora, todo mundo congelava, até mesmo Oscar, e olhava como se estivesse decidindo se iria ou não se enfiar debaixo da mesa. Mas então Max pensou em como essa experiência não era nada comparada à vida diária de Ahmed na Síria. Ele imaginou uma bomba explodindo em Claire e sua mãe. Era horrível demais pensar no assunto, mesmo antes de lembrar que Ahmed havia perdido o pai também. Max queria perguntar sobre isso, mas achou que era melhor deixar Ahmed falar quando estivesse pronto.

Enquanto Madame Legrand revisava como balancear uma equação, Max pensou em como a matemática sempre tinha regras – as equações precisavam ser balanceadas, fazer sentido. Mas que tipo de sentido a vida de Ahmed fazia? A maior parte das pessoas provavelmente iria viver e morrer sem saber um centésimo da dor e da tragédia que ele havia passado. Onde estava o equilíbrio nisso? Max sabia uma resposta, ele havia ouvido seu pai dizer milhares de vezes: a vida não é justa. Mas pensar nisso só o deixava bravo.

Parecia menos um fato do que uma desculpa, uma forma de deixar os outros serem perdedores e vítimas e não tentar mudar nada. Mas o que ele poderia fazer para mudar a vida de Ahmed? Agora, Max não conseguia pensar em um único jeito de dar um futuro para ele, muito menos de mudar seu passado.

No intervalo, Max subiu no muro para poder olhar para a sua casa. Um raio de sol inclinado cortava as nuvens, iluminando o jardim. As videiras estavam emaranhadas, os arbustos tinham crescido demais e folhas secas cobriam o chão. A pouca alegria que houvesse lá vinha dos pássaros de um verde brilhante que piavam nas árvores acima. Max imaginou Ahmed na adega, um prisioneiro tanto quanto o homem-gaiola na pintura de Magritte.

— O que você está fazendo? — uma voz afiada perguntou atrás dele.

Max pulou de volta para o asfalto, pronto para brigar. Mas percebeu que Oscar parecia cansado, como se tivesse passado noites demais acordado até tarde ouvindo as notícias.

— Estou olhando a minha casa.

— Você está assustado? Quer voltar para casa?

Mas a provocação de Oscar estava tão longe de ser verdadeira que Max percebeu que não se incomodava.

— Não — ele simplesmente disse.

Oscar não disse nada. Só ficou parado. O que ele queria agora? Max pensou no que sua mãe falou: *meninos assim só querem amigos*. Mas afastou o pensamento. Oscar provavelmente só estava esperando que ele respondesse com outro comentário bravo para ter uma desculpa para bater nele.

Mas isso não aconteceria. Oscar não conseguia irritá-lo, não mais. Max calmamente o olhou direto no rosto até que Oscar fosse embora.

Foi nesse momento que Max se decidiu: pelo menos por um dia, ele iria achar um jeito de levar Ahmed para fora.

Capítulo vinte e cinco

Por intermédio de Max, assim como dos jornais em inglês que pegava para enrolar as orquídeas, Ahmed sabia que toda a Europa estava em alerta. Polícia e seguranças estavam em todo lugar, e a ideia de tentar ir para Calais ou qualquer outro lugar parecia absurda. Ahmed focou em sua rotina diária na adega e a cada dia que passava o mundo de fora parecia desaparecer. Ele praticava a leitura em inglês, cuidava das orquídeas e comia pequenas refeições, olhando para a imagem do homem com o corpo de gaiola. Enquanto Max estava na escola, Ahmed conferia detalhes que não havia percebido antes: como o homem estava carregando uma bolsa de viajante surrada amarrada. Como uma capa vermelha, quase como um vestido, escurecia seu rosto.

Algumas vezes, quando a casa estava vazia, Ahmed se escondia atrás das cortinas do quarto de depósito que dava para o jardim a fim de olhar para fora da janela. Os dias estavam extremamente curtos – Max e sua família saíam para a escola e o trabalho no escuro e o sol já começava a se pôr perto de três e meia da tarde, quando Ahmed os ouvia voltar para casa. Ahmed nunca viveu em um lugar com uma noite tão longa, mas de algum jeito ele não se incomodava – ele se sentia mais seguro na escuridão.

Em uma tarde de terça-feira, no meio de dezembro, Ahmed ouviu a porta da frente abrir, sinal de que Max e Madame Pauline estavam em casa. Max havia avisado a Ahmed para ficar quieto quando Madame Pauline estivesse lá, então ele ficou surpreso um momento depois quando Max socou sua porta, gritando seu nome. O policial havia voltado? Ele havia sido descoberto?

Ahmed agarrou a bolsa que mantinha arrumada e correu para a porta. Mas, quando ele a puxou para abrir, encontrou Max vestido com uma jaqueta, segurando uma jaqueta fofinha e um gorro com listras.

— O que está aconteceu? — Ahmed sussurrou.

— Você não precisa sussurrar — Max disse. — Madame Pauline não está aqui hoje.

— Onde ela está?

— Os metrôs estão em greve, então ela ligou de manhã para avisar que não poderia vir.

— E seus pais?

Ahmed havia percebido que os pais de Max nunca pareciam deixá-lo em casa sozinho, apesar de ele com certeza já ter idade suficiente. Na Síria, crianças muito mais novas do que Max cuidavam de crianças ainda mais novas.

— Fui eu que atendi o telefone e não contei para eles. Nós temos duas horas até Claire voltar, então é bom a gente se apressar.

Ahmed se afastou, confuso.

— O quê? Onde?

— É uma surpresa.

— Aquele policial? E se ele me vê?

Max sorriu.

— Ele trabalha para a polícia local e nós vamos sair deste território. Mas se nós o encontrarmos, apenas vou dizer que você é um colega da escola, tudo bem? É só não dizer muita coisa.

— Mas...

— Olhe, você precisa sair daqui, pelo menos por algumas horas. Você vai estar a salvo comigo. Aqui, pega o casaco do meu pai e o chapéu. Está frio lá fora.

Os instintos de Ahmed lhe disseram para ficar dentro de casa, mas a ideia de sair – a ideia do mundo normal, onde as pessoas vivem vidas bonitas e comuns – ganhou. O bloqueio havia acabado, ele falou para si mesmo, e sair com um menino branco e americano seria menos suspeito do que andar sozinho pela cidade. Além disso, ele estava curioso para ver o que Max queria mostrar. Ahmed colocou o casaco, puxou o gorro até a testa e seguiu Max subindo as escadas.

Era estranho sair pela porta como se a casa fosse dele, e então ficar parado na frente dela tão abertamente enquanto Max destrancava uma bicicleta vermelha presa ao portão do vizinho. A luz da tarde já estava diminuindo, as linhas dos telhados na quadra em silhueta contra as nuvens amarelas tingidas do pôr do sol. Ahmed inspirou fundo o ar gelado, então expirou fazendo uma nuvem úmida.

Max empurrou a bicicleta até a calçada, então jogou a perna por cima do selim e segurou o guidão.

— Senta no assento e segura meus ombros.

Ahmed fez como foi instruído e Max saiu da calçada. A bicicleta balançou, quase derrubando os dois, antes de Max colocar o pé em um pedal, e então no outro. Enquanto a bicicleta se arrumava e pegava velocidade, Ahmed lembrou da agitação mágica que era assistir às ruas de Alepo passando enquanto ele montava na parte de trás da bicicleta de Baba, com uma mão agarrando a blusa do pai.

Um baque o tirou do passado quando a bicicleta pulou da calçada e Max desceu por uma rua de mão única. Eles aceleraram pela ladeira, e Max parou de pedalar e desceu sem esforços. No fim da ladeira, um parque com uma fonte seca apareceu à vista.

— Esse é o Parc du Cinquantenaire — Max disse.

Enquanto Max guiava a bicicleta por uma ciclovia que passava pelo parque, Ahmed olhou pelos portões para um enorme arco com uma estátua de cavalos puxando uma carruagem no topo. Eles passaram por uma pista de corrida, uma quadra de esportes e um parquinho. Era a primeira vez que ele realmente podia passear por Bruxelas durante o dia. Logo depois do parquinho, ele viu a torre de uma mesquita, a lua crescente descansando calmamente acima dela. Ahmed encarou o prédio branco e circular, tão fora de lugar quanto ele.

Max olhou para ele.

— Essa é a Grande Mesquita de Bruxelas. Você quer entrar?

Logo seria hora da oração de Maghrib. Mas Ahmed chacoalhou a cabeça. E se ele encontrasse Ermir, o contrabandista, ou a polícia ficasse de olho em quem entrava lá?

Max pedalou por uma grande avenida alinhada com prédios de escritório. A rua estava cheia e Max estava quieto e prestando atenção, sua cabeça constantemente se mexendo para olhar carros e ônibus que passavam ao lado deles. Policiais militares, armas presas contra as fardas, ficavam diante de vários prédios com cara de oficiais com a bandeira da União Europeia desfraldada, com suas estrelas brancas em um círculo sobre um campo azul. Ahmed reparou em cada policial e então tentou não reparar. Max pedalou em volta de uma rotatória e entre um prédio curvado cercado de bandeiras e barricadas de cimento e outro prédio imponente com uma fachada de janelas de vidro.

— Essa é a Comissão Europeia e o Conselho Europeu — Max disse.

Em um canteiro entre eles estavam quatro veículos militares com soldados sentados dentro ou esticados do lado de fora, fumando. Por um momento, Ahmed sentiu como se estivesse de novo em Alepo, bem no começo da guerra. Mas os soldados não prestaram atenção nele. Ahmed quase se sentiu tonto enquanto Max deslizava por uma ponte, passando pela palavra em inglês "LOUCO" arranhada em letras de grafite gigantes ao lado de um prédio, passando pela entrada para a estação de metrô de Maelbeek. Max tocou a sua buzina para os pedestres que andavam na ciclovia e Ahmed sentiu a emoção de vê-los correrem para fora do caminho. Depois de quase um mês dentro de casa, ele estava fora, no ar livre e no vento, frio como estava. Ele virou a cabeça para trás e olhou para o céu que escurecia. Parecia errado, se sua família estava morta, mas ele não conseguia parar de pensar: *eu estou vivo*.

Eles passaram por um enorme cruzamento cheio de carros e táxis, faróis brilhando. Depois de alguns minutos, a rua de asfalto virou de paralelepípedos, e eles encontraram uma quadra cheia de postes de luz antigos. Um lado inteiro da rua estava ocupado por um prédio enorme com colunas romanas, uma torre de relógio com uma cúpula e uma cruz.

Max encostou na calçada e desceu da bicicleta.

— Esse é o Palácio Real — ele disse.

— Nós estamos indo aí? — Ahmed perguntou.

Max olhou em volta e apontou para um prédio quadrado clássico atrás deles.

— Não. Lá. É o Museu do Magritte. Nós podemos achar a imagem de que você gosta.

Ahmed o encarou. Toda a ideia de enfrentar um risco assim, de se aventurar fora da segurança da adega apenas para ir a um museu de arte era extravagante, indulgente, tão "LOUCO" quanto o grafite.

— O quê? — Max perguntou.

— Eu amei — Ahmed disse com um sorriso.

Max travou a bicicleta e o guiou até uma entrada grande, onde eles passaram por um detector de metais. O coração de Ahmed acelerou enquanto ele passava, imaginando o guarda o parando, mas a máquina não apitou. Ele não tinha metais. Ele seguiu Max até outro corredor que levava ao balcão de informações, onde Max comprou ingressos e pediu orientação. Eles eram apenas turistas comuns olhando arte.

— Nunca vim aqui antes — Max explicou enquanto eles entravam em um elevador do tamanho de um cômodo e entregavam suas entradas para o funcionário. Ele abriu a porta para o andar de cima; através da janela de vidro, Ahmed podia ver a cidade de Bruxelas inteira, praças europeias antigas, prédios de escritórios modernos e cúpulas – espalhadas na frente dele. Era estranho e maravilhoso estar tão alto depois de tantos meses tão baixo.

— Pronto? — Max perguntou.

Eles abriram várias portas de vidro e entraram em uma sala de exposições onde uma placa iluminada contava a história da vida de René Magritte em francês, alemão e inglês. Ahmed começou a ler em inglês: Magritte havia nascido em Hainaut, na Bélgica, era o filho mais velho de Leopold e Regina. Quando tinha catorze anos, sua mãe se afogou no rio Sambre. Seu corpo foi encontrado com uma camisola cobrindo seu rosto. Mas foi a palavra "afogou" que atingiu Ahmed como um sopro.

— Você entende? — Max perguntou.

Bem demais, Ahmed queria dizer. Mas ele apenas concordou e passou para as imagens de Magritte. A exposição era como andar por uma sala de espelhos, dos seus sonhos e pesadelos. Havia uma pilha confusa de casas de cidade, não muito diferentes daquela em que ele estava se escondendo, algumas de lado, outras de cabeça para baixo como os prédios de Alepo; havia uma moldura vazia na praia com o mar cinza se misturando ao céu cinza atrás dele; havia um homem dormindo em uma caixa de madeira parecida com um caixão, com um seixo enorme equilibrado em cima dele. Enquanto eles andavam de corredor em corredor, de andar em andar, Max contou para ele que as placas explicavam que Magritte era um surrealista, um artista interessado na relação entre a realidade e a ilusão.

Mas Ahmed sabia que esse termo chique escondia algo mais simples: vendo todas as imagens de mulheres com o rosto coberto por tecidos, Ahmed sabia que Magritte tinha saudades da mãe.

Eles continuaram até o último andar, mas apenas encontraram uma loja de presentes.

Max franziu as sobrancelhas.

— Sua imagem não está aqui. Será que a gente perdeu?

Ahmed sabia que eles não haviam perdido, porém Max insistiu em perguntar para a mulher na loja de presentes.

Depois de ela responder em francês, Max se virou para Ahmed.

— Sinto muito. Ela disse que está em uma coleção privada.

Ele parecia realmente desapontado. Mas Ahmed não se importava que a imagem não estivesse lá; o que importou para ele foi como Max queria que o passeio fosse perfeito.

— Não desculpas, por favor. Eu amo isso.

Max olhou para o relógio.

— Precisamos voltar logo.

— Espera — Ahmed disse. — Mais uma coisa que eu quero ver.

Capítulo vinte e seis

Enquanto Max pedalava pela Rue Vergote, Ahmed contou para ele sobre a noite assustadora com o contrabandista, como Ermir havia pegado seu telefone e exigido o relógio de seu pai, como ele mal havia escapado da van. Então apontou para a casa cujo portão havia atravessado correndo três meses antes. Max tentou se imaginar na pele de Ahmed, subindo pelo muro do jardim quando a luz do vizinho estava acesa, encharcado e se batendo nas ervas emaranhadas e nos arbustos até a porta do porão. Agora parecia destino que seu pai houvesse esquecido de trancá-la.

Mas não era o portão que Ahmed queria ver. Alguns segundos depois, Max apertou os freios e eles desviaram para uma pausa na frente do seu colégio. Do lado de fora, não havia muito para ver: apenas a fachada de cimento do prédio e as janelas cada vez mais altas, andar após andar. As luzes ainda estavam acesas do lado dc dentro para o programa depois das aulas, mas as portas estavam trancadas, e quando ele e Ahmed apertaram o rosto contra o vidro, tudo que puderam ver foi o ladrilho marrom da entrada e as caixas de plástico dos Achados e Perdidos. Pela segunda vez no dia, Max sentiu que tinha desapontado Ahmed.

Mas quando Ahmed finalmente se afastou do vidro, seu rosto estava relaxado, até mesmo pacífico.

— Eu olho para parte de trás da escola por muitas semanas, agora eu posso saber como a frente é.

Três meses antes, Max nunca teria entendido essa vontade. Se pudesse deixar a escola para sempre, se alguém falasse que ele poderia ficar em casa o dia inteiro, passear e jogar Minecraft, ele teria escolhido isso sem pensar. Mas isso foi antes dos dias longos e chatos do bloqueio, quando a escola não estava fechada para férias ou por causa de um dia de neve, mas porque não era mais um lugar seguro.

— Faz quanto tempo que você não vai à escola? — ele perguntou.

— Escola de verdade? Três anos.

Max o encarou, perplexo.

— Quando você saiu da Síria?

— Um mês depois da bomba. No campo de refugiados na Turquia, tem uma escola, mas pessoas demais, nós não podemos ficar. Em Izmir, eu ajudo em padaria, pai trabalha construindo prédio até a gente poder pagar por passaporte falso e contrabandista para a Europa. Não tem tempo para escola.

Max pressionou o rosto contra o vidro, fingindo estar tentando abrir a porta de novo. Mas estava realmente tentando esconder as lágrimas que surgiam em seus olhos. Ele sempre achou que a escola fosse garantida. Agora percebeu que mesmo poder odiá-la era um luxo. Max olhou amargo para o seu próprio reflexo enquanto o velho e bravo protesto surgia em seus lábios: *Não é justo*. Ahmed merecia ir para a escola.

Foi naquele momento que uma ideia passou pela sua cabeça. Ele se virou.

— E se você fosse para a escola de novo?

As sobrancelhas grossas de Ahmed se juntaram confusas. Então, ele decidiu acreditar que Max estava brincando porque estava rindo.

— Não, é verdade — Max disse. — E se você começar aqui, como aluno novo, em janeiro?

Ainda sorrindo, Ahmed apenas chacoalhou a cabeça.

— Sem documento?

— Você disse que tem um passaporte falso — Max disse, pensando alto. — Te serviu até aqui; quais são as chances de a escola perceber? E a carteira de identidade belga para crianças estrangeiras é só um papel com uma foto. Não é nem eletrônico. Nós mesmos podemos fazer um.

Max sabia que a ideia era fantasiosa, mas ele se sentia melhor inventando um plano maluco do que sem fazer nada. Ahmed deveria se sentir do mesmo jeito, porque ele passou a concordar.

— Se eu sair pela porta dos fundos antes de amanhecer, ninguém me vê.

Max concordou.

— E eu posso garantir que a costa está livre. Quer dizer, que ninguém está olhando, aí você pode voltar depois da escola.

— Mas e o policial?

— Mesmo plano de antes. Se ele te vir, digo que você é meu melhor amigo da escola. É muito menos suspeito do que ser um menino que eu não sei quem é andando no meu jardim.

Ahmed sorriu.

— Nós vamos ser muito bons amigos.

— Duas crianças estrangeiras que não falam muito bem francês. Faz sentido.

Eles conseguiriam fazer isso? Max realmente estava começando a pensar que sim. Voltar para a escola iria mudar a vida de Ahmed de uma forma que faria diferença. Max acenou para ele da bicicleta.

— Venha. Vamos tentar falsificar essa identidade.

Capítulo vinte e sete

Ahmed sabia que eles estavam brincando igual ele costumava brincar com Nouri.

— Essa cama é uma espaçonave — ela disse, depois de eles começarem a dormir juntos. — E nós somos viajantes do espaço indo para um planeta muito, muito distante.

Jasmine se irritava – ela gostava de dormir –, mas Ahmed entrava na brincadeira. Ele sabia que era velho demais para faz de conta, mas se via afundado em suas aventuras: a cama voando pelos anéis de Júpiter, voando para longe de um buraco negro ou de uma estrela que explodia.

Desde a morte de Nouri, Ahmed mantinha os pés firmes no chão. Não havia horas de voo livre – apenas horas de voo por países e cidades, mares e estradas, campos e montanhas. Mas o esquema louco de Max despertou a parte adormecida dele. De volta à adega, ele estudou a identidade de Max como se fosse um especialista em falsificar documentos. Max sentou ao seu lado, olhando avidamente por cima do seu ombro.

— Não parece tão difícil, parece?

A identidade *era* surpreendentemente primitiva, sem nenhuma marca d'água ou chip. Mas falsificá-la não era inteiramente fácil.

— O papel precisa ser igual, as letras precisam ser iguais, e muito importante, isso...

Ahmed apontou para um carimbo circular em cima da foto de Max.

Max concordou.

— O selo oficial da comuna. Tem que ter uma forma de falsificar.

Era um jogo ridículo, claro. Milhões de pessoas estavam tentando forjar sua saída das zonas de guerra e áreas de conflito do mundo, desesperadas por um pedaço de papel que lhes trouxesse um futuro. Se esses documentos fossem tão fáceis de falsificar, os campos de refugiados e os campos de detenção estariam vazios, não cheios de buscadores de asilos. Mas nas suas brincadeiras com Nouri, Ahmed decidia pensar que tudo era possível – Júpiter, as buscas pela galáxia, até mesmo a escola com Max na Bélgica.

— Você tem um computador?

— Acho que a internet não funciona no porão, mas meu iPad está carregando na sala de estar.

Ahmed se levantou.

— Que horas são?

— Cinco e dez.

Ahmed sabia que ele e Max estavam pensando a mesma coisa: vinte minutos até o ônibus de Claire. Eles correram para subir as escadas, sem ar. A sala de estar já estava escura. Max pegou o iPad e eles se largaram no sofá um ao lado do outro. Max virou a capa e a tela brilhou.

— Procura no Google — Ahmed ordenou. — Qual é a palavra? Fal…

— Falsificar — Max disse, digitando rápido. — Parece que você pode esculpir o selo em meia batata cozida.

Ahmed riu.

— Parece meio louco, né? Esse aqui diz cera.

— Tipo de vela?

— Exatamente — Max pulou do sofá. — Nós devemos ter velas.

Ele desapareceu na cozinha. Logo depois voltou, segurando um monte de velas de aniversário, uma fôrma de cozinha, uma caixa de fósforos e um pequeno instrumento em forma de gancho.

— O que é isso? — Ahmed perguntou.

— Um garfo de lagosta — Max explicou. — Vai ser perfeito para esculpir a cera.

Ahmed sorriu.

— Você pensa como um mestre falsificar.

— Falsificador — Max corrigiu. — Esse é o plano. Vou trabalhar para conseguir pegar o papel e a fonte iguais e tudo o mais. Você vai fazer o selo e conseguir uma foto sua. Tem cabines que fazem fotos para identidade na estação de metrô. Sábado à tarde, meus pais vão nos levar pra Aachen, na Alemanha, para o mercado de Natal. É a chance perfeita para você sair. Só fique de olho nos policiais.

Max estreitou os olhos de maneira crítica.

— Seria bom você cortar o cabelo também.

Ahmed instintivamente tocou seu cabelo bagunçado.

— Sério?

Max sorriu.

— Você está meio que com um jeito louco de terrorista.

Normalmente, Ahmed teria brincado de volta. Mas ele não conseguiu.

— Não cabelo, Max. Escola.

— Claro, é sério.

Era hora de parar de sonhar, de acabar com as brincadeiras infantis. Até porque Nouri estava morta; ela não havia conseguido sair de Alepo, quem dirá Júpiter.

— Mas... mas não é possível.

— Por que não?

Porque ele era um refugiado sírio ilegal escondido em um porão enquanto a polícia vasculhava a cidade procurando por terroristas muçulmanos. Essa era a resposta óbvia. Mas parecia cruel demais dizê-la em voz alta, igual dizer para Nouri que eles não estavam em uma espaçonave, mas em uma zona de guerra.

— Mesmo se a gente falsificar a identidade, como é que eu simplesmente vou para a escola? Eu devo precisar de pai.

— Não necessariamente.

— O que você quer dizer?

Max sorriu astuciosamente.

— Eu estava pensando nisso. Nós só precisamos de uma voz. Meus pais me matricularam pelo telefone e enviaram os documentos.

— Escola não vai perguntar se um pai me trouxe?

— Ninguém presta atenção de manhã; pais não podem nem entrar no pátio agora. E durante a tarde, desde que seus pais assinem um formulário de permissão, você pode ir para casa sozinho.

— Max, você é gentil de pensar nesse plano, mas é muito perigo.

— Olhe — Max adicionou. — Só vou ficar durante esse ano escolar, depois vamos voltar para Washington. Mas, agora, eu posso ficar lá com você. Deixa eu ajudar enquanto posso.

O estômago de Ahmed apertou. Mais quanto tempo levaria até o fim do ano escolar – seis meses, sete no máximo? Então Max iria embora e ele teria que ir para Calais, para a Selva, sozinho; as chances de chegar na Inglaterra não estavam a favor dele.

Ahmed pensou nas orquídeas, alinhadas no andar de baixo como uma fila de escola. Ele não falava com elas tanto quanto falava antes de Max estar lá. Eram apenas plantas, não colegas de classe. Ele imaginou a Escola da Felicidade. Quase podia sentir o cheiro da poeira do giz e dos cadernos, quase podia ver a cabeça do aluno na mesa da frente, quase podia ouvir a professora chamar seu nome. Ele imaginou a alternativa, esperar na adega até Max voltar da escola. O longo inverno se alargando na frente dele; as paredes úmidas o pressionando. Mesmo em Calais, seria útil saber um pouco de francês. Ele respirou fundo e olhou de volta para Max.

— Mas quem seria a pessoa que vai ser pai? Eu preciso confiar que ele não conte.

— Não ele — Max disse simplesmente. — Ela.

Mas antes de Ahmed poder perguntar o que Max tinha em mente, eles ouviram o clique da fechadura. Ahmed pulou do sofá e desceu correndo as escadas do porão assim que a porta abriu.

— Oi, Claire. E aí? — Ele ouviu Max dizer alto.

Ahmed congelou no meio da descida. Ele ouviu uma mochila bater no chão, e em seguida passos se aproximando.

— Por que você está gritando?

— Madame Pauline não está aqui — Max disse. — Greve do metrô. Então estou sozinho em casa.

— Gritando sozinho?

Max deu um grito que permitiu que Ahmed descesse mais alguns passos na ponta dos pés.

— Por que não? Achei o esconderijo secreto de refrigerante da mãe na cozinha. Você quer?

— Claro — Claire disse. — Você é meio estranho às vezes. Você estava no porão?

— Não — Max disse, inocentemente.

— Então por que você está parado aí com a porta aberta? E por que seu rosto está vermelho? Você estava jogando algum jogo de fantasia lá embaixo?

— Eu precisava fazer xixi.

Houve um barulho alto quando Max fechou a porta. Ahmed aproveitou a oportunidade para descer os últimos degraus. Mas ele não percebeu o gato até tropeçar em cima dele. Teddy chiou e Ahmed perdeu o equilíbrio, batendo no chão de ladrilho. Antes de conseguir levantar, a porta do porão abriu e o gato correu as escadas em pânico.

— O que está acontecendo aí embaixo? — Claire disse.

Ahmed não se moveu. Seu coração batia violentamente.

Mas então a voz de Claire amoleceu.

— Ah, é você — ela disse, claramente falando com o gato. — Teddy, bobinho.

— Peguei uma Coca-Cola para você — Max gritou da cozinha com um nervosismo mal-escondido. — Você está vindo?

— Sim — ela disse.

Mas Ahmed não ouviu nenhum movimento acima. Ele segurava sua respiração.

— Claire?! — Max gritou.

No fim, seus passos voltaram. Ahmed deixou sua respiração sair com uma bufada.

Capítulo vinte e oito

No dia seguinte, Farah havia voltado para a escola, mas não era fácil conseguir encontrá-la sozinha. Mesmo no intervalo, ela ficou em um círculo apertado com as suas amigas. Max olhou tanto para ela que até a turma do "Você fala inglês?" começou a rir dele.

— Quem é sua namorada, Max? — André perguntou.

Max se virou.

— Sem namorada.

— Você gosta de Farah, não gosta? — Jules disse. — Esses óculos sexies.

— Não — Max disse. — Sabe do que eu gosto? De um nariz sexy e grande, igual ao seu, Jules.

Então ele o derrubou.

Como era irritante que eles achassem que ele estava *amoureux*, ou apaixonado, por Farah. Mas dez minutos depois, quando ela ainda estava bem presa às suas amigas. Max decidiu que não se importava. Ele abandonou a turma e andou até ela.

— Oi, Farah — ele disse. — Posso falar com você um minuto?

Seu rosto estava quente, e os olhares significativos que as meninas estavam se dando eram dolorosos; ele sabia que assim que saísse elas começariam a falar dele.

— Claro — Farah disse encolhendo os ombros.

Ele rapidamente atravessou o pátio, torcendo para ela segui-lo, até um pedaço de terra do outro lado da cerca verde. As amigas de Farah explodiram em conversas.

Farah deve ter ouvido, mas ela se inclinou contra a cerca e fingiu que não.

— Que foi, Max?

Ele havia ficado acordado metade da noite se preparando para esse momento: escrevendo o que queria dizer em inglês, e então traduzindo para o francês. Ajustando suas traduções depois de conferi-las on-line. Revendo a pronúncia correta. Agora deixou tudo sair – todas as frases cuidadosamente memorizadas, todos os verbos perfeitamente conjugados.

Ele tentou ser como sua mãe, na ocasião em que a viu defendendo um caso no tribunal. Ela nunca parava para olhar suas anotações, mantendo os olhos firmes no júri. Ela estava falando sobre um assunto que ele não entendia – algo sobre empresas e regulamentações –, mas havia feito tudo muito bem, como um ator que interpretava um papel. Ele tentou apresentar o caso de Ahmed da mesma forma, com a mesma calma ensaiada: a escola seria simpática com uma mãe solteira, uma nova imigrante com outras crianças, cansada demais para ir até a escola. Farah só precisava falar com sotaque, como a mãe de Ahmed falaria.

Foi apenas quando chegou na última frase que a sua voz subiu.

— *Veux-tu nous aider?*

Você vai nos ajudar?

Max controlou a respiração. Ele estava falando rápido, sem nem perceber os gritos e berros do pátio da escola, a chuva gelada virando flocos de neve enormes. Sua atenção estava focada inteiramente em Farah.

Ela olhou para longe dele.

— Farah?

Ela estremeceu e então olhou para ele.

— *Max, c'est fou.*

É maluquice.

Max sentiu algo quebrar dentro dele. Ele havia trabalhado duro, mais do que em toda a sua vida. E seu maior medo havia se tornado realidade: ele ainda não era bom o suficiente.

— Não, não… — ele argumentou. Porém, Max havia saído do roteiro e as palavras em francês vinham mais devagar até ele agora.

— Nós temos um plano... Nós compraremos um telefone... Ninguém nunca vai saber que o número é seu.

Farah chacoalhou a cabeça.

— É perigoso demais.

Ele estava com vontade de dizer para ela que não era perigoso, não da forma como ele e Ahmed haviam cuidadosamente pensado. Mas teria sido mentira. Ele só podia convencê-la de que valia a pena correr o risco por Ahmed.

— Por três anos, Ahmed fora da escola. Ele é gentil, inteligente. Ele quer ir.

— Sinto muito por ele. — Um tom tenso surgiu na voz de Farah. — Mas você está me pedindo para infringir a lei.

— Eu infrinjo a lei por ele — Max disse, pensando no inspetor Fontaine. — Porque a lei não está certa!

— Independentemente de estar certa ou errada, isso pode nos dar problemas. Especialmente para mim — ela soltou. — Você é americano, mas esse é o meu país. Eu devo seguir as regras.

— Mesmo se elas não...?

— Sinto muito, Max.

Ela olhou para suas amigas, que Max imaginou que provavelmente ainda estavam rindo de como ele havia tirado ela de lá. Mas ele não podia deixá-la escapar, ainda não.

— Por favor, Farah. Ahmed é como você...

Ela olhou de volta para ele, com os olhos estreitos.

— Muçulmano, você diz?

Max encolheu os ombros desconfortavelmente. Ele não queria usar aquilo como desculpa, mas estava desesperado.

Os olhos de Farah piscaram atrás dos seus óculos grossos.

— Esse menino é da Síria. Meus avós eram de Marrocos. Tem uma grande diferença.

As bochechas de Max queimaram. Marrocos era na África. Não era apenas um país diferente da Síria; era em um continente diferente também.

— Então você nasceu aqui?

— Sim, eu nasci aqui!

Seu tom frustrado fez Max perceber como a sua pergunta havia sido ofensiva.

— E meus pais também — ela continuou. — Minha mãe nasceu na França, na verdade. Mas nós somos belgas.

— Sinto muito — Max disse. — Eu não devia…

Farah acenou com a mão, cortando o que ele ia dizer.

— Você não é o primeiro. Tem muitos belgas que ainda nos olham como estrangeiros.

— Sua família fala árabe?

— Em casa meus pais falam mais francês e berbere – essa é outra língua do Marrocos. Enfim, mesmo o árabe marroquino é diferente do árabe que eles falam na Síria. Esse menino provavelmente nem entenderia.

— Eu não sabia disso — Max admitiu.

— Nós não somos todos iguais — ela repreendeu. Mas havia um tom gentil em sua voz que fez Max sentir que tinha uma chance. Ele agarrou a sua mão. Ele não se importava com o que as amigas dela achariam daquilo. Ele precisava tentar, uma última vez.

— Vocês não são iguais. Mas você sabe o que é ser diferente. E você é corajosa e se importa com o que é gentil. Eu vejo. Eu sei. Ahmed, ele não tem mãe, nem pai, nem família. Ele está assustado. Ele é uma boa pessoa. Ele não quer nada além de ir à escola. Eu não consigo ajudá-lo sozinho. Por favor, Farah.

A voz de Max estava tão quebrada quanto seu francês. Esse não era o discurso elegante que ele havia preparado tão cuidadosamente – ele soava emocionado, seu francês idiota era ruim.

— Max, você entende como isso é perigoso para mim? Sendo muçulmana, eu preciso ir duas vezes melhor na escola do que um belga não muçulmano para conseguir as mesmas oportunidades; meu comportamento precisa ser duas vezes melhor.

A palavra "melhor" atingiu a memória de Max.

— Ahmed diz que é muito importante para um muçulmano ajudar o estranho, uma pessoa que precisa.

Farah o encarou de maneira firme, quase como se suas palavras a tivessem congelado.

Max soltou sua mão e olhou para baixo. Como ele diria para Ahmed que havia falhado com ele?

Ele esperou seus passos. Mas não os ouviu.

— Você só precisa que eu faça umas ligações? — ela perguntou baixinho.

A respiração de Max acelerou. Ele olhou para ela e concordou, implorando com os olhos.

O silêncio se alargou de novo, mas dessa vez Max não a pressionou. Esperou enquanto ela tirava os óculos e limpava um floco de neve derretido. Seus olhos pareciam nus sem a armação grossa, e Max a viu piscar e olhar para a distância, como se estivesse tentando ver sem eles. Por fim, ela colocou os óculos de volta.

— Tudo bem.

Max comemorou alto e fez as amigas de Farah olharem e rirem.

— Obrigado, Farah, você é a melhor, a mais gentil, muito fabulosa...

— Max... — ela interrompeu com o sorriso divertido com o qual ele estava acostumado.

— O quê?

— É melhor eu olhar essa identidade que vocês estão fazendo. Seu francês está muito melhor, mas precisamos garantir que não haja erros.

Capítulo vinte e nove

Logo depois das quatro horas da tarde de sábado, Ahmed colocou a jaqueta e o chapéu que Max deixou com ele, agarrou o *Meninos heróis da guerra entre estados* e abriu a porta de trás para o pátio de cimento. O ar estava gelado e úmido, como se toda a cidade estivesse com um resfriado, e fez Ahmed tremer, mesmo com a jaqueta. O pôr do sol adiantado do inverno já estava caindo – nuvens cor-de-rosa flutuavam pelo céu e sombras se juntavam nos cantos do jardim. Foi muito fácil passar pelo muro que dava para o quintal da casa atrás da de Max. As luzes do vizinho estavam acesas, e Ahmed podia ver pessoas andando dentro da casa; parecia que eles estavam dando uma festa. Ele se escorou na parede e, depois de confirmar que ninguém estava entrando ou saindo de casa, correu para o portão.

Ahmed virou a esquina, passando por um pequeno hospital em que os pacientes estavam fumando do lado de fora, com camisolões azuis aparecendo por baixo do casaco. Então passou pela loja de comida saudável e pela revistaria e desceu a ladeira para a Rue des Tongres, onde ficam as lojas. A rua era viva: clientes entravam e saíam do açougue e das lojas de queijo, puxando carrinhos de compras capengas atrás deles; homens e mulheres de rostos vermelhos bebiam e fumavam embaixo das lâmpadas quentes do café Le Petit Paris; um tocador de realejo sem dentes tocou uma música. Flocos de neve enormes, iluminados pelas luzes brancas, estavam pendurados na rua, e as janelas das lojas de chocolate estavam cheias de moedas embrulhadas com papel-alumínio dourado, santos de chocolate amargo e o que Ahmed achou que deveria ser outro doce belga de Natal. Um sino de igreja tocou longe. Havia igrejas em Alepo, e sua família até tinha alguns amigos cristãos, mas o sino o fez sentir falta da voz cheia de alma do muezim ecoando pelo alto-falante quando chamava os fiéis para orar. Era um alívio, pelo menos, ver algumas mulheres com *hijabs*.

Logo depois da loja de vinho havia um salão de cabeleireiros branco reluzente. Ahmed pegou um pedaço de papel e revisou o vocabulário que Max havia ensinado para ele. Então respirou fundo, abriu a porta e andou até a mulher no balcão.

— *Bonjour. Une coupe, s'il vous plaît. Courte.*

Ahmed meio que esperava que a mulher fosse mandá-lo embora, mas ela apenas concordou e o guiou para os fundos. Houve um pequeno momento estranho em que ela segurou uma capa e ele percebeu que deveria colocá-la. Então ela o sentou em uma cadeira na frente de um enorme espelho iluminado. Na casa, o banheiro do porão tinha um pequeno espelho oval que Ahmed quase nunca queria olhar. Mas agora, enquanto mantinha a cabeça parada e os olhos para a frente, ele não tinha escolha. Ahmed precisava encarar a si mesmo.

Max estava certo sobre o seu cabelo – estava muito comprido, como se ele estivesse tentando se esconder. Enquanto a cabeleireira cortava, Ahmed sentiu uma pequena dor. Aquele era o cabelo que seu pai havia acariciado, o cabelo que havia grudado em suas bochechas pelo sal grudento das lágrimas. Mas enquanto a mulher cortava, ele percebeu que podia ver a linha forte do seu queixo – como a de seu pai –, suas orelhas salientes, seu rosto largo e redondo. Ele não parecia mais o menino que passou três meses em uma adega, e sim um que ia para a escola, que era como os outros.

No balcão, Ahmed pagou a cabeleireira com a nota de vinte de Max, se olhando envergonhado no espelho. Então andou até a esquina e pegou a escada que Max disse que levava para a estação de metrô no subsolo. Ele se manteve atento para policiais, mas não viu nenhum enquanto andava pelo corredor curto com propagandas e lembretes de segurança. Vozes e passos se misturavam em um som de fundo relaxante, sobreposto por tons de um artista de rua tocando violino.

A cabine de fotos estava exatamente onde Max tinha falado que estaria. Ahmed entrou e fechou as cortinas. Tirando a jaqueta e arrumando o colarinho da camisa que Max lhe emprestou, ele sentou no banco de plástico e enfiou três moedas de dois euros uma a uma na abertura. Então, selecionou *Photos officielles d'identité* na tela.

Uma luz verde piscou e um rosto estranho o encarou antes de ele perceber que era o seu. Ele não deveria sorrir – sem dentes nas fotos oficiais, uma imagem na cabine avisou –, mas não conseguia deter o sorriso de boca fechada que ficou em seu rosto. Um minuto depois, uma cartela com seis fotos para identidade saíram da abertura. O menino nelas parecia amigável, até feliz. Ahmed cuidadosamente colocou as fotos no meio das páginas de *Meninos heróis*, para não entortarem.

Ainda sorrindo, ele subiu de novo a ladeira. A noite antecipada camuflou tudo na escuridão, mas as luzes tornavam o clima festivo. Ele deu o último euro de Max para uma mulher com um *hijab*, com uma criança dormindo no colo.

— *Barakallahu fik* — ela murmurou.

Que Alá conceda suas bênçãos a você.

A expressão familiar soou como sorte, como se o universo estivesse rimando com os seus planos, lhe desejando o bem.

Enquanto virava a esquina de volta para a rua atrás da de Max, Ahmed se imaginou fazendo o mesmo caminho – mas para a escola. Em seu sonho, colegas passavam e acenavam para ele. Ele podia ouvir seus gritos do outro lado da rua.

"Você estudou para a prova? Quer jogar futebol mais tarde?"

Distraído, ele entrou no portão aberto do vizinho, imaginando que era a entrada da escola e que um de seus professores o estava cumprimentando. Mas ao mesmo tempo a porta do vizinho abriu e um homem magro e careca com um sobretudo saiu.

— *Bonne soirée, Hugo!* — ele disse, apertando as mãos de um homem na porta e o beijando na bochecha.

Ahmed saiu do portão devagar.

— *Au revoir, Émile!* — o anfitrião disse.

Ahmed estava bem na hora; o homem magro desceu correndo as escadas e quase o atropelou.

— *Désolé* — Ahmed murmurou, pulando para o lado como se houvesse sido sua culpa. *Desculpe*.

O homem disse algo em francês que ele não conseguiu entender. Seu tom era rígido. Nesse momento, a porta da casa abriu e uma mulher com um vestido vermelho surgiu, segurando um chapéu masculino.

— *Inspecteur Fontaine* — ela chamou cantarolando, acenando em sua direção.

O policial!

Fontaine deu a volta e Ahmed aproveitou a oportunidade para ir embora. Sua garganta estava inchada demais para engolir e suas têmporas doíam. Mas ele continuou a andar calmamente, devagar. Esperava ouvir a voz do policial o chamando, ou seus passos como se ele o estivesse seguindo.

Mas quando Ahmed finalmente teve coragem de olhar para trás, Fontaine estava voltando para a casa para pegar seu chapéu. Ahmed foi em frente, passando a escola e dobrando a esquina, como se não tivesse direito de estar ali, como se estivesse apenas de passagem.

Capítulo trinta

Assim que o sinal do intervalo tocou, Max acenou para Farah ir para um canto da cerca do pátio. Tanto as amigas de Farah quanto a turma do "Você fala inglês?" pareciam aceitar os dois como um tipo de casal e os deixavam sozinhos. No entanto, Max ainda deu uma olhada em volta antes de se virar de costas para eles. Então, ele tirou a identidade de dentro de *Meninos heróis* e entregou para Farah.

Max estava orgulhoso do trabalho que ele e Ahmed fizeram. Dizendo que precisava de materiais para um projeto da escola, Max havia arrastado Madame Pauline para a papelaria, onde ele comprou papel exatamente do tipo e da cor do documento de identidade. Ele havia encontrado a fonte exata na internet e copiado as informações de Ahmed do mesmo jeito. A foto de Ahmed – o cabelo bem-cortado, o leve sorriso – era exatamente a imagem que Max esperava. Juntos, eles a colaram na identidade, então Ahmed pressionou o selo da comuna que cuidadosamente entalhou na cera dura da vela – um santo com um cajado com um círculo em volta com as palavras "Woluwe-Saint-Lambert".

Max tentou ler o rosto de Farah para dizer se ela estava muito impressionada, mas a menina estudava a identidade sem emoção.

— O acento está errado — ela finalmente disse em francês, apontado para a palavra *Nationalitè*. — Devia ir para o outro lado.

Madame Pauline estava sempre o repreendendo por escrever preguiçosamente. Nunca pareceu muito importante – Max achava que a professora normalmente sabia o que ele queria dizer. Mas isso era diferente.

— Obrigado — ele disse, agradecido.

Farah virou a identidade, olhando de novo, primeiro a capa, depois a parte de dentro com o nome de Ahmed, a nacionalidade e um número falso. Finalmente, ela olhou para a foto de Ahmed.

— Ele parece legal.

— Ele é legal — Max garantiu a ela.

Farah esticou o braço para entregar a identidade de volta para ele.

— Tirando o acento, está boa.

Porém, Max mal teve tempo de ficar feliz com o elogio porque uma mão enorme arrancou a identidade dela.

— Não, não está.

Max se virou. Oscar estava atrás dele, olhando para a identidade de Ahmed com um sorriso malicioso. Max tentou pegá-la, mas Oscar a segurava fora do seu alcance.

— Devolva isso! — Farah mandou.

Mas Oscar só esfregou um dos seus dedões em cima do selo da comuna.

— É falsa.

— Não, não é — Max devolveu. Mas assim que disse isso ele se lembrou de que a mãe de Oscar trabalhava na comuna.

Oscar girou os olhos.

— É sim, estou dizendo.

Max não conseguia acreditar na sua própria estupidez. Oscar havia esperado por uma chance de se vingar. Max sentia suas mãos se fechando em punhos.

Oscar virou para Farah.

— E quem é esse cara?

Max percebeu o maxilar dela se apertar, mas ela não respondeu.

— Algum terrorista amigo seu?

— Esse menino não é terrorista! — Farah gritou. — Ele é um refugiado de guerra! Ele perdeu a sua família inteira. Ele só quer ir para a escola! Como nós!

Max esperou as gargalhadas que seriam seu sinal para bater em Oscar o mais forte que pudesse, mas Oscar não riu. Ele abaixou o braço e estudou a foto de Ahmed. Seus olhos estreitaram, como se ele não gostasse do que via. Mas ao mesmo tempo Max ouviu um barulho de respiração, quase como um suspiro melancólico. Isso o fez lembrar como Oscar olhou para ele depois do bloqueio. Será que a sua mãe tinha razão?

— Por favor, Oscar — ele disse gentilmente. — Ahmed é legal.

Oscar levantou o rosto da identidade e girou os olhos.

— *Você* diz que ele é legal.

Porém, Max percebeu que ele não foi embora. Se Oscar realmente quisesse dedurar, teria apenas ido embora. Ele estava com a prova em suas mãos. Não precisava discutir. Um pensamento maluco passou por sua cabeça. E se eles conseguissem convencer Oscar a ajudá-los? Ele teria acesso à comuna por meio de sua mãe, e ele não parecia se importar de quebrar as regras. Ele até podia conseguir um selo de verdade.

— Você quer conhecê-lo? — Max perguntou.

— Max?! — Farah sussurrou.

Mas ele a ignorou, continuando a encarar Oscar.

Oscar chacoalhou a cabeça.

— Vou contar — Mas ele soava menos certo do que antes.

Max apostou.

— Talvez você esteja assustado.

Oscar deu um passo ameaçador para cima dele.

— Eu não estou assustado. Só não sou idiota como você.

— Então o conheça — Max disse calmamente. — Farah e eu vamos com você. E se você achar que ele é uma pessoa ruim, você dedura a gente.

Oscar olhou dele para Farah como se estivesse tentando entender o truque.

— Quando? — ele finalmente disse.

Max apontou para o outro lado do muro.

— Amanhã, depois da escola. No meu jardim.

Capítulo trinta e um

Ahmed se agachou atrás do arbusto de azevinho na parte de trás do quintal, esperando por Oscar. Ele estava surpreso com o quanto se sentia determinado, especialmente desde que quase havia mudado de ideia sobre o plano todo depois de encontrar o inspetor Fontaine.

A noite depois de encontrar o policial havia sido cansativa. *E se Fontaine me pegar? E se Farah me trair? E se, e se?* A música do medo era familiar. E também o refrão: *O mundo não liga para você.*

Porém Max ligava. E foi esse pensamento que preparou seus nervos enquanto ele esperava na chuva gelada atrás do arbusto de azevinho. Se Oscar dedurasse, ele teria que dizer adeus – não apenas ao seu esconderijo na adega, mas para Max.

Por fim, ele ouviu a porta de trás abrir e vozes falando francês, primeiro a de uma menina – Farah, claro –, então Max, e por fim uma voz grosseira de menino que ele não reconhecia. Tinha que ser a do Oscar. Ahmed ouviu o som seco de uma bola de futebol sendo chutada. Madame Pauline provavelmente ainda estava olhando os garotos da janela. Mas quando a bola veio até ele e rolou até parar na frente da parede, Ahmed soube que a babá havia ido embora para a cozinha. Esse era o sinal que eles haviam combinado.

Enquanto os passos vinham em sua direção, Ahmed se endireitou, porém tinha ficado agachado por tanto tempo que quando o menino grande e com cabelo cor de areia parou na frente dele, ele ainda estava curvado e duro. O menino se ajeitou para acentuar a diferença. Mas não o olhava nos olhos.

— Este é Ahmed — Max disse.

Ahmed estendeu a mão.

— *Bonjour.*

Oscar foi para trás. Ahmed percebeu que havia assustado o menino e baixou a mão.

— Eu falo um pouco de inglês — Oscar disse sem rodeios.

Ahmed sorriu o mais gentilmente que podia.

— Mais fácil para mim.

Mas somente Farah sorriu de volta. Ele pensou se deveria oferecer a mão para ela também. Não era um costume muçulmano entre meninas e meninos, porém Max disse que ela era belga. Foi Oscar que sem saber o salvou de uma situação desconfortável ao se aproximar direto de seu rosto.

— Se você mentir, eu saberei.

Ahmed o olhou direto nos olhos.

— Eu não minto, conto para você apenas a verdade.

O rosto rechonchudo de Oscar continuou petrificado.

— Quem é você e como você chegou aqui?

— Eu sou Ahmed Nasser — Ahmed começou. — Eu venho da Síria para fugir da guerra. Eu venho pelo mar, para Grécia. Minha família toda morta.

Ele pausou aí, em parte porque as palavras enroscaram em sua garganta, mas também na esperança de que Oscar sentisse algum tipo de pena. Mas o menino o olhava com a mesma expressão hostil.

— Por que você veio para a Bélgica?

— Homem que eu vim junto tem família aqui.

Oscar cruzou seus braços fortes sobre o peito, então disse algo em francês para Max.

— Ele falou que isso não te dá o direito de estar aqui também — Max disse.

— Eu não tenho lugar para ir — Ahmed admitiu. Mas antes de poder explicar mais, Oscar interrompeu, falando em francês com os outros.

Farah ficou vermelha.

— O quê? — Ahmed disse para Max.

Max se virou desconfortável.

— Ele está dizendo que a polícia está preocupada que os terroristas possam atacar escolas e quer saber como ele pode ter certeza de que você não está indo à escola pra fazer um ataque.

— Eu não terrorista! — Ahmed disse. — Eu também odeio essas pessoas, assim como você.

Mas ele podia saber pelos olhos estreitos de Oscar que suas palavras não estavam convencendo. Precisava encontrar uma forma de mudar a conversa, de tocar Oscar antes que fosse tarde demais.

— Minha mãe, irmãs, avô morreram em bomba. Meu pai...

Max se inclinou para a frente com interesse. Ahmed sabia que ele nunca havia contado a história. Mas ele se sentia incapaz de contar, como se dizer em voz alta fosse confirmar que a morte de seu pai era real.

— O que aconteceu com ele? — Oscar perguntou.

Pela primeira vez, Ahmed percebeu, ele soava realmente curioso. Mas então ele se lembrou de algo que Max havia contado para ele: o pai de Oscar havia morrido também.

Ele precisava contar a história. E não apenas em uma ou duas frases simples, mas com todos os pequenos e importantes detalhes que colocariam Oscar no barco inflável com ele.

— Da Turquia para Grécia, pegamos barco...

Da melhor forma que podia em uma língua que não era a sua, ele descreveu as ondas, a água do mar subindo até seus pés, as mulheres chorando, o bebê no *sling*, não saber nadar, seu pai colocando a câmara de pneu em volta dele, e então pulando no mar para salvá-los, a onda que o mandou para longe.

A chuva caía mais forte, mas ninguém parecia se incomodar.

— Em Lesbos, ilha grega, nós paramos na costa. Ibrahim diz que eu tenho que ir com ele, que ele tinha prometido isso para o meu pai. Eu me recuso. Eu fico por alguns dias, dormindo perto da praia. Eu tenho fé pelo meu pai. Ibrahim é paciente. Ele espera comigo.

Toda noite, os barcos frágeis e cheios demais chegavam e os socorristas na costa ajudavam a puxá-los para dentro, tirando crianças gritando, mulheres chorando, homens com olhos vidrados, e lhes entregando cobertores, garrafas de água. Ahmed sempre corria para a praia para ajudar, com a esperança de que seu pai pudesse estar lá. Mas a cada dia que passava Ahmed sabia que tinha menos chance de encontrar o pai – ou até mesmo seu corpo.

Em uma noite veio uma tempestade e o amanhecer seguinte trouxe uma maré horrível: meia dúzia de crianças afogadas. Elas estavam estendidas na praia rochosa em poses contorcidas, ainda usando seus tênis, roupas com símbolos de times do Ocidente ou personagens de desenhos e os frágeis coletes salva-vidas que falharam em salvar a vida delas. Era impossível chorar por todas elas, então Ahmed não chorou por nenhuma. Talvez elas fossem as sortudas, livres do medo e da dor, da perda.

— Quando eu parei de ter fé, eu olhei para o mar. Eu queria me juntar a ele.

— Mas você não pôde — Oscar disse, grosseiro.

Ahmed olhou para ele. Era a primeira vez durante a história que ele falava.

— Eu sei.

Naquele dia na praia, era quase agosto – os dias estavam ficando mais quentes, o sol endurecendo sua pele quando refletia na água. Apesar do luto de Ahmed, ele estava constantemente com fome – com centenas de novos refugiados chegando todo dia, os voluntários que faziam sanduíches e entregavam água estavam ficando sem suprimentos.

— Eu vou com Ibrahim e sua família para o campo Kara Tepe. Depois de algumas semanas, nós podemos entrar em um barco para Atenas. Eu vou. Mas eu não sinto nada. Eu não penso em nada. Só em meu pai, sabe?

Por um momento os outros ficaram em silêncio, inclusive Oscar.

— Seu pai foi corajoso — Max disse, por fim.

Oscar chutou o chão molhado e disse algo em francês.

— Oscar! — Farah disse. Enquanto ela liberava uma grande quantidade de palavras em francês, Ahmed se virou para Max procurando uma explicação.

As bochechas de Max ficaram levemente vermelhas.

— Ele disse que seu pai foi estúpido por morrer. Por deixar você.

Ahmed levantou uma mão e Farah parou no meio da frase.

— Ele tem razão.

Oscar o olhou direto nos olhos.

— Por que você quer ir para a escola?

Ahmed pensou por um momento. Havia tantas formas de responder – porque seu pai era professor, porque ele queria aprender. Mas uma resposta parecia mais real do que as outras, e ele tinha uma sensação de que Oscar iria entendê-lo.

— Eu me sinto sozinho no mundo.

Oscar se virou para Max, disse alguma coisa em francês e voltou para a casa. Farah estreitou os olhos cética, mas Max sorriu.

— O que ele disse? — Ahmed perguntou.

— Ele me disse para ir à comuna com ele depois da escola amanhã — Max respondeu. — E para levar seu passaporte e suas fotos de identidade extras.

Capítulo trinta e dois

A comuna de Woluwe-Saint-Lambert era um prédio grande e amarelo de tijolos com uma torre de relógio distintiva. Max havia ido lá várias vezes com seus pais. Como se fossem pedir um sanduíche, eles precisaram sentar em cadeiras de plástico na entrada central cavernosa, esperando seu número aparecer em um monitor enorme. Só então puderam se aproximar dos funcionários, que ficavam sentados como caixas de banco do outro lado de uma janela de vidro, emitindo documentos com a mesma dureza com que dentistas dão doces.

A experiência, por outro lado, foi completamente diferente com Oscar ao seu lado. Oscar não disse muita coisa no ônibus até a Avenue Georges Henri – ele parecia quase tímido – e, por um momento, Max se preocupou que Farah estivesse certa e que ele estivesse planejando entregá-los. ("O quartel da polícia é perto da comuna", ela comentou.) Mas assim que eles saíram do ônibus, Oscar foi direto para a comuna. Ele passou pela máquina de senhas, grunhindo um "*Bonjour, Madame*" para a idosa mal-humorada da mesa de informações, que respondeu "*Bonjour, Oscar*" em um tom quase amigável. Ele marchou passando pelas pessoas dos assentos de plástico que se agarravam aos seus documentos e ansiosamente olhavam o monitor. Então, ele bateu em uma porta no centro da parede de vidro que dizia NÃO ENTRE, APENAS PARA FUNCIONÁRIOS.

— *C'est moi. Oscar!* — ele falou.

Um segundo depois, a porta se abriu e um homem de barba que Max reconheceu como um dos funcionários acenou para eles entrarem. A porta fechou atrás deles com um clique e Max se viu do outro lado da parede de vidro. A área dos funcionários era maior do que parecia do outro lado da parede, com filas de computadores, armários de arquivo e uma sala onde os funcionários podiam se retirar para seus intermináveis intervalos de almoço. A voz de uma mulher soou de uma das janelas reservada para nativos belgas.

— *Bonjour, petit chou!*

Os lábios de Max se torceram enquanto ele reprimia uma risada. Ele já havia ouvido o termo "carinho" em francês antes, mas era difícil imaginar Oscar como um "repolhinho". A mulher pequena e gordinha que correu até eles se encaixava muito melhor na descrição.

— *Bonjour, maman* — Oscar respondeu, com suas bochechas ficando vermelhas com o que Max achou que era o nível adequado de vergonha.

— E esse é seu amigo, o americano, que você está sempre falando da escola e dos escoteiros — ela disse em francês, se virando para Max.

— Olá, Max, olá — ela disse gentilmente em inglês.

— *Bonjour, Madame* — Max disse.

Oscar obviamente a havia preparado para sua chegada, mas o que surpreendeu Max foi o *toujours*, ou sempre. Oscar falava dele antes dessa semana? Ela parecia animada demais para Oscar ter contado para ela a verdadeira natureza do relacionamento deles.

— Oscar fala inglês — ela disse, olhando para o filho. — Seu pai ensina ele. Eu, não tão bem.

Oscar fez uma careta para ela.

— Você parece burra. É "ensinou".

A mãe de Oscar ficou vermelha e riu.

— Viu como ele é inteligente? — ela disse em francês.

Max acenou com a cabeça, mas se sentiu mal pelos dois.

A mãe de Oscar olhou para o relógio na parede.

— Eu ainda tenho meia hora. Mas vocês dois podem sentar na entrada...

— *Monsieur* Dupont já parou — Oscar interrompeu. — Nós não podemos jogar no computador dele?

A mãe de Oscar soltou um suspiro que disse a Max que ela preferia que eles não jogassem.

— Você sabe que eu não posso deixar...

— Ele não liga — Oscar disse. — Ele joga Paciência parte do tempo mesmo.

— Isso não é verdade — sua mãe disse.

A essa altura, Oscar já havia se enfiado na cadeira de *Monsieur* Dupont e ligado o monitor.

— Ela sempre deixa — ele sussurrou em inglês para Max. — Eu jogo nesses computadores há anos. Pega uma cadeira.

Com a batalha perdida, a mãe de Oscar voltou para o seu lugar na janela ao lado do homem barbudo. Ela apertou uma campainha e Max conseguiu ouvir um barulho do lado de fora quando o próximo número apareceu no monitor. Segundos depois, ela estava falando com alguém do outro lado da janela em um francês rápido demais para Max entender.

— Você tem as fotos e o passaporte? — Oscar sussurrou.

Max puxou o *Meninos heróis* de sua mochila e abriu rapidamente para mostrar a página onde havia enfiado o passaporte sírio falso de Ahmed, com as fotos extras da identidade enfiadas dentro dele.

— Bom — Oscar disse.

Ele abriu a janela do Paciência e rapidamente jogou algumas cartas antes de trocar de janela. Uma tela surgiu pedindo uma senha e Oscar digitou alguma coisa. Um segundo depois, uma lista de nomes apareceu com datas de aniversário, endereços e números de identidade ao lado deles.

— Como você sabe fazer isso? — Max sussurrou.

Oscar encolheu os ombros.

— Eu venho bastante aqui, então eu olho e aprendo.

Ele rolou pela letra N, até alcançar o nome "Nasser".

— É bom porque ele tem um sobrenome comum. Qual é o nome da mãe dele?

Max olhou o passaporte.

— Reem. R-E-E-M.

Oscar moveu o cursor para baixo na lista dos Nasser.

— Tem uma Rima, R-I-M-A. É quase. Data de nascimento quatro de dezembro de 1992.

Max ficou surpreso como conseguiu fazer a conta rápido na sua cabeça.

— Ela tem vinte e quatro, Ahmed tem quatorze. Ela não poderia ter dado à luz com dez anos.

Oscar rapidamente mudou Rima para Reem, e 1992 para 1982, então apertou o botão para salvar.

— Qualquer um pode cometer esses erros — ele disse, inocentemente.

Max não conseguiu evitar um sorriso.

— O quê? — Oscar disse.

— Nada — Max disse. — É só que... é natural para você.

— Natural?

— Tipo, você é realmente bom nisso.

— Mente criminosa — Oscar disse, soando feliz consigo mesmo. — Você conhece esse termo?

Os lábios de Oscar tremeram quando ele reprimiu um sorriso.

— Eu assisto *CSI: Miami,* em inglês. Você conhece essa série?

Então ele selecionou a entrada alterada, apertou o botão para copiar e trocou de tela para um arquivo chamado "Documentos de Identificação para Estrangeiros Menores". Ele abriu um documento novo, pegou a identidade que Max e Ahmed haviam falsificado e copiou os dados. Depois de imprimir a identidade nova, ele colou uma das fotos de Ahmed e enfiou o documento embaixo do que Max achou que parecia um grande grampeador e baixou a alavanca. Quando a devolveu para Max, o selo da comuna estava em cima da foto de Ahmed. A identidade era tão autêntica quanto a de Max.

— Oscar, chega de computador — sua mãe falou do outro lado da sala, em francês.

O funcionário barbudo disse alguma coisa para a mãe de Oscar. Max não conseguia entender as palavras, mas sentiu pela forma como ele virou a cabeça na direção deles que ele não estava feliz que ainda estivessem jogando ali.

Oscar ignorou. Ele deletou o documento e abriu outro arquivo chamado "*Composition de ménage*".

— Não terminamos? — Max disse baixinho, em inglês.

Oscar chacoalhou a cabeça.

— Você precisa disso também.

— O que é isso? — Max perguntou.

— O documento que mostra todas as pessoas da família da casa de Ahmed. A escola pede isso.

Seus pais devem ter entregado sem mencionar para ele. Max percebeu como eles precisavam de Oscar. Mas não sabia como expressar isso além de dizer:

— Obrigado.

Oscar sorriu.

— Nós damos outra família para ele?

Max concordou com a cabeça.

— Irmãos mais novos e irmãs. Desculpas para a mãe dele não ir à escola.

— Nomes?

— Jasmine — Max disse antes de conseguir se impedir. — Nouri, a bebê.

Oscar digitou os nomes e inventou algumas datas de nascimento.

— Mas nenhum pai.

— Não — Max concordou.

Oscar imprimiu esse documento também. Então, ele sacou uma almofada para carimbo e um carimbo de borracha. Ele havia acabado de carimbar com a marca oficial da comuna quando a porta se abriu.

— *Bonjour, tout le monde!* — Uma voz familiar disse atrás deles. *Olá, todo mundo!*

Max enfiou o documento na sua mochila, então se virou. O inspetor Fontaine estava andando na direção deles.

— *Mex Ou-Arde* — ele disse em um francês severo. — Você não deveria estar aqui.

O estômago de Max se apertou. Oscar havia enganado ele? Talvez ele apenas estivesse fingindo ajudá-lo. Ele se virou para Oscar, que estava jogando Paciência e parecia completamente calmo, sem se incomodar com a presença do policial.

— Eu estou aqui com... — Max gaguejou em francês. — Oscar e eu vamos para a escola... Ele...

— Nós somos amigos — Oscar interrompeu para garantir.

Isso era verdade? Max torcia que fosse. Ele lembrou que o inspetor Fontaine trabalhava na comuna. Se sua casa era uma visita necessária para aprovar as identidades e outros documentos, então ele tinha um motivo legítimo para estar ali.

— A amizade da juventude — o inspetor Fontaine disse melancolicamente em inglês, se inclinando contra um armário de arquivos. — Eu te disse, *Mex*, que eu brincava no seu jardim com meninos de quem ainda sou amigo, apesar de sermos homens agora?

Ele riu, talvez pela ideia de ser velho. Então, seus olhos caíram sobre Oscar e ele deu um passo adiante.

— Você está ganhando?

Max de repente percebeu que ainda podia ver a ponta do documento da *Composition de ménage* no topo da tela. Não houve tempo para Oscar deletar. Ele precisava distrair o inspetor Fontaine antes de ele perceber.

— Nós ainda não encontramos um jardineiro — ele disse.

As sobrancelhas do policial se enrugaram enquanto ele olhava na direção de Max.

— Ah, não? Tomek não deu certo?

— Não — Max mentiu. — Meus pais vão procurar outra pessoa.

— Bom, é inverno — o inspetor Fontaine falou. — Mas você tem que avisar para eles não demorarem muito.

Quando Max olhou de volta para o computador, a aba do documento havia sumido. Max estava com vergonha de ter duvidado de Oscar. Ele realmente era uma mente criminosa de primeira classe.

A mãe de Oscar fechou sua janela e se apressou até o inspetor Fontaine.

— Olá, Émile. Eu falei para ele não usar o computador — ela disse, pedindo desculpas em francês.

Max esperou Fontaine se transformar no policial feroz que ele havia visto na rua com o jovem árabe, mas o policial apenas chacoalhou a cabeça.

— Sempre quebrando as regras, Oscar. Você precisa ouvir a sua mãe.

— Desculpe, Inspecteur — Oscar disse, desligando o computador.

O inspetor Fontaine puxou um monte de papéis da sua pasta e entregou para a mãe de Oscar.

— Para amanhã — ele disse.

Então ele se virou para Oscar e Max.

— Vão brincar lá fora, meninos. O mundo é muito mais interessante do que uma tela.

Capítulo trinta e três

Os documentos estavam perfeitos, quase à prova de erros. Oscar havia feito um trabalho fenomenal, melhor do que um falsificador profissional. Mas Ahmed sabia que nada disso funcionaria se a Escola da Felicidade não tivesse uma vaga para ele.

Na quinta-feira antes do começo das férias, Ahmed pulou o muro do jardim que dava para a rua. Ele atravessou a grande avenida com nome americano – Brand Whitlock, Max havia dito para ele, que era o embaixador dos Estados Unidos que havia conseguido alimentos durante a Primeira Guerra Mundial – e andou até o apartamento de Oscar. Ele soube que era o apartamento certo quando viu os sapatos de Farah alinhados do lado de fora. Ele bateu na porta e Max atendeu.

— Chegou bem na hora, nós acabamos de chegar.

— *Bonjour, Ahmed* — a voz de Farah veio de dentro.

— Sem mãe de Oscar? — Ahmed perguntou enquanto tirava os tênis.

— Eu te disse, ela vem para casa depois das cinco — Oscar gritou em inglês do lado de dentro.

— Ele só está nervoso — Max sussurrou.

Ahmed entendeu. Ele alinhou seus sapatos ao lado dos de Farah, então seguiu Max pelo corredor para uma sala de estar e jantar combinadas. Fotos de um homem que Ahmed imaginava ser o pai de Oscar decoravam todos os corredores. Era um homem grande, como o pai de Ahmed, e parecia forte demais para não estar mais vivo.

Oscar desapareceu na cozinha e Ahmed se sentou em frente a Farah, que estava empoleirada em uma namoradeira, encarando um celular. Enquanto Oscar brincava desajeitado de anfitrião, largando quatro garrafas de Fanta laranja na mesa de café, Ahmed percebeu que Farah estava movendo os lábios silenciosamente.

— Você está bem? — Max perguntou para ela em um francês tão simples que até Ahmed entendeu.

Ela acenou que sim com a cabeça, então apontou para um pedaço de papel que listava os membros da casa de Ahmed.

— Nome da mãe – Reem Nasser? — ela perguntou em inglês. — *Oui*?

Foi esperto de Max usar os nomes reais da mãe e das irmãs dele – Ahmed não teria que lembrar nomes falsos. Mas ele ainda estremeceu ao ouvir o nome de sua mãe falado em voz alta.

— *Oui*, Reem.

Farah disse algo para Max em francês.

— Ela disse que talvez seja difícil demais para você ouvir? — Max traduziu.

— Não, não — Ahmed protestou. — Eu quero estar aqui.

Mas enquanto Max provavelmente traduzia para Farah, Ahmed continuou a olhar para o documento. Era como olhar para uma realidade alternativa em que o bombardeio nunca havia acontecido e sua mãe e suas irmãs haviam ido para a Bélgica com ele. Ele desejou poder adicionar o nome do avô e do pai, para deixar completa a sua família de tinta e papel. Mas então ele afastou a fantasia. O documento tinha o efeito contrário da pior forma. Não havia uma realidade alternativa. Essa era a única.

Ele tentou acompanhar a conversa que Max e Oscar estavam tendo com Farah. Eles pareciam estar ensinando a ela o que deveria dizer, mas ela acenou para eles saírem e pegou o telefone. Ahmed percebeu que o dedo dela tremia enquanto digitava os primeiros números.

Ahmed se virou para Max.

— Por favor traduz ela. Ela não precisa fazer isso. Eu não quero estragar sua honra…

— Sua *honra*? — Oscar se intrometeu. — Isso é alguma conversa maluca muçulmana?

Os olhos de Max se agitaram.

— Ele só quer dizer…

Mas Oscar não o deixou terminar.

— Que ele não quer que ela tenha problemas, mas com a gente, tudo bem.

— Eu não quero que ninguém tenha problemas! — Ahmed se interpôs.

Farah parou de digitar os números. Oscar e Max passaram a falar em francês e Ahmed foi brevemente tirado da conversa. Ele desejou poder explicar como, pelo menos em Alepo, uma menina da idade de Farah não deveria sair com meninos fora de sua família sozinha.

Farah olhou para Oscar, então virou para Max e, com um olhar seguro, falou firme.

Max traduziu:

— Você é gentil, Ahmed, por se preocupar comigo. Mas onde está a minha honra se eu não ajudo um irmão?

Fazia tempo que ninguém o chamava de irmão, desde que Jasmine e Nouri estavam vivas. A voz de Ahmed falhou.

— *Merci.*

Farah estreitou os olhos e terminou de digitar os números. Enquanto olhava para ela, Ahmed se lembrou de uma passagem do Alcorão: *Alá sabe distinguir aquele que faz mal daquele que quer o bem.* Eles não estavam realmente fazendo nada errado. Ela pôs o telefone contra a orelha.

Um momento silencioso passou, então outro.

Até Oscar se inclinou ansioso.

— Talvez secretária não está — Ahmed finalmente disse.

Oscar olhou seu relógio.

— Ela deveria estar.

— *Bonjour, Madame.*

A mão de Farah se levantou para silenciá-los. Ahmed mal podia respirar. Max e Oscar pareciam igualmente congelados.

— *Je m'appelle Reem Nasser.*

A voz de Farah soava diferente, mais baixa e mais nasal. Tremia um pouco, mas de uma forma que Ahmed torcia que a fizesse parecer simpática. Ahmed só conseguiu entender algumas palavras e frases do que ela disse em seguida: *mon fils* (meu filho); *il s'appelle Ahmed* (seu nome é Ahmed); *dix Juillet, 2001* (dez de julho de 2001 – seu aniversário). Seu sotaque parecia árabe, apesar de não parecer particularmente sírio. Mas quantos belgas poderiam perceber a diferença?

Na pausa que se seguiu, Ahmed se sentiu quase fisicamente nauseado.

— *Non, Madame* — Farah disse. Então ela começou a argumentar. Ahmed não conseguia entender o que ela estava dizendo a não ser por "*de Syrie*", da Síria. Ele olhava freneticamente para Oscar.

— A secretária acha que você é velho demais para a sala seis — Oscar sussurrou. — Mas Farah está dizendo para ela que você não vai para a escola faz três anos…

Ele parou e apontou para Farah, cuja voz se acalmou.

— *Oui, Madame.*

Farah pegou o documento da casa e sua identidade. A secretária estava claramente perguntando sobre o status da sua imigração, se ele tinha uma casa belga.

— *D'accord, Madame, merci.* — Outro silêncio se seguiu. Farah segurou o telefone longe e balbuciou alguma coisa em francês para Max e Oscar.

— Ela vai falar com o diretor para checar se tem vagas abertas — Max sussurrou em inglês.

Ahmed se curvou em uma bola, segurando os joelhos contra o peito. Ele fechou os olhos e ouviu Max batendo com os dedos na garrafa vazia de Fanta. Os minutos pareciam se arrastar.

Por fim, ele ouviu a voz de Farah:

— *Merci, Madame. Je comprends. Au revoir, Madame.*

Ela apertou um botão, abaixou o telefone, sorriu para Ahmed. Eram boas notícias ou ela estava sorrindo para diminuir o impacto? Ele estava com medo de descobrir.

Max pulou para o fim de sua cadeira.

— *Et?*

E?

— *Tu peux y aller* — Farah disse baixinho, ainda se dirigindo a Ahmed.

Ahmed tinha certeza de que não a tinha ouvido direito, que ela estava dizendo que ele não poderia ir, que a Escola da Felicidade não tinha vaga.

— *Aller*? Ir?

— Você entrou! — Max gritou.

Estavam todos olhando para ele, esperando um grito de felicidade, uma palavra de gratidão, um sorriso. Mas tudo que Ahmed conseguiu fazer foi esconder o rosto em suas mãos.

Capítulo trinta e quatro

— Um menino novo vai entrar na minha sala depois das férias — Max anunciou no caminho da escola para casa.

— Isso acontece às vezes — Madame Pauline disse distraidamente.

Era o dia anterior às férias de Natal, e até mesmo Madame Pauline parecia distraída. Porém, Max sentia que era importante preparar o terreno para a chegada pública de Ahmed.

— Ele é da Síria.

Madame Pauline parou. Max sabia que isso chamaria a sua atenção.

— Eles vão deixá-lo entrar *agora?*

Max se sentiu ainda mais incomodado do que o normal.

— Ele não é um terrorista.

— Como você sabe?

Os faróis dos carros já estavam acendendo no pôr do sol de dezembro. Madame Pauline estreitou os olhos na direção deles, como se também pudessem ser suspeitos em potencial.

— Porque ele... ele é igual a mim. Ele gosta de futebol e essas coisas.

Ela chacoalhou a cabeça e continuou a andar.

— É por isso que os terroristas simplesmente vagam por aqui. Muitos europeus têm essa atitude ingênua: *"Eles só são como nós"*. Mas não são!

— Mas refugiados não são terroristas — Max argumentou quando eles viraram na sua rua. — Eles estão escapando do terror. Eles querem as mesmas coisas que nós – ir à escola, ao trabalho, ter uma casa.

— A que preço para o resto de nós? Nossos valores? Nossa sociedade? Nossa vida? Terroristas estão se passando por refugiados para entrar na Europa. Eu não quero te assustar, Max. Mas alguma coisa vai acabar acontecendo aqui em Bruxelas, igual aconteceu em Paris.

Max desejou poder dizer que ela só estava sendo paranoica. Mas ele sabia que ela não era a única que ainda estava preocupada. O motivo de eles irem para o mercado de Natal em Aachen era que a sua mãe ainda estava com medo de que o da Grand-Place pudesse ser alvo de terroristas. Ainda assim, parecia errado culpar Ahmed por isso.

O número cinquenta, a casa de Albert Jonnart, estava entrando no campo de visão. Max imaginou se Jonnart teve medo. Ele deveria saber o risco para si e sua família ao esconder o menino. Mas ainda assim o fez.

— Como eles o pegaram?

As sobrancelhas de Madame Pauline se curvaram.

— Quem?

— Albert Jonnart. Ou melhor, como eles souberam que ele estava escondendo alguém?

— Ah, a história de Jonnart — Madame Pauline disse, soando levemente desapontada por abandonar o seu assunto preferido. — Ralph saiu uma noite para visitar os pais. Eles estavam vivendo com algumas outras famílias judias na Praça Vergote.

A coincidência fez Max tremer.

— Isso é logo no fim da rua da minha escola!

Outra similaridade ocorreu a ele.

— Ralph era meio que um refugiado, não era?

Madame Pauline olhou para ele pasma.

— O que você quer dizer?

— Você disse que a família dele fugiu da Alemanha. Então eles eram refugiados, igual ao menino sírio.

— Não é a mesma coisa — Madame Pauline disse categoricamente. — Já havia judeus na Europa há séculos. Eles são europeus.

— Hitler não pensava neles desse jeito.

— Eles não estavam tentando explodir ninguém. Essas pessoas são diferentes, Max.

Max se incomodava que ela não conseguisse – ou não quisesse – ver a conexão. Talvez se ela conhecesse Ahmed? Mas ele estava preocupado que seria mais provável ela entregar o garoto.

— E como a Gestapo descobriu Ralph?

— Um vizinho, um colaborador nazista, viu ele indo e voltando e contou.

— Isso é horrível! — Max disse.

— É por isso que mais judeus não foram salvos. Albert Jonnart era excepcionalmente corajoso. Era difícil conseguir escapar com uma coisa dessas.

O estômago de Max se apertou. O que ele e Ahmed estavam prestes a fazer era indiscutivelmente mais perigoso. Eles não estavam apenas escondendo Ahmed; estavam forjando a sua entrada na escola. Por um milésimo de segundo enquanto eles subiam a escada de sua casa, Max pensou no que eles fizeram. Havia tantas mentiras para manter, tantas pessoas para enganar. Outro dia, Claire disse que ele deveria ir ao médico para ver se não estava com lombrigas, porque não parava de ir para a cozinha à noite. Mas Ahmed precisava ir para a escola. Max havia prometido a ele. Agora não tinha volta.

Capítulo trinta e cinco

No início da manhã do dia quatro de janeiro, no breu, Ahmed escalou o muro do quintal e caiu no jardim do vizinho. Seus olhos estavam inchados pela exaustão; ele mal havia dormido, mas pelo menos havia sido fácil levantar cedo e colocar um dos uniformes velhos de Oscar. Enquanto ele corria do jardim até o portão da frente, sua mochila sacudia de leve com o material escolar que Farah e Max compraram para ele. Ele se mantinha atento à casa do vizinho, mas ela continuava escura.

Passando a Escola da Felicidade, no fim da quadra, havia uma pequena praça. Árvores cercavam o lado mais próximo da escola. Ahmed se escondeu ali, se agachando nas sombras. Através da colcha de retalhos de folhas, galhos e nuvens ele podia ver algumas estrelas.

— Nouri, Jasmine — ele sussurrou. — Eu vou para a escola.

Uma das estrelas piscou para ele ou era só a sua imaginação?

Do outro lado da praça, ele podia ouvir o barulho de carros, os freios de ônibus, o ruído ocasional de uma buzina. O trânsito estava aumentando. Longos minutos passaram e mais sons se juntaram à orquestra do breu – o barulho da coleira de um cachorro, o som de uma garrafa de vidro quebrando na lixeira reciclável, o som de passos e o murmúrio de vozes. Enquanto o céu noturno ficava pálido, as crianças começaram a passar correndo pela praça. As menores estavam com os pais, mas algumas das mais velhas andavam sozinhas ou em grupos, com ombros encolhidos sob as mochilas.

Era a hora.

Ahmed respirou fundo, então se enfiou na maré de crianças que iam até a Escola da Felicidade. Nenhuma prestava atenção nele. Ele era apenas outra criança indo para a escola. Ser comum nunca foi tão especial.

Ahmed surgiu na porta aberta. As seguranças da entrada eram mulheres, ajudantes cujo trabalho Max disse que era garantir que nenhum estranho entrasse na escola. Ahmed estava certo de que iria chamar a atenção delas – elas nunca o haviam visto antes, e ele era bem maior do que a maioria dos alunos do ensino fundamental. Mas ele e Max haviam inventado um plano. Ahmed checou o relógio do seu pai e então se abaixou para amarrar o cadarço.

Às oito e treze, um sapato pisou no seu calcanhar.

Ahmed olhou para Max sem o reconhecer.

— Desculpe — Max disse. — *Pardon*.

Ahmed se levantou rápido.

— Você fala inglês? — ele perguntou.

— Sim — Max disse, fingindo estar surpreso.

— Eu estou procurando a minha sala nova. Madame Legrand?

— É a minha sala! — Max exclamou. — Você é o menino novo? O da Síria?

Ahmed quase riu da reação extrema de Max.

— Sim. Sou Ahmed.

Max sorriu.

— Max — ele disse. — Venha, eu te levo lá.

Ele agarrou o braço de Ahmed e o levou para dentro.

— *Bonjour, Madame* — ele disse para uma das ajudantes, então apontou para Ahmed. — *Ahmed est nouveau*.

Novo.

A ajudante sorriu para ele.

— *Bienvenue, Ahmed*.

Bem-vindo. Essa era uma palavra que Ahmed havia visto nos livros de francês que estava estudando, mas era a primeira vez que alguém falava para ele. Ele sorriu de volta.

— *Merci*.

— *Merci, Madame* — Max corrigiu gentilmente.

Ele acenou para Ahmed segui-lo, se apertando pela multidão no arco de pedra até o pátio. Ahmed olhou para todos os lados, tentando assimilar tudo. A língua, as roupas, os rostos dos outros estudantes

– tudo era diferente do que era em sua cidade. Mas o sentimento de estar perdido em um redemoinho confuso era algo que ele estava acostumado a ter depois de seis meses na Europa. Pelo menos aqui, na escola, havia regras universais que ele entendia.

Uma bola de futebol voou pelo ar em sua direção. Ahmed instintivamente a chutou.

— *Pas mal* — Oscar gritou do outro lado do pátio. *Nada mal.*

Ahmed tirou sua mochila e foi chutando a bola pelo pátio. Ele não jogava futebol desde que havia saído da Síria, mas seus lances preferidos voltaram facilmente. Ele podia sentir os olhos nele, crianças assistindo. Um menino que ele não conhecia tentou chutar para longe, mas Ahmed foi tocando a bola diagonalmente e o driblou. Veio um murmúrio de apreciação de algumas outras crianças.

O sinal tocou e todos pegaram suas mochilas e andaram até uma porta no fundo do pátio. A plateia de Ahmed havia sumido, mas ele sabia que o haviam notado, e era bom ser percebido não como refugiado ou terrorista em potencial, mas simplesmente como um bom jogador de futebol. Ele quase havia esquecido disso sobre si mesmo – depois da morte de seu pai, ser bom em futebol mal parecia importante. Mas na escola, a habilidade contava para alguma coisa. *Ele* contava para alguma coisa.

Madame Legrand não pareceu particularmente feliz de ter outro aluno não falante nativo de francês; ela sentou Ahmed no fundo, em uma mesa com um leve cheiro de sanduíches velhos e embolorados. Mas Ahmed não se importou. A mesa era sua. Ele cuidadosamente colocou seus cadernos e papéis dentro dela, alinhou suas canetas e borracha, apontou seus lápis, apreciando o cheiro amadeirado do chumbo e das aparas.

Madame Legrand escreveu alguma coisa no quadro. Ahmed tirou um de seus cadernos e abriu na primeira página em branco. Aquilo o fazia lembrar do que mais sentia falta na escola: como, a cada ano, você começava de novo. Os cadernos usados do ano anterior, as canetas sem carga, os papéis dobrados com trabalhos que nunca eram o seu melhor iam embora. O que importava não era quem você era. Era quem você podia vir a ser.

A manhã passou rápido com Ahmed diligentemente copiando tudo do quadro. Mesmo sem entender a maior parte, era bom apenas escrever no caderno para decifrar depois. Matemática não precisava de tradução, nem as palavras gentis que Madame Legrand disse para ele enquanto olhava seu trabalho. Seu elogio o fez brilhar internamente, como uma casa que estava esperando alguém para acender a luz.

A hora do almoço o fez voltar para um estado de confusão. Ele não fazia ideia de onde sentar – Max avisou que havia lugares específicos para sentar –, então apenas ficou em pé até uma ajudante guiá-lo para uma mesa onde ele não conhecia ninguém. Ele havia começado a desenrolar o sanduíche murcho de manteiga de amendoim que Max fez para ele quando Farah apareceu, trazendo a ajudante atrás dela. Farah o arrastou para outra área do refeitório, onde encheu uma bandeja com sopa, vegetais, batatas e um pudim e entregou para ele. Então ela apontou para uma cadeira vazia na sua mesa. Ele se viu cercado por meninas. Isso poderia tê-lo deixado nervoso se não fosse o cheiro maravilhoso que subia da sua bandeja, e que fazia seu estômago tremer. Ele não conseguia se lembrar da última vez em que havia comido uma refeição quente completa, em uma mesa. Ele se afundou, esquecendo-se das meninas. Foi só quando raspou sua tigela de sopa e seu prato para limpá-los e quando já estava enfiando o último pedaço de pudim na boca que ele olhou e as viu encarando. Ele parou no meio da mordida, abaixou a colher e cuidadosamente limpou a boca com o seu guardanapo para elas não pensarem que ele era um completo selvagem.

No intervalo, ele foi imediatamente guiado para o jogo de futebol. Não houve convite – não em palavras, de qualquer forma –, só a bola rolando na direção dele, os gritos de garotos que ele não conhecia, a distribuição em times de acordo com alguma ordem prévia. Apesar do frio, ele se percebeu suando. Sua respiração ficou mais pesada; ele estava fora de forma depois de meses basicamente sem fazer nada na adega, mas era bom correr. Ele se viu gritando nomes, ouvindo seu próprio nome – *Ahmed, Ahmed!* Primeiro era apenas

Oscar, pedindo um passe, mas então ele ouviu outras vozes. Era como um sonho, com Max na lateral do campo torcendo como se cada gol de Ahmed fosse seu.

De volta à sala de aula, alguns dos meninos o chamaram pelo nome. Madame Legrand o chamou de lado e lhe entregou um livro de verbos em francês, anotando quais páginas ele deveria estudar. Ela parecia ter decidido que ele valia a sua atenção. Também entregou para ele uma folha com formulários – *pour ta maman* –, incluindo a ficha que sua mãe precisava assinar para ele poder voltar sozinho para casa. Ahmed acenou com a cabeça obedientemente.

Cedo demais – ao menos para ele –, o sinal tocou e todos juntaram seus livros e suas mochilas e se enfileiraram no corredor, esperando Madame Legrand guiá-los até o pátio. Era bom que Ahmed fosse o último, porque enquanto eles se reuniam na entrada principal, era fácil para ele sair da fila sem ser percebido e correr para a entrada. Ele encontrou o armário do zelador no fim do corredor – destrancado, como Max e Oscar disseram que estaria – e se enfiou dentro. No primeiro dia, sem o cartão assinado, ele não podia simplesmente sair andando sem uma ajudante pará-lo.

Ele sabia que teria que esperar muito tempo – de acordo com Max, a escola só fechava às seis horas da tarde, quando terminava as atividades pós-aula. O armário tinha cheiro de cera e de materiais de limpeza, mas pelo menos era quente. Ele se enfiou em um canto, atrás de uma fileira de baldes e esfregões, colocou na cabeça uma luminária de acampamento que Max havia dado para ele e começou a estudar o livro de verbos em francês. Ele passou a limpo as suas anotações, olhando no dicionário as palavras que não sabia, então fez uma lista de palavras para memorizar. Ele cuidadosamente resolveu uma atividade de matemática. O trabalho, a simples tarefa, o deixou calmo.

Duas horas depois, ele havia praticamente terminado tudo quando ouviu passos do lado de fora.

Ahmed desligou sua lanterna assim que a porta abriu. Uma mulher pequena com um uniforme branco jogou um balde e um esfregão nele. Ele segurou um grunhido. Ela deu a volta, colocou um produto de limpeza em uma prateleira. Ahmed tentou não mover um músculo. Ela acendeu a luz. Se ela se virasse para ele, com certeza o veria. Mas, com um resmungo, ela apagou a luz e fechou a porta ao sair.

Demorou vários minutos para Ahmed parar de tremer. Ele estava quase certo de que não havia sido visto – foi bom que ele estivesse sentado –, mas e se ela voltasse?

Pela próxima meia hora ele ficou sentado na escuridão, com medo de ligar a lanterna de novo. Uma luz prateada lhe permitia ver os ponteiros do relógio do pai, e apenas às seis e quinze ele ousou se mexer, saindo cuidadosamente pela porta, que abriu devagar, olhando para fora. O corredor estava escuro e vazio. As portas, Oscar avisou, estariam com o alarme ligado. Foi Ahmed quem havia encontrado uma solução. Ele correu pelo corredor até a sala mais próxima.

Com o barulho mais leve possível, ele abriu a janela. Um minuto depois, coberto pela escuridão da noite de inverno, ele desceu pela parede. Ficou esperando no arbusto de azevinho até uma lanterna piscar uma vez na sala de estar, o sinal de Max de que estava tudo limpo. Mas enquanto corria pelo quintal, pensou ter visto uma silhueta em uma janela do segundo andar. A figura desapareceu e ele torceu para serem apenas as cortinas, enganando a sua imaginação. Ele destrancou a porta e andou na ponta dos pés até a adega.

Ahmed desabou no colchão, ainda tremendo. Mas não havia dúvidas na sua cabeça sobre o que fazer. Amanhã ele voltaria para a Escola da Felicidade.

Capítulo trinta e seis

— Madame Pauline me disse que ela está muito feliz com o seu progresso em francês — a mãe de Max disse uma noite durante o jantar. — Você acha que está ficando mais fácil?

— Sim, acho que sim — Max respondeu entre mordidas do que veio a ser o jantar de sexta-feira tradicional deles: um frango assado do açougueiro *halal* do bairro ("Eu quero provar um", ele disse para sua mãe um dia) com purê de batatas e *haricots verts*, a palavra francesa para vagens. Ele sempre tentava comer menos para ter mais sobras para Ahmed. — Ela disse que janeiro geralmente é um momento decisivo, mas que você parece bem motivado agora — sua mãe continuou.

Max sorriu, não porque sentiu que havia ganhado um elogio. O que Madame Pauline achava que era seu entusiasmo repentino pelo francês era na verdade por causa de Ahmed. Desde que começou a escola, Ahmed se lançou a aprender a língua como se a sua vida dependesse disso. Toda noite, ele conferia sua tarefa com a de Max e ficava cheio de dúvidas. Max havia se descoberto prestando mais atenção em Madame Pauline e fazendo para ela as perguntas de Ahmed sobre verbos irregulares e construções verbais complicadas. Ele falava mais na escola e nos escoteiros, tentando praticar. Queria poder dar algum crédito para Ahmed.

— Sabe quem realmente está indo bem? — ele disse. — O menino sírio.

A cabeça de Claire se levantou.

— Que menino sírio?

Seus pais tinham uma regra restrita de proibição de telefones durante o jantar, mas Max sabia que ela estava olhando o telefone embaixo da mesa. Ele não disse nada mesmo assim.

— Tem um menino novo na minha sala — Max explicou. — Ahmed. Ele é um refugiado sírio. Ele perdeu muitas aulas por causa da guerra.

— Quantos anos ele tem? — Claire perguntou.

Seu interesse surpreendeu Max. Ela normalmente desligava de tudo quando seus pais o forçavam a falar sobre a escola.

— Catorze — Max disse.

— Um menino de catorze anos no sétimo ano? — sua mãe disse.

Max teve vontade de lembrá-la de que ele era um menino de treze anos no sétimo ano.

— Ele está indo muito bem — Max disse. — E é superlegal. Ele estuda muito.

Sua mãe se mexeu na cadeira.

— Eu não quis soar crítica. Estou feliz que a escola tenha dado uma vaga para ele. Eu sinto muito por eles, por todos os refugiados. Esses soldados e caminhões do exército em todo lugar estão me incomodando.

Max entendia como ela se sentia. Não era apenas Fontaine. Desde o bloqueio, parecia que os policiais e soldados estavam em todo lugar – na frente das estações de metrô e na feira, patrulhando as esquinas, sentados em caminhões pintados com camuflagem ou de bobeira durante patrulhas na frente de qualquer prédio vagamente importante ou oficial. Mas eles incomodavam Max por um motivo diferente: um dia, eles poderiam perceber Ahmed, descobrir quem ele realmente era.

— Eles só estão nos mantendo seguros — seu pai disse.

— E nós estamos seguros — sua mãe falou, um pouco gentil demais para Max acreditar.

— Onde ele mora? — Claire perguntou.

— Eu não tenho certeza — Max disse vagamente.

Sua mãe sorriu para Max.

— Bom, independentemente de onde ele mora, você tem que convidá-lo para vir aqui.

— Tudo bem.

Porém, Max se arrependeu de mencionar Ahmed. Agora teria que inventar alguma desculpa sobre por que ele não poderia visitá-los.

MAIS TARDE NAQUELA NOITE, depois da luz do quarto de seus pais ser apagada, Max ouviu uma leve batida na porta do seu quarto.

Ele pulou da cama e abriu a porta rapidamente, achando que era Ahmed.

Claire passou por ele e entrou, então fechou a porta.

— Podemos conversar?

O estômago de Max apertou. Ela quase nunca vinha até o seu quarto, e ele não tinha certeza se estava gostando daquilo.

— Claro.

Claire andou de um lado para o outro, então parou e olhou para ele.

— Aquele menino sírio, ele está morando aqui em casa?

Max olhou para ela como se nunca houvesse ouvido nada tão ridículo.

— O quê?

— Eu vi alguém no quintal umas semanas atrás.

Aquilo não era bom. Mas não era uma prova inegável também. Ele precisava se manter calmo.

— Eu não sei nada sobre...

— Você estava andando por aí...

Max encolheu os ombros.

— Você também.

— *Uma vez.* Eu saí *uma vez.* Escuto você subindo e descendo toda noite, Max. A comida anda desaparecendo, o assento do banheiro do porão continua levantado e aí tem uma tarde que você está sozinho em casa e não me quer perto da porta do porão. Eu não juntei tudo, mas eu vi alguém andando no quintal e logo depois esse menino sírio aparece na escola...

Ele continuou negando, porém Max sabia que ela não iria deixar de lado. Ele estava com medo de que ela fosse descer até o porão e arrastar Ahmed para fora sozinha, só para provar que ele estava mentindo.

Max a olhou nos olhos.

— Você não pode contar.

— Eu sabia! Sabia que você estava aprontando alguma coisa!

— O nome dele realmente é Ahmed, e ele está morando na adega.

— Na adega!

— Nós arrumamos. Não está tão ruim…

Claire fixou os olhos nele.

— Faz quanto tempo que ele está lá embaixo?

Max contou rápido nos dedos.

— Cinco meses.

— Cinco meses! Você está louco?

— Você não pode contar! Você me deve!

— Eu não contei, né? — ela disse irritada.

Porém, Max ainda não confiava nela. Sua única esperança era convencê-la. Ele baixou o tom.

— Os pais dele estão mortos e se alguém descobrir que ele está aqui, ou ele vai ser deportado ou vai ser mandado pra um orfanato horrível de refugiados.

— Quanto tempo você pretende mantê-lo lá embaixo?

— Até a gente voltar.

— E então?

— Eu não sei. Eu ia inventar alguma coisa.

Claire se deixou cair na cama dele.

— Isso é loucura.

Max sentou ao lado dela.

— Eu sei, mas ele está sozinho.

— Tem que ter algum adulto que possa ajudá-lo.

— Quem? A mãe e o pai se sentem mal pelos refugiados, mas você sabe que eles nunca adotariam ele…

Claire reconheceu isso com uma expiração áspera.

— Eles só fazem o que é certo para eles.

Max imaginava que ela estivesse falando mais sobre a mudança para a Bélgica do que sobre Ahmed, mas ele precisava dela ao seu lado.

— Exatamente.

Por um momento, nenhum deles falou.

— Eu me lembro de ver fotos de refugiados que se afogaram tentando chegar à Grécia — Claire finalmente disse. — Tinha uma dc uma criança bem pequena, com o rosto na água. Era como se o mundo não ligasse.

Max concordou.

— Talvez os adultos não liguem. Mas nós ligamos.

Eles ficaram sentados lado a lado, em silêncio.

— Você é muito mais competente do que eu pensava — Claire finalmente disse.

— Obrigado — Max disse sarcástico.

— Não, sério. Como você inscreveu ele na Bonheur?

Mas antes de ele poder responder, ela levantou a mão.

— Na verdade, não me conte. Eu não quero saber mais nada sobre isso.

— Você não quer nem conhecê-lo?

Claire refletiu por um momento.

— Não — ela finalmente disse. — Vou ficar de fora.

— Mas você promete não contar, né?

— Eu te disse que não vou. Mas essa é a sua brilhante confusão, não a minha.

Era a primeira vez, Max percebeu, que ela se referia a qualquer coisa que ele fazia como brilhante. Ele tentou não se incomodar que ela também usou a palavra "confusão".

Capítulo trinta e sete

Em uma tarde de meados de fevereiro, Ahmed pegou uma cadeira de plástico do porão e levou até o jardim. Apesar de ainda estar frio e úmido, a luz estava durando um pouco mais agora, e em um dia raro de sol, como aquele, era possível imaginar a primavera.

Cinco semanas tinham se passado desde que Ahmed começou a ir à escola, vinte e cinco dias, e agora era uma semana de feriado. Até onde Ahmed sabia, o feriado, o Carnaval, era sobre se vestir com fantasias elaboradas e andar por aí (pelo menos foi isso que as crianças mais novas da Escola da Felicidade fizeram).

— Todo mundo finge ser alguém que não é — Max explicou.

Ahmed esticou as pernas e ficou olhando os periquitos. Com um sorriso, pensou que ele também estava celebrando este feriado estranho e de cabeça para baixo – pelo menos em espírito. Max e sua família estavam em Londres e ele estava representando seus papéis – cozinhando para si mesmo jantares simples na cozinha, se esticando no sofá da sala de estar com seus livros de francês, fazendo carinho no queixo de Teddy ou jogando seu rato de brinquedo pela casa. As orquídeas tomavam um banho de sol na sala de estar durante o dia e ficavam embaixo da lâmpada de crescer durante a noite. Algumas raízes saudáveis surgiram. Ahmed ficou sabendo por Max os dias e horários que a mulher da limpeza vinha para alimentar Teddy e sempre tomava o cuidado de estar de volta à adega nesse horário. Ele ainda evitava os andares de cima, onde a família dormia, mas, fora isso, fingia que a casa era sua.

Ahmed havia trazido seu livro de verbos em francês para o jardim. Resolveu estudar por pelo menos seis horas todos os dias do feriado.

Mas o livro ficava fechado em seu colo enquanto seus pensamentos vagavam. Seu pai estaria muito feliz se visse como ele estava indo na escola. Ele fazia contente todo o trabalho extra que Madame Legrand sugeria; tirava dúvidas, especialmente em matemática; e havia se tornado o favorito das ajudantes do almoço por nunca desperdiçar comida. Max, Oscar e Farah eram naturalmente seus amigos mais próximos, mas ele fez alguns outros, inclusive alguns meninos que queriam que ele entrasse no clube de futebol depois da aula. Ahmed havia recusado – o clube custava dinheiro e ele gostava de ter as tardes livres. Agora que a sua "mãe" havia assinado o cartão para ele poder sair da escola sozinho, ou ele estudava no apartamento de Oscar com os outros ou sozinho na biblioteca até estar tarde o suficiente para voltar para casa.

— *Toi, là-bas!*

Você aí!

A voz dura o fez congelar. Seus olhos travaram no rosto do inspetor Fontaine, olhando para ele do outro lado da parede.

— *Qu'est-ce que tu fais?*

Ahmed se levantou tão rápido que derrubou a cadeira. Ele estava apavorado demais para entender. Mas algum instinto disse para ele não correr. O inspetor Fontaine escalou o muro e, com um salto ágil, entrou no jardim.

— Você fala inglês?

Ahmed concordou com a cabeça.

O policial veio na direção dele.

— O que você está fazendo aqui?

Ahmed abriu a boca, mas nenhuma palavra lhe veio.

O policial estava vindo mais para perto dele, perto o suficiente para se esticar e agarrá-lo.

— Eu sei que a família não está em casa.

— Eu sou... — Ahmed olhou para os lados, freneticamente tentando pensar em um motivo para estar lá. Seus olhos caíram nos arbustos não aparados e nos nós de hera na parede. De repente, ele se lembrou do que Max contou para ele sobre a obsessão do policial com o jardim.

— Família Howard... me paga para limpar jardim.

Ele se inclinou para trás, ainda esperando que o policial o agarrasse. Mas o inspetor Fontaine parou sua acusação e soltou uma risada amarga.

— Finalmente! — ele disse. — Eles encontraram um jardineiro. Mas eles te pagam para ficar sentado?

— Eu já vou começar — Ahmed disse. Ele se reclinou, feliz por ter um ancinho e uma pá à vista do lado da porta do porão.

— Já te vi antes.

Ahmed se virou para trás e viu os olhos de Fontaine se estreitarem.

— Eu vou para a École du Bonheur — Ahmed disse, apontando para a escola. — Eu sou amigo, *un ami de* Max.

— Então você fala um pouco de francês?

— Eu sou novo. Estou aprendendo. Meu inglês é…

— De onde você é? — o inspetor Fontaine interrompeu.

Ahmed achou que seria pouco inteligente mentir.

— Síria.

— Ah, então os americanos te deram um trabalho. Eles deviam levar mais de vocês para o país deles. Mas eles amam começar guerras e não resolver os problemas que causam para o resto do mundo.

Ahmed não sabia o que dizer sobre isso, então não disse nada.

O inspetor Fontaine suspirou.

— Pelo menos a família está cuidando do jardim. Antes não era assim. Essa era a casa do meu avô e ele mesmo cuidava do jardim. Eu passei a minha juventude brincando aqui. Mas como você entende de jardins? Quantos anos você tem?

— Catorze — Ahmed disse. — Meu pai e meu avô cuidavam de jardim.

O inspetor Fontaine resmungou.

— Eles deviam estar fazendo o trabalho então.

— Eles estão mortos.

A expressão de Fontaine aliviou, mas apenas por um momento.

— Então a família te deu uma chave. — O policial chacoalhou a cabeça como se pensasse que os pais de Max eram muito ingênuos. — Qual é o seu nome?

— Ahmed.

— É melhor você ir trabalhar, Ahmed, e não se torne um radical igual aos meninos de Molenbeek.

— Eu não sou assim — Ahmed garantiu a ele. — Eu gosto de jardim.

— Vou ficar de olho.

Fontaine olhou sério para Ahmed, como que para lembrá-lo de que estaria de olho em Ahmed também. Então, ele saiu do jardim.

— Já foi um jardim lindo. Eu não consigo imaginar que você saiba como cuidar. Não tem jardins assim na Síria.

Ahmed quis dizer: *Como você sabe?*

— Meu avô tinha loja de jardinagem — ele acabou dizendo.

O inspetor Fontaine levantou uma sobrancelha como se não acreditasse nele.

— *Bonne chance,* Ahmed, boa sorte. Mas se eu vê-lo sendo preguiçoso de novo, vou dizer para eles contratarem o Pole.

Ahmed concordou, então foi até a porta do porão e pegou o ancinho. Quando ele se virou, o inspetor Fontaine havia subido de novo no muro. Ele ficou lá sentado um momento, olhando. Ahmed, parado com o ancinho na mão, fez a mesma coisa.

— Eu falei para Madame *Ou-Arde* que iria ficar de olho — o policial falou. — Da próxima vez diga para ela me avisar que você vai estar aqui.

— Tudo bem — Ahmed disse.

Ele ainda estava tremendo quando começou a trabalhar. Mas a parte engraçada era que ele realmente tinha ideias para fazer o jardim voltar à vida.

Capítulo trinta e oito

— Surpresa! — Max disse.

Seus pais estavam parados na frente da grande janela na sala de estar, olhando para o quintal. Os arbustos estavam cortados e aparados, as folhas velhas, recolhidas, a hera, aparada, os canteiros de flores, sem ervas daninhas e com adubo. Max estudou suas expressões – eles realmente pareciam surpresos.

— Era isso que dizia no bilhete da porta? — seu pai perguntou.

Max concordou. O bilhete havia sido um jeito inteligente de Ahmed alertá-lo sobre o que aconteceu. Além de agradecer a Max pelo trabalho de jardineiro, ele também avisou que o inspetor Fontaine havia ficado surpreso de encontrá-lo no quintal, então eles deveriam cuidar de informar o policial na próxima vez em que lhe dessem uma chave. Mesmo que o inspetor Fontaine tivesse lido, ele não acharia o bilhete suspeito.

Max percebeu que Claire o estava encarando firme, tentando entender o esquema.

— Ahmed estava procurando trabalho — ele disse —, e eu sabia que vocês não aguentavam mais o policial incomodando sobre o quintal, então…

As sobrancelhas de seu pai se enrugaram.

— Ahmed?

— O menino novo da minha sala, aquele da Sír…

— Como ele entrou no nosso quintal? — sua mãe interrompeu.

Max encolheu os ombros.

— Eu dei uma chave a ele.

— Max! Você não pode dar uma chave para um estranho!

— Ele não é um estranho. Eu disse, ele é da minha sala.

E ele mora no nosso porão, Max se imaginou dizendo. Mas pela forma como sua mãe estava olhando para ele, Max sabia que não havia jeito de contar isso a ela. Ele se virou para o pai, esperando uma reação melhor.

— Sua mãe tem razão, Max.

Pelo menos uma vez, Max pensou amargo, *eles concordaram em alguma coisa.*

— Ficamos fora uma semana inteira — seu pai continuou. — Você deu a gerência da nossa casa para esse menino.

— Ele não é *esse menino* — Max disse. — Eu falei a vocês: ele é meu amigo. E ele só estava arrumando o jardim.

Mas sua mãe começou a olhar em volta, como se estivesse conferindo se tudo ainda estava no lugar.

— Só porque ele é refugiado! — Max gritou. — Vocês acham que ele quer as nossas coisas estúpidas?

— Max — A voz do seu pai estava baixa, mas firme. — Não se trata de ele ser um refugiado. Você não pode simplesmente deixar alguém que nós não conhecemos entrar na nossa casa sem nos contar. É uma traição da nossa confiança.

— Isso não é meio dramático? — Claire falou.

— Claire… — seu pai avisou.

— Tudo bem — ela disse, levantando as mãos em uma posição de "não atire". — Estou saindo.

Então, ela subiu a escada, deixando Max lidar com seus pais sozinho.

— Eu sinto muito! Achei que estava fazendo um favor a vocês.

Sua voz rachou e seus olhos se encheram de lágrimas, como se ele realmente acreditasse na mentira. Mas havia algo a mais que o estava fazendo chorar – a verdade das palavras do seu pai. Ele traiu seus pais por meses e, pelo bem de Ahmed, continuaria a trair. Era errado e certo ao mesmo tempo.

— Olhe, Max — seu pai disse. — Eu sei que você não quis fazer nada errado.

— Tenho certeza de que Ahmed é um bom menino — sua mãe acrescentou enquanto voltava para a sala. Max sentiu em seu tom calmo de voz que ela tinha conferido que tudo estava lá. — Eu ainda quero conhecê-lo. Mas você precisa pegar a chave de volta amanhã e *nunca, nunca mais* dar acesso à casa para uma pessoa sem nos perguntar primeiro.

Max podia simplesmente fazer outra cópia da chave para os pais e fingir que era a que deu para Ahmed. Não precisava contar para Ahmed como seus pais reagiram. Ele não havia contado para o amigo que Claire sabia. Parecia muito adulto proteger alguém sem lhe contar toda a verdade. Porém, Max não sabia ao certo se gostava daquilo.

— Tudo bem — ele disse baixinho. — Eu entendi.

Capítulo trinta e nove

Toda manhã, quando saía para a escola muito cedo para chegar antes do nascer do sol, Ahmed esperava encontrar o inspetor Fontaine. Mas com a família de Max de volta da viagem, o policial ficava longe. Mesmo assim, Ahmed considerou mudar a sua rotina. Uma noite, nas primeiras horas da manhã, ele investigou outras formas de sair pelo jardim até a rua. Mas isso envolvia andar por muitos jardins, aumentando o risco de ser visto, e apenas confirmou a sua suspeita de que o jardim dos LeClerq ainda era o jeito mais seguro e rápido de sair.

Ainda assim, Ahmed se preocupava. Havia sido fácil o suficiente se passar por jardineiro em uma tarde clara. Mas o inspetor Fontaine acreditaria nele em uma madrugada chuvosa de março? O policial começou a assombrar seus sonhos, aparando o jardim com tesouras enormes. Ele chegava cada vez mais perto de onde Ahmed estava se escondendo. Ahmed tentava fugir, mas descobria que seus pés estavam enraizados na terra e ele havia virado uma orquídea.

— Você não pode crescer aqui — o policial dizia, agarrando Ahmed pelo caule, com suas tesouras brilhando.

Mas Ahmed conseguia viver com os pesadelos. Pelo menos quando acordava deles, ele não ficava mais com a sensação pesada de que a vida real era pior. Três meses na escola, era como se sempre houvesse estado lá – as ajudantes no portão o cumprimentavam pela manhã, os outros meninos esperavam por ele para jogar uma partida de futebol no intervalo, a pilha de manuais de francês aumentavam em sua mesa. Melhor ainda, à noite, ele sempre conferia a sua tarefa e conversava sobre o dia com Max.

— Seu quarto é um desastre total — Max disse em uma dessas noites.

— Desastre?

— Uma bagunça.

Ahmed olhou timidamente pela adega. Pilhas de folhas de papel – em geral usadas para praticar francês – estavam espalhadas pelo chão ao lado de uma casca de banana e uma pilha de revistinhas que Max havia dado para ele. Desde que começou a escola, ele estava mais ocupado do que nunca, mas percebeu que a desordem era também um sinal de que ele se sentia confortável.

— Você era tão arrumadinho que eu já estava começando a pensar se havia alguma coisa errada com você.

Ahmed sorriu.

— Eu sei. É difícil acreditar que eu não sou perfeito.

Max deu um empurrão nele. Ahmed o empurrou de volta. Então eles ficaram se provocando falando de meninas e professoras até estarem rindo tão alto que precisaram colocar a mão na frente da boca para não acordar os pais de Max.

Mas uma tarde, depois de algumas semanas de março, um problema veio à tona, e não tinha nada a ver com o inspetor Fontaine.

— Ahmed, posso falar com você?

Ahmed ergueu os olhos do exercício de matemática e viu Madame Legrand acenando para ele ir até a sua mesa. Não havia nada de incomum naquilo – ela geralmente o chamava para corrigir um erro no seu trabalho de francês, passar mais tarefas ou livros. Ele ficou feliz porque mesmo sem a dica do seu gesto, entendeu o francês dela. Suas longas horas de estudo estavam começando a valer a pena.

— *Oui, Madame.*

Foi apenas quando trotou passando por Max, Farah e Oscar para a frente da sala que ele notou um pedaço de papel na mão dela. Era o formulário de inscrição para as reuniões de pais e mestres no fim de março, antes das férias de primavera. Sua "mãe" havia assinado o formulário dizendo que não poderia ir.

— Diga à sua mãe que ela precisa vir — Madame Legrand disse, devolvendo o formulário para ele. — É importante.

Pela primeira vez, Ahmed desejou não entender o francês. Ele deu uma meia concordada e pegou o formulário, mas hesitou.

— É difícil para ela, Madame — ele disse.

A expressão de Madame Legrand suavizou um pouco, o que o deixou se sentindo pior de algum jeito.

— Por quê?

Ahmed engoliu, tentando pensar em uma resposta. Jasmine e Nouri imaginárias poderiam estar doentes? Precisaria ser algo sério – ainda faltavam duas semanas para as reuniões de pais e mestres. Ou a própria mãe poderia estar doente? Mas ele não queria que Madame Legrand se preocupasse que ele não estivesse sendo bem-cuidado e alertasse as autoridades.

— Max, olhos na atividade! — Madame Legrand disse.

Ahmed olhou bem na hora que Max se voltou para baixo de novo. Ele claramente entendeu o que estava acontecendo. Mas pelo menos sua encarada distraiu Madame Legrand. Com um suspiro, ela voltou a olhar para Ahmed.

— Diga que eu posso ir até ela se precisar.

Ahmed se forçou a sorrir, como se estivesse grato por aquela oferta gentil.

— Não, Madame — ele disse. — Não é necessário.

Ele cuidadosamente dobrou o papel e andou de volta para sua mesa.

DEPOIS DA ESCOLA, Max fez um encontro de emergência no seu jardim. Diferentemente da última vez em que estiveram ali, Ahmed não se escondeu atrás do azevinho, mas em vez disso seguiu Max, Oscar e Farah pela porta da frente. Era estranho entrar na casa assim, conhecer Madame Pauline, que por tanto tempo foi apenas uma voz sem corpo, comer fatias de kiwi e cookies de merengue com os outros em volta da mesa da sala de jantar. A babá era exatamente como ele esperava – sombria e sem cores, como o clima – e ela encarava a ele e a Farah sem remorsos. Teddy era muito mais gentil, se esfregando contra o queixo deles e até pulando em seu colo. Ahmed se preocupou que a familiaridade do gato pudesse entregá-lo, mas aquilo parecia apenas divertir Madame Pauline.

— Bom, o gato gosta dele — ela murmurou baixinho em francês.

Depois do lanche, eles foram para o quintal para jogar futebol com a bola de Max. Madame Pauline ficou olhando por um tempo através da grande janela. Assim que ela desapareceu, Max chutou a bola para longe como Ahmed ensinou.

— Tudo bem — ele disse em inglês. — Qual é o plano?

Oscar traduziu para Farah, que respondeu para ele em francês muito gentil e rápido para Ahmed entender.

— Ela falou que ela pode ligar e cancelar na manhã da reunião — Oscar disse. — Dizendo que está doente.

— Mas Madame Legrand vai tentar remarcar — Max falou.

— E se ela tentar ir até a minha mãe? — Ahmed adicionou. — Ela falou que isso é possível.

O plano deles estava caindo por terra. Ahmed olhou para uma das floreiras. Fazia menos de um mês que ele havia aparado o quintal e as ervas já estavam dominando tudo de novo. Ele se abaixou e arrancou um dente-de-leão, depois outro. Era bom arrancá-los da terra, abrir espaço para os talos verdes-claros que apareciam por baixo.

— Você não precisa fazer isso — Max disse. — Madame Pauline sabe que você está aqui como um amigo.

Ahmed deu de ombros.

— O jardim precisa.

Farah se ajoelhou ao seu lado e começou a arrancar mato também.

— Tem algum adulto em quem você confia? — ela perguntou em um francês lento e simples.

Ahmed pensou, então se virou para Max para ele poder traduzir.

— Ibrahim, o homem com quem eu vim, é possível ficar com a sua família em Molenbeek.

Um barulho atrás dele fez Ahmed se virar. Mas era apenas Oscar quebrando um galho ao meio com o pé. Ele segurava alguns outros que havia juntado em uma pilha.

— E se ele fosse seu tio? — Oscar perguntou em inglês. — E fosse até a escola no lugar da sua mãe?

Max pulou para perto, parecendo animado.

— Você consegue uma identidade falsa para ele, Oscar?

Mas antes de Oscar poder responder, Ahmed chacoalhou a cabeça.

— Ele pode ter perdido o direito de ficar e mesmo se não tiver... eu não posso pedir isso a ele. Ele me viu por último faz seis meses, e agora eu volto, peço para ele arriscar sua própria chance de ficar por mentir?

Ele se afundou na grama úmida. Por mais quanto tempo eles conseguiriam manter aquilo? Novas ameaças pareciam estar surgindo mais rápido do que as ervas daninhas na floreira. Mas a ideia de parar com a escola, de deixar seus amigos… Ele não tinha mais nenhum interesse em fugir sozinho para Calais.

— Não se preocupe — Farah disse em francês.

— É — Max disse. — Vamos pensar em alguma coisa.

Capítulo quarenta

Max tentou bolar um plano. Ele tentou nas aulas, entre escrever as palavras da *dictée*, que agora saíam muito mais fácil. Tentou nos escoteiros (*escuteiros* agora, na sua própria cabeça), enquanto ele e Oscar praticavam código Morse na floresta. Tentou na cama, enquanto esperava ser tarde o suficiente para visitar Ahmed na adega. Tentou no intervalo, ou *récréation*, como passou a falar, enquanto ajudava Oscar e os outros meninos a levantar Ahmed triunfantemente em seus ombros depois de um gol.

Depois da escola na sexta-feira seguinte, Max achou uma partida de futebol antiga em um dos canais de esporte belgas e se jogou na cama de seus pais para pensar mais. Havia algo de tranquilizante no falatório do locutor, a pequenez dos jogadores no campo verde enorme, o murmúrio bobo da multidão. Mas assim que Max começou a relaxar, Madame Pauline correu para dentro e pegou o controle. A partida de futebol sumiu, sendo substituída por imagens de policiais com capacetes e rifles de assalto arrastando um homem com um moletom branco pela rua. Notícias em holandês corriam na parte de baixo da tela.

— O que está acontecendo? — Max perguntou.

— Pegaram ele! — Madame Pauline disse, caindo na cama ao lado dele.

— Quem?

— Abdeslam, o terrorista que estavam procurando desde Paris. Eles finalmente o encontraram, aqui, em Molenbeek.

O terrorista fugitivo foi capturado! Ele havia sido toda a razão para o bloqueio, a razão para as buscas policiais. Talvez agora que o cara mau estava em custódia, todo mundo se acalmaria. Talvez eles até mesmo começassem a voltar a ter simpatia por refugiados como Ahmed.

— Demorou muito! — Madame Pauline continuou. — Ele estava bem embaixo do nariz deles por meses, mas claro que a polícia e as forças de segurança fizeram um trabalho horrível na hora de compartilhar informações. É isso que acontece quando você tem dezenove forças policiais, uma para cada comuna!

— Como foi que pegaram ele? — Max perguntou.

Madame Pauline riu.

— Uma pizza! A polícia estava de olho em um apartamento suspeito, e então a mulher pediu pizza demais só para ela e os filhos. A polícia percebeu que havia mais alguém ficando lá e invadiu o apartamento.

— Ele estava com essa mulher o tempo todo?

Madame Pauline olhou ríspida para Max.

— Claro que não. Ele estava se escondendo por toda a cidade. Por quatro meses! Não tem como ele ter feito isso sozinho. Eu aposto que metade de Molenbeek sabia.

— Provavelmente não precisa de tantas pessoas para esconder alguém — Max disse baixinho.

— Você já foi a Molenbeek, Max? É como se você nem estivesse mais na Europa.

Max quase mencionou que Farah morava lá antes de decidir que Madame Pauline poderia usar aquilo para provar a sua teoria. Ela não sabia que Farah era a pessoa mais gentil da sua sala, só sabia que a sua mãe usava um lenço na cabeça.

— Espero que essa mulher e todos os outros que o ajudaram sejam mandados para a prisão — ela continuou. — Melhor ainda, de volta para onde vieram!

— Mas não é sempre errado esconder alguém da polícia, não é? — Max perguntou antes de conseguir se deter.

— Claro que não — Madame Pauline concordou. — Veja Jonnart. Ele não apenas escondeu aquele menino judeu, ele o ajudou a escapar.

Max olhou para ela, sem graça.

— Espere, Ralph escapou? Achei que o vizinho o havia traído, e que a Gestapo...

— Sim, a Gestapo prendeu Jonnart e os pais de Ralph também em invasões separadas na mesma noite. Mas Jonnart sabia que eram eles. Quem mais iria bater na sua porta às cinco da manhã? Então antes de abrir, ele mandou seu filho Pierre...

— O que era colega de sala de Ralph?

— Isso. Ele mandou Pierre subir as escadas para acordar Ralph e dizer a ele que era hora do plano de emergência.

— Se esconder em um sótão secreto?

Madame Pauline fez uma pausa dramática.

— Ralph saiu pela janela e correu pelos telhados antes de descer no quintal de um vizinho.

— Mas eles ainda prenderam Jonnart?

— Os nazistas não eram burros. Eles revistaram a casa e encontraram uma cama vazia no andar de cima, que ainda estava quente. Quando perceberam isso, Ralph já tinha fugido, então eles só podiam prender Albert. Pierre correu para a casa de Jacques Breuer, o pai de um amigo dos escoteiros, contou para ele o que aconteceu e pediu para ele ajudar Ralph. Jacques era um arqueólogo do Museu do Cinquentenário, e ele escondeu Ralph no porão do museu e em sua casa, até a ocupação alemã acabar.

Max não conseguia acreditar que ainda não tinha ouvido aquela emocionante parte da história até agora. Parecia mudar tudo.

— Então Ralph sobreviveu à guerra!

— Graças a Jonnart, e sua família e aos Breuer. Eles foram verdadeiros heróis. Mas tem uma grande diferença entre esconder um menino inocente em idade escolar e um terrorista.

Max sentiu um sorriso engraçado se espalhar em seu rosto. Madame Pauline estava absolutamente certa. Um menino como Ahmed merecia simpatia e ajuda. Max sabia, assim como Albert Jonnart com certeza soube, que estava fazendo a coisa certa. Mas ele não saberia disso se tivesse ligado para a polícia quando descobriu Ahmed ou se tivesse dedurado o menino – se não tivesse tido a coragem de ouvi-lo.

Mais tarde, em seu quarto, Max abriu a janela e andou até o guarda-corpo olhando para o telhado de asfalto que se estreitava até a parte de trás do quarto de seus pais. Ele ficou perto da janela, com uma mão no guarda-corpo – ele nunca gostou de altura –, mas pôde ver como os telhados das casas eram conectados. Não era difícil imaginar Ralph saltando por cima deles.

Mas com o último terrorista de Paris finalmente detido, Max estava com esperança de que a história de Ahmed pudesse terminar de um jeito diferente.

— ALGUMA IDEIA? — Max perguntou para Ahmed mais tarde naquela noite enquanto se sentava no colchão de acampamento e entregava a sacola para Ahmed. Havia se tornado o cumprimento principal deles desde que Madame Legrand falou sobre a reunião de pais e mestres.

— Não — Ahmed disse. — E você?

Max apontou para a sacola com a cabeça.

— Abra. Eu trouxe coisas boas: húmus, azeitonas, pão – não muito velho – e um pedaço de bolo de chocolate para a sobremesa. Você talvez precise dividir esse.

— Com quem? — Ahmed perguntou inocente.

— É melhor dividir… Eu também tenho boas notícias.

As sobrancelhas de Ahmed se levantaram eperançosamente.

— Uma ideia?

— Já vamos chegar lá — Max disse. — Mas antes, eles pegaram o terrorista, aquele que estavam procurando desde Paris.

Ahmed deu um sorriso tão cheio e sincero que Max imaginou que ele estivesse pensando na mesma coisa que ele.

— Isso é muito bom.

Max segurou seu braço.

— É mais que bom! Agora que eles pegaram esse cara, todo mundo vai ficar menos preocupado. Menos assustado. Lembra quando eu te contei no último outono que você não poderia se esconder para sempre? Talvez você não precise mais.

O sorriso sumiu do rosto de Ahmed.

— Essa é a sua ideia?

Max sabia que não podia voltar atrás agora.

— Todo mundo na escola gosta de você! Eles conhecem você agora. E nós podemos escolher para quem contar, o que é muito melhor do que o inspetor Fontaine ou um policial descobrir.

Ahmed se afastou e abraçou os joelhos. Max ficou com receio de ter ido longe demais.

— Você que sabe — ele disse com cuidado. — Eu nunca diria nada se você não quisesse que eu falasse. É só que... Você sabe que eu vou me mudar de volta para Washington no fim do ano escolar. Isso só é daqui a três meses. Você vai ter que contar alguma hora.

Ahmed olhou para ele.

— Claro que eu sei disso! Estou cansado de mentiras. Mas você acha que tanta coisa vai mudar porque eles pegaram esse cara? E o próximo? Um homem, dois homens em um milhão são ruins, então todos os refugiados vão ser ruins de novo. Eu quero contar, Max. Porém não quero ir embora ainda...

— Bonheur, eu sei — Max disse. — Mas Madame Legrand gosta de você. Ela vai lutar para mantê-lo lá. Eu vou lutar...

— Não só a escola. Você!

Um nó se formou na garganta de Max.

— Talvez você possa ficar com a gente. Meus pais podem te...?

Max sabia que a reação de seus pais quando eles descobrissem que Ahmed na verdade tinha morado com eles durante o último semestre não levaria provavelmente a uma adoção – a não ser que fosse a adoção de Max depois de seus pais desistirem dele. Pelo apático dar de ombros de Ahmed, Max soube que ele também não acreditava naquilo.

— Ei — Max disse, encontrando seus olhos. — Não importa o que aconteça, eu não vou te abandonar.

— Ninguém pode dizer isso, Max. Ninguém é tão poderoso.

Max sentiu o nó em sua garganta engrossar. Essa era a horrível verdade; Ahmed havia vivido isso. Você não pode sempre estar lá pelas pessoas que você ama. Você nem sempre pode salvá-las, assim como elas não podem sempre te salvar.

Mas você pode tentar.

— Quer dizer, Ahmed. Eu vou fazer de tudo para que nada de ruim aconteça.

Ahmed chacoalhou a cabeça, como se não acreditasse nele, mas seu sorriso gentil disse para Max que ele se sentiu tocado por suas palavras.

— Vou pensar.

Capítulo quarenta e um

Em uma manhã de terça-feira, dia vinte e dois de março, Ahmed acordou depois das seis. Com o nascer do sol sendo perto de seis e meia agora, ele sabia que precisava se arrumar muito rápido. Enfiou suas roupas e correu para o quarto das mobílias para conferir as orquídeas. Ele estava pulando em um pé só, tentando enfiar um tênis, quando quase caiu. No galho de uma das orquídeas mais saudáveis havia brotos pequenos e de um verde-claro.

Faltavam apenas três dias para a reunião de pais e mestres. Como havia prometido, Ahmed estava pensando no que iria fazer. Era difícil compartilhar da crença de Max que adultos iriam protegê-lo, especialmente depois de ele ter quebrado tantas leis. Mas ele não contaria tudo sozinho; Max estaria com ele. Também os brotos que observava pareciam um sinal de bom presságio, uma mensagem do universo de que tudo ficaria bem.

Quando escalou o muro do jardim e foi até a Praça Vergote, o céu estava ficando azul-claro e sem nuvens. A paz que prometia – de um dia ensolarado, de humores calmos e animados pela primavera, de amigos e futebol – o tranquilizou.

Foi só mais tarde que ele percebeu que havia esquecido a lição mais importante da guerra: quando você menos espera, o caos sempre retorna.

— *JE VIENS CHERCHER MAX.*

Eu vim buscar Max.

Uma voz familiar tirou Ahmed da aula de Madame Legrand sobre a Guerra dos Trinta Anos. Ele olhou para cima e viu a mãe de Max parada na porta. Fios de cabelo caídos em seu rosto, e ela soava como se estivesse sem ar.

Ahmed olhou para o relógio na parede – não era nem nove e meia. Por que ela estava buscando Max agora? Ele não havia falado sobre uma consulta no médico.

Madame Legrand juntou as sobrancelhas, claramente incomodada pela interrupção. Ahmed olhou para Max, mas ele só piscou e encarou, tão confuso quanto os outros.

— A *directrice* disse que não tem problema — a mãe de Max disse em francês, acenando para Max levantar da cadeira.

Madame Legrand virou a cabeça para Max.

— Pode ir.

Max rapidamente juntou os livros e os papéis de sua mesa e, encolhendo os ombros quase imperceptivelmente na direção de Ahmed, seguiu sua mãe para fora da sala. Assim que a porta fechou atrás deles, Madame Legrand voltou a discutir a Paz de Vestfália.

Ahmed falou para si mesmo que a mãe de Max devia ter esquecido uma consulta. Mas assim que ele voltou a focar na aula de Madame Legrand, a porta da sala abriu e um homem que Ahmed nunca viu antes entrou. Ele também parecia estar sem ar, como se estivesse com muita pressa.

— Eu vou levar a Charlotte — ele disse.

Lá fora, no corredor, Ahmed viu alguns outros pais saindo com seus filhos. Alguma coisa estava acontecendo. Alguma coisa ruim o suficiente, assustadora o suficiente para eles estarem levando os filhos para casa. Ahmed só conseguia pensar em uma coisa: um ataque terrorista. Seu peito apertou; ele não conseguia respirar. A mãe de Max o deixaria em casa a salvo – eles só moravam a duas quadras. Mas e o pai e a irmã de Max? Os terroristas podiam estar atacando prédios do governo, como aquele em que o pai de Max trabalhava, ou pior, escolas.

Madame Legrand percebeu que alguma coisa séria estava acontecendo, porque ela seguiu o homem que claramente era pai de Charlotte até o corredor e fechou a porta ao sair.

— O que está acontecendo? — Farah disse.

Como se estivesse respondendo, uma sirene soou longe. Jules e André correram para a janela.

— Não ir perto da janela! — Ahmed gritou.

Todo mundo o encarou. Ahmed sentiu seu rosto ficar vermelho. Ele só estava tentando mantê-los a salvo, mas podia parecer que ele sabia o que estava acontecendo lá fora. E se eles achassem que ele era um terrorista ou conhecia os terroristas?

Uma bolinha de papel pousou na mesa de Ahmed. Ele a pegou e a desamassou.

— Fique calmo — dizia em inglês.

Ahmed alcançou o olhar de Oscar e concordou. Mas era difícil não entrar em pânico. Ele era um refugiado ilegal; ele tinha um passaporte falsificado. A cidade inteira estaria procurando por homens jovens iguais a ele. Ele só queria correr de volta para a casa de Max e se esconder na adega. Mas correr agora poderia parecer suspeito. E ele estava mais seguro na escola do que estaria nas ruas, com terroristas, soldados e policiais.

Quando Madame Legrand voltou, ela deixou Charlotte sair e então voltou para a aula de história. Mas dessa vez até ela parecia distraída – esquecendo o que estava falando e olhando pela janela. Foi um alívio quando Madame Bertrand, a *directrice*, entrou. Ela sussurrou por um minuto com Madame Legrand, então voltou-se para falar com a sala. Ahmed entendeu algumas frases: "explosão no aeroporto", "alguns pais levaram seus filhos para casa", "a escola está fechada agora". Ela parecia estar garantindo para eles que estavam seguros, mas o barulho frenético das sirenes do lado de fora fazia Ahmed pensar no que ela não estava contando a eles.

O dia continuou como se não fosse diferente de nenhum outro – Madame Legrand mostrou para eles como resolver equações com xis, eles aprenderam uma dança de zumba na educação física e quando voltaram para a sala discutiram as fábulas de La Fontaine e as lições de moral que elas traziam. Mas não era um dia normal; ninguém brincou ou se comportou mal, e Ahmed conseguia perceber pelos rostos preocupados que o pensamento de todo mundo estava em outro lugar. Ahmed sabia exatamente como eles se sentiam: realmente importava se eles podiam resolver equações com xis quando a cidade estava sendo atacada e seus familiares podiam estar lá fora? Ele queria poder dizer para eles que sim, que mesmo a ilusão de uma vida normal poderia te ajudar a colocar um pé na frente do outro e andar pela corda bamba do desastre.

No almoço e no intervalo, boatos e histórias começaram a se espalhar. Oscar contou que ouviu a secretária falando para uma das professoras que o aeroporto havia explodido. Madame Mansouri havia dito para Farah que a estação de metrô de Maelbeek também havia sido atacada. Ahmed se sentiu mal quando se lembrou de ter andado pela estação de metrô na parte de trás da bicicleta de Max a caminho do Museu Magritte. Possivelmente havia uma bomba no metrô Schuman, perto do quartel da Comissão Europeia, apesar de ninguém ter certeza.

— Isso é ruim — Farah repetiu, de novo e de novo.

Ahmed sabia que ela não estava falando apenas sobre ele e sua vida, mas sobre a dela. Todo muçulmano em Bruxelas seria um suspeito, pelo menos na cabeça dos europeus não muçulmanos. Ahmed sabia que nunca poderia dizer a verdade agora. As autoridades iriam prendê-lo ou mandá-lo de volta para a Turquia.

Enquanto jogava uma partida de futebol meio indiferente durante o intervalo, Ahmed percebeu que não havia aviões comerciais no céu, apenas helicópteros policiais, voando baixo pelo bairro. O som dos motores o lembrou dos helicópteros na Síria, os que jogavam bombas, e ele precisou controlar a urgência de correr para fora.

— Vai dar tudo certo — Oscar sussurrou para ele depois de um dos helicópteros passar particularmente baixo. — Só aguente o dia todo; você vai ficar seguro na casa de Max.

Mas Ahmed percebeu que Oscar não falou sobre o dia seguinte, e o dia depois daquele. Em apenas algumas horas, tudo havia mudado. E Max não estava lá para acalmá-lo.

Durante a tarde, nem mesmo Madame Legrand conseguia mais fingir que era um dia normal. Na última hora de aula, ela os deixou fazerem "*dessins heureux*", ou desenhos felizes. Ahmed desenhou sem pensar. Era uma forma de manter a sua mente calma, limpa.

— Esse é um belo jardim — Madame Legrand disse, parada atrás dele.

— *Merci, Madame.*

Ele havia desenhado o jardim de trás da casa de Max. Madame Legrand perguntou se poderia pendurar depois da aula. Ahmed sentiu que não havia uma forma educada de dizer que não. Mas ele gostaria de ter ficado com o desenho.

Capítulo quarenta e dois

Durante toda a manhã, Max assistiu às mesmas imagens em replay várias vezes na CNN Internacional e na BBC: pessoas gritando e correndo para longe do aeroporto enquanto a fumaça surgia do terminal atrás delas, passageiros que sangravam ao sair da estação de metrô de Maelbeek. Ele as via pela televisão do quarto de seus pais, enquanto Claire respondia a e-mails e ligações de familiares e amigos preocupados. Trinta e duas pessoas haviam morrido e outras centenas estavam feridas.

À tarde, as imagens estavam grudadas em seu cérebro, e o único pensamento que o fazia se sentir melhor era de que as pessoas que ele amava estavam seguras. Sua mãe não havia pegado o metrô naquela manhã, tendo decidido ir a pé. Seu pai havia buscado Claire e a levado para casa. E Ahmed presumivelmente ainda estava na Escola da Felicidade, que, como todas as outras escolas de Bruxelas, havia sido fechada logo depois de sua mãe ir buscá-lo.

Perto das duas horas, a campainha tocou, alarmando a sua mãe.

— Quem é?

Seu pai desceu a escada correndo. Poderia ser Ahmed? Max correu atrás dele.

— Não abra se você não souber quem é! — sua mãe gritou atrás deles.

Pelo menos uma vez, seu pai seguiu seu conselho e olhou pela janela da cozinha.

— Não se preocupe! É só aquele policial!

O inspetor Fontaine estava parado na entrada, com uma expressão séria no rosto. O coração de Max batia forte. Ahmed não estava lá, felizmente, mas e se Fontaine quisesse ver a adega? Max imaginou se deveria correr e descer as escadas para tirar as coisas de Ahmed, mas não dava tempo. Seu pai já estava abrindo a porta. Enquanto Fontaine entrava no vestíbulo, Claire apareceu nas escadas e olhou para Max.

— Sinto muito por incomodá-lo, *Monsieur Ou-Arde* — Fontaine disse. — Mas depois dos ataques desta manhã, estamos em estado de urgência.

Max percebeu que ele queria dizer "estado de emergência", mas Fontaine parecia incomodado e Max não queria corrigir seu inglês. Os olhos do policial foram direcionados de Max para Claire e para a mãe de Max, que descia a escada correndo, passando por Claire.

— É horrível! — ela disse. — O senhor acha que vai ter mais?

— Eu não sei, Madame — Fontaine disse sombrio. — A divisão antiterrorismo tem uma transmissão dos organizadores e seus cúmplices. Muitos estão codificados, mas eu posso te garantir que estamos seguindo todas as pistas.

— Espero que vocês os peguem — seu pai disse.

— Transformei isso na minha missão pessoal, *Monsieur*. Mas todos nós precisamos ajudar. É por isso que eu vim. Quero dar meu número de celular para vocês.

Fontaine rabiscou na parte de trás de um cartão e o entregou para o pai de Max.

— Se o senhor vir qualquer coisa incomum, me ligue. Não hesite. Esses terroristas não estão só em Molenbeek. Agora, eles podem estar escondidos em qualquer lugar. Homens árabes, especialmente jovens, que são secretos, que agem estranho, que passam...

Max sentiu como se não conseguisse responder. Fontaine estava basicamente falando para o bairro inteiro procurar alguém como Ahmed. Quanto tempo levaria até um dos vizinhos trair todos eles, assim como o vizinho traiu Albert Jonnart e Ralph?

— "Veja algo, fale algo", como dizemos nos Estados Unidos — seu pai disse.

— *Exactement*. E as crianças também. — Ele olhou para Max, depois para Claire. — Escutem-nas. Algumas vezes elas são mais atentas do que os adultos. — Fontaine se permitiu dar um sorriso fraco.

Max olhou para Claire, torcendo para ela ficar quieta. Ela se virou e subiu as escadas. Fontaine deu um tapinha carinhoso em seu ombro.

— Vamos pegá-los, *Mex,* não se preocupe! *T'inquiète pas.*

Capítulo quarenta e três

Quando o sinal finalmente tocou para o fim das aulas, Ahmed seguiu o resto da sala até o pátio. Apenas aí a calma do dia se desintegrou; os pais e os outros cuidadores que geralmente estavam no pátio para pegar as crianças não estavam em lugar nenhum e a porta de correr para a rua ainda estava trancada. Todo mundo começou a falar ao mesmo tempo, e Madame Mansouri e as outras ajudantes foram forçadas a calar o barulho. Como os pais não podiam mais entrar no colégio por motivos de segurança, elas explicaram, as crianças seriam liberadas para eles uma por uma, pela porta de correr. Madame Bertrand, a *directrice*, estava do lado de fora, explicando as novas regras para os pais.

Ahmed mordeu uma cutícula seca.

— Ela falou alguma coisa sobre as crianças que vão para casa sozinhas? — ele perguntou para Oscar em inglês.

Oscar chacoalhou a cabeça.

— Talvez você possa simplesmente sair?

Ahmed se enfiou na fila que ia do corredor até a porta. Mas, quando finalmente alcançou a frente, ele percebeu que Madame Mansouri não estava sozinha. O inspetor Fontaine travava a porta do outro lado. Pela primeira vez, Ahmed percebeu uma arma no seu coldre. Mas antes de Ahmed poder se afastar, o policial o viu.

— Ahmed!

O coração de Ahmed bateu nos seus ouvidos.

— *Bonjour, Monsieur* — ele disse automaticamente. — Como vai?

Que coisa estúpida para se dizer, Ahmed pensou. Mas já era de surpreender que ele conseguisse falar. Suas pernas pareciam poder cair embaixo dele.

— Não muito bem. Você sabe o que aconteceu?

Seu tom era firme, como se Ahmed tivesse algo a ver com isso.

Ahmed concordou.

— É muito ruim.

— Sim, é sim — Fontaine disse, como se a resposta de Ahmed tivesse sido insuficiente. Ele olhou para trás e passou os olhos pela multidão de pais. — Onde está a sua mãe?

Ahmed não conseguia falar, então ele apenas chacoalhou a cabeça e levantou seu passe. Mas Fontaine nem fez questão de olhá-lo.

— Com certeza sua mãe vem.

Ele estava certo. Que tipo de mãe deixaria seu filho ir sozinho para casa no dia de um ataque terrorista? Mesmo se Ahmed dissesse que ela estava doente ou que não podia ir à escola porque o metrô havia explodido, pareceria estranho que ela não tivesse mandado outra pessoa para buscar o filho.

— Ela não pode — Ahmed engasgou.

Pelo sulco que apareceu nas sobrancelhas do policial, Ahmed percebeu que essa resposta o incomodou. Fontaine abriu a boca, mas antes de poder dizer alguma coisa, uma voz apareceu no seu rádio. Ele tirou o aparelho do clipe em seu cinto e se virou de lado levemente.

— Fontaine. Estou ouvindo.

Ahmed se esgueirou para passar por ele, se enfiando na multidão de pais.

Os pais devem ter pensado que ele estava indo até alguém do outro lado da multidão porque o deixaram passar tranquilamente, então se misturaram e fizeram fileiras bem apertadas atrás dele. Era como se, Ahmed pensou, na sua ansiedade para pegar seus filhos e trazê-los para casa em segurança, eles tivessem se tornado seus protetores também. Em segundos, ele surgiu do outro lado da multidão.

Logo antes de virar a esquina, Ahmed olhou para trás. Fontaine estava conversando com a *directrice*. Ahmed torceu para ser sobre o que ele ouviu em seu rádio. Mas então Fontaine apontou diretamente para ele.

Todos os instintos de Ahmed apitaram um alarme: o policial estava na dele. Fontaine estava fazendo perguntas para Madame Bertrand que levariam a mais perguntas. Logo haveria uma batida na porta de Max e um problema para todo mundo.

Capítulo quarenta e quatro

Foi um alívio quando Max finalmente viu Ahmed escalando a parede do jardim ao pôr do sol. Mas não dava para falar com ele. Seus pais estavam acordados na cama e a televisão choramingou até tarde da noite.

Para se manter acordado, Max jogou um de seus jogos de fantasia, mesmo sendo específico para múltiplos jogadores. Havia uma ordem reconfortante nas regras, nos valores numéricos associados a qualidades como força, poder e mágica; nas lutas sem sangue entre feiticeiros e *trolls*, claramente determinadas pelo girar dos dados. As imagens do ataque sumiram e seus pensamentos se voltaram para como ele poderia acalmar Ahmed. Parecia melhor não mencionar a última visita de Fontaine – pelo menos não imediatamente.

Uma batida na porta interrompeu os pensamentos de Max. Ele se levantou rápido, achando que era Ahmed, mas quando abriu a porta viu Claire. Ela fechou a porta cuidadosamente atrás de si, então se virou para olhá-lo.

— Ele está em casa?

Não havia motivos para perguntar de quem ela estava falando.

— Sim. Ele está bem.

— Isso é ótimo — ela disse, mas Max conseguia perceber uma nota de sarcasmo.

— O quê? — ele perguntou.

Claire respirou fundo.

— Você não pode continuar escondendo ele.

Max ficou surpreso com o quanto se sentiu magoado, como se ela o houvesse insultado pessoalmente.

— Sim, eu posso.

— Max, acorda. O policial veio aqui procurando por caras exatamente como ele. Caras que acabaram de explodir centenas de pessoas!

Max olhou direto para ela.

— Ahmed não é terrorista.

— Olhe, eu não estou dizendo que ele é terrorista... — ela disse com cuidado.

— Então o que você está dizendo?

Ela olhou para longe e seus olhos passaram pelas cartas de personagens e pelo tabuleiro largado no chão.

— Isso não é um jogo, Max. A mãe podia ter entrado no metrô hoje, em vez de ir andando para o trabalho. E se ela tivesse explodido?

Max estremeceu, mas apenas porque esse pensamento ruim também havia passado por sua cabeça.

— Ahmed nunca iria explodir ninguém. Eu te disse, ele só quer ir para a escola. Ele não tem nada a ver com isso.

Claire deu uma balançada frustrada em seu cabelo longo.

— Não importa! Você não entende? Você está abrigando um refugiado ilegal da Síria! E de algum jeito você ilegalmente colocou ele na escola. A polícia veio na nossa casa hoje porque existe um estado de emergência! Você já foi longe demais...

— Não ouse contar! — Max chiou.

— Ele precisa ir embora. Isso virou uma confusão.

Ajudar Ahmed não era mais "brilhante", Max percebeu; agora era apenas uma confusão. Mas Claire também não era tão brilhante. Ela parecia ter esquecido que ele também poderia complicar a sua vida.

— Eu vou te dedurar... sobre os ataques de Paris...

Ela deu uma risada amarga.

— Você acha que isso me assusta? Sair para ir a uma festa não é *nada* comparado ao que você está fazendo.

Ela marchou até a porta, mas antes de poder forçar para abrir, Max agarrou a sua mão.

— Por favor! — ele implorou. — Eu vou contar. Só não me obrigue a fazer isso agora. É o pior momento possível.

Claire se eriçou.

— Você já pensou que era o pior momento possível para eu mudar para Bruxelas? Mas a mãe e o pai pensaram que era uma boa ideia por causa de você! Eles ficaram falando o tempo todo sobre te oferecer um recomeço. Mas eu não preciso de um recomeço! Eles fazem tudo por você!

Max soltou a sua raiva.

— Porque eles querem que eu seja mais como você!

— Bom, talvez você devesse ser mais como nós e usar a cabeça! Você está colocando todos nós em perigo.

— Ahmed é que está em perigo, não nós. Não deixe o Fontaine te assustar...

— Max, não é uma questão de estar assustada, é uma questão de ser inteligente!

Ele estava com vontade de gritar que ser inteligente não era tudo, que ser gentil contava da mesma forma, se não mais. Mas ele não iria fazê-la mudar de ideia gritando com ela ou fazendo ela se sentir uma idiota.

— Olhe — ele disse o mais calmo que conseguiu. — Eu entendo. Eu deixo todo mundo nervoso. Eu sou ruim em tudo. Mas mantive Ahmed escondido. E o mantive seguro. Eu não consigo fazer muita coisa, mas isso eu consigo. Eu sou bom nisso — ele continuou em um sussurro nervoso. — Por favor, Claire. Eu não posso entregá-lo agora. Por favor, só me dá mais um tempo.

Ela não disse nada, mas também não saiu. Finalmente, ela respirou fundo.

— Tudo bem.

ERA QUASE UMA da manhã quando a luz do quarto de seus pais finalmente apagou. Mesmo mal conseguindo aguentar mais um segundo para falar com Ahmed, Max se forçou a ficar em seu quarto mais vinte minutos até ter certeza de que eles estavam dormindo.

Então ele desceu na ponta dos pés, enchendo sua sacola com sobras da cozinha enquanto pensava mais sobre o que iria dizer para Ahmed. Ele definitivamente não contaria sobre Fontaine ou Claire ou que um dos terroristas ainda estava à solta. Ele iria manter a conversa prática – as escolas belgas, surpreendentemente, planejavam estar abertas no outro dia, mas como os metrôs, bondes e ônibus não estavam funcionando, nem todos poderiam ir. Isso dava uma escolha para Ahmed: se ele não se sentisse confortável em ir, poderia apenas ficar na adega sem ninguém suspeitar.

Max bateu na porta da adega.

— Ahmed — ele disse gentil.

Ninguém respondeu.

A respiração de Max ficou mais rápida, seu estômago apertou. Porém era mais tarde do que o normal, ele falou para si mesmo, e Ahmed provavelmente havia dormido. Ele empurrou a porta para abrir e desceu para a antessala de cimento.

— Ahmed! — ele disse de novo.

Silêncio.

Max correu para a adega, parando bem na hora de evitar pisar no colchão de acampamento. Mas não havia colchão de acampamento. Não havia cobertores. Não havia roupas. Não havia livros. Não havia bolsa de comida. Não havia a imagem do homem que era uma gaiola.

Não havia Ahmed.

Max correu para o andar de cima e se enfiou na jaqueta. Suas mãos estavam na maçaneta quando ele ouviu uma sirene de polícia do lado de fora. Como iria encontrar Ahmed à noite, no escuro, com policiais por todos os lados? Era mais provável que ele mesmo fosse parado e trazido para casa.

Ele ligou para Farah no número da "mãe" de Ahmed. Mas a ligação caiu na caixa postal: "Este é o número de Reem Nasser. Por favor deixe uma mensagem".

Ele mandou uma mensagem para Oscar. Mas enquanto minutos longos e silenciosos passavam, Max percebeu que ele provavelmente estaria dormindo também.

Ahmed não podia ter ido embora sem falar nada, sem um adeus. Max foi até o quarto da frente do porão e puxou a cortina vermelha. As orquídeas ainda estavam lá, com a luz de crescimento desligada ao lado delas. Suas raízes espalhadas ao redor dos vasos, como se houvessem percebido que Ahmed havia ido embora e estivessem se sentindo totalmente desesperadas por ele.

Os olhos de Max se borraram com lágrimas, mas não antes de ele perceber que a maior orquídea estava tentando dizer alguma coisa. Um pedaço de papel estava aninhado entre as suas raízes. Max puxou e leu:

Caro Max,

Esta vai florescer. Por favor, cuide dela.

Obrigado por tudo.

Seu amigo,
Ahmed

Capítulo quarenta e cinco

Ahmed se encostou em um poste de luz. Ele não conseguia dar outro passo. Seus olhos estavam borrados pela exaustão.

Seu primeiro pensamento foi encontrar os parentes de Ibrahim em Molenbeek – talvez eles o deixassem dormir; talvez Ibrahim ainda estivesse lá. Mas Molenbeek era do outro lado da cidade, e independentemente de para onde Ahmed tentasse ir, ele estaria indo na direção de mais carros de polícia e sirenes. A polícia, ele percebeu, estaria em todo lugar de Molenbeek, procurando terroristas e pedindo para ver os documentos das pessoas.

Então ele mudou seu caminho, dando uma volta enorme para evitar a Escola da Felicidade e a quadra de Max antes de cortar para Woluwe-Saint-Lambert. Pelo menos ali, no bairro mais chique, havia menos atividade policial. Mas ele arriscava encontrar Fontaine; Ahmed não fazia ideia de quantos bairros ele patrulhava. Ele precisava sair de Bruxelas. Mas não havia ônibus, metrôs nem trens funcionando, e mesmo se conseguisse andar até sair do bairro e chegar à estrada, ele não tinha para onde ir. Não tinha dinheiro e não conseguia imaginar alguém o aceitando em casa depois do ataque, a não ser que quisessem lhe fazer mal, como Ermir.

Foi nesse momento que ele desabou contra o poste de luz, desesperançoso demais para continuar andando. Ele só queria voltar para a adega e para Max. Sabia que Max estaria preocupado. Não havia nem mesmo dito adeus, exceto pelo seu bilhete. Ele falou para si mesmo que não houve tempo, mas a verdade é que havia parecido doloroso demais.

Do outro lado da rotatória, um par de torres surgia acima de uma pequena praça como os minaretes de uma mesquita. Elas o guiaram por ruas desertas e ele caiu entre elas e nos braços de ferro de um enorme portão.

Ele se viu em um parque, na frente da base seca de uma fonte. Caminhos se esgueiravam por várias direções, guiados por luzes brancas fantasmagóricas. Ahmed escolheu um e começou a andar, passando por um crucifixo de pedra enorme soldado em uma pedra. Aquilo o fez se sentir como se estivesse invadindo, mas ele se lembrou de que o portão estava aberto.

Como era estranho aquele caminho – de calçada no meio, mas pavimentado com enormes pedras lisas dos lados. Bancos de madeira estavam alinhados no caminho em intervalos, convidando Ahmed, mas ele não se sentou. Parar de se mexer era dormir e ele não podia arriscar que alguém o encontrasse dormindo ao relento. Enquanto sua cabeça caía, ele percebeu filas de pequenos buracos em uma das pedras grandes e lisas. Os buracos eram todos do mesmo tamanho e corriam em linhas horizontais cuidadosas. Eles pareciam um código. Ele imaginou o que o padrão significava, porque algumas das pedras tinham buracos e outras não. Foi apenas quando passou por uma das luzes brancas fantasmagóricas que Ahmed percebeu letras entre os buracos.

"C-A-M-I-L-L-E", ele leu. Então na outra linha, 1848-1877. Ahmed pulou para trás. Ele estava em uma lápide. Mas não estava em um cemitério, estava? Ele olhou para os lados – para o grande gramado verde, para a quadra de basquete. Não, ele definitivamente estava em um parque. Mas era um parque onde todo dia as pessoas andavam sobre lápides. Carrinhos, cachorros e crianças de bicicleta as gastaram até os nomes desaparecerem e tudo o que sobrou foram os buracos do formão, e eventualmente apenas pedras brancas e claras.

Ahmed se afundou agachado, cego pelas lágrimas. Ele sabia que era bobo chorar. A vida sempre se sobrepunha à morte. Mas esses nomes desaparecendo eram sua mãe e seu pai. Eram Jasmine e Nouri. De repente, ele percebeu que a bomba havia caído um ano atrás, amanhã, dia vinte e três de março. Exceto que provavelmente já era depois de meia-noite, o que queria dizer que já era amanhã.

E aqui estava ele, no aniversário de morte, andando por cima deles, enfiando-os mais fundo na poeira.

Ele se levantou, sem se incomodar em limpar as lágrimas que caíam como uma cascata pela sua bochecha, mas as deixando cair na lápide de Camille. Não havia mais escola. Não havia mais Max. Sua família não importava para ninguém além dele mesmo. Eles eram perdedores da história, nomes que sumiriam e se tornariam números anônimos – um dos dez mil mortos, dos milhares de mortos, dos milhões. Ele mesmo havia se tornado um fantasma, andando noite adentro, tentando não assustar ninguém. Ele não tinha mais força para construir uma vida nova para si mesmo, especialmente na Europa, onde não era nem desejado.

Ele olhou para as estrelas.

— Vocês deviam ter feito a bomba cair à noite, atingindo todos nós! — ele gritou em árabe.

Sua voz ecoou no parque vazio. Mas ele não conseguia nem ficar lá, chacoalhando seu punho para Alá. Ele não conseguia ser tão corajoso assim. Seu instinto covarde de sobreviver não o deixava. Ao ouvir o som de sua própria voz – o muçulmano bravo e jovem que todos temiam –, ele seguiu novamente a trilha entre as lápides. Correu até ver um grande globo de madeira colocado no alto de um monte com vários tubos saindo dele. Uma cerca seguia a estrutura instigante parecida com um polvo, e foi apenas quando ele escalou que percebeu que era parte de um parquinho e que os tubos eram escorregadores.

Ahmed se enfiou no monte de borracha e escalou até o globo de madeira por uma pequena abertura do lado de dentro. Não era bem um abrigo, mas pelo menos ninguém poderia ver que ele estava lá dentro. Desde que saísse de manhã, quando crianças e seus pais chegariam, era pouco provável ser descoberto.

Ele havia encontrado uma forma de ficar escondido – pelo menos até de manhã. Mas enquanto se curvava em uma bola e descansava a cabeça em sua mochila da escola, Ahmed não sentiu alívio, apenas um vazio oco.

Capítulo quarenta e seis

Na manhã seguinte, pouco antes das oito horas, a campainha tocou. Max correu para a janela da cozinha, esperando ver Ahmed. Mas em vez disso Oscar estava lá fora, com uma bicicleta velha equilibrada no apoio, ao lado da de Max.

Max agarrou o casaco e a mochila e correu para a porta. Seus pais o seguiram até a entrada.

— Olá, *Madame, Monsieur Ou-Arde* — Oscar disse. Então ele passou por Max para beijar os pais de Max nas bochechas.

Oscar provavelmente não fazia ideia do quanto era brilhante esse lance – seus pais ainda não estavam completamente acostumados com o cumprimento comum belga e, enquanto eles ficavam vermelhos e confusos, Max usou a oportunidade para sair da porta e descer a escada. Ele destravou sua bicicleta e acenou com a cabeça para Oscar, que havia acabado sua ofensiva de beijos e pulou de novo na sua própria bicicleta.

— Onde vocês estão indo? — sua mãe perguntou.

— Nós vamos juntos de bicicleta para a escola — Oscar disse sem rodeios, como se fizessem isso todo dia.

Sua mãe deu um passo na direção deles.

— Espere, Max. Eu não…

— Ah, deixe eles irem. É só dar a volta na quadra — seu pai disse.

Max não esperou pela resposta que sabia que estava vindo. Ele apenas saiu e começou a pedalar.

— Vejo vocês depois da escola!

— *Au revoir* — Oscar adicionou.

Eles voaram pela rua, passando a casa de Albert Jonnart, antes de virar na Rue de Linthout. Mas no final da quadra, em vez de virar na Rue Vergote e ir em direção à Escola da Felicidade, Oscar virou para a esquerda. Depois, ele freou em uma rotatória e pegou seu celular.

— Eu disse a Farah que ligaria para ela assim que a gente estivesse junto.

— Onde ela está? — Max perguntou.

— Em casa. O metrô dela ainda está fechado.

— Oi — Oscar disse no telefone. — Sou eu. Max está aqui.

Ele apertou o viva-voz e a voz de Farah surgiu na linha.

— Eu tenho uma ideia de onde Ahmed está — ela disse. — Aquele homem, Ibrahim, que veio junto com ele. Se ele estivesse em perigo…

— Ele tentaria encontrá-lo! — Max disse. — Ele não tinha família em Molenbeek?

— Sim — Farah disse. — Ibrahim Malki... Não, Malaki – isso!

Max apertou o guidão de sua bicicleta.

— Você está em Molenbeek, Farah. Você consegue encontrá-lo?

— Porque todo muçulmano se conhece? Tem dezenas de milhares de pessoas em Molenbeek.

— Eu vou encontrá-lo — Oscar interrompeu.

— Como? — Max perguntou.

— Eu posso usar um dos computadores da comuna para procurar qualquer um na cidade. Só vou dizer à minha mãe que comecei a me sentir mal no caminho para a escola – ela vai me deixar ficar lá.

Max sorriu.

— Mente criminosa — ele disse em inglês. Então voltou ao francês para falar com Farah. — Eu vou de bicicleta até Molenbeek para achá-lo.

— Nós vamos juntos — Farah disse. — Tem jornalistas em todo lugar tentando falar com as pessoas e isso está deixando todo mundo nervoso. Não é uma boa ideia ficar andando sozinho. Me encontre em frente da Forum em uma hora. É uma loja de móveis enorme na Chaussée de Gand, a grande rua com lojas, virando a esquina da Place Communale. Costumava ser um teatro antigo. Não tem como errar.

ÀS NOVE E QUARENTA E CINCO, Max foi até a Place Communale. Depois de toda a conversa do noticiário e de Madame Pauline sobre Molenbeek ser um centro de treinamento de terroristas, Max ficou surpreso ao ver uma rua de paralelepípedos flanqueada por uma subprefeitura de torres elegantes com uma cúpula de cobre e casas com lojas no térreo. As lojas eram um misto de ocidentais (uma com a cruz iluminada das farmácias belgas) e orientais (uma loja que vendia lenços de cabeça e outras roupas de mulheres muçulmanas). Algumas já estavam abertas, e outras estavam sendo abertas. Quase parecia um dia normal, a não ser pelas vans de jornalistas estacionadas na praça, com parabólicas empoleiradas em cima das capotas como orelhas brancas enormes.

Quando Max dobrou a esquina onde o Google Maps garantiu que era a Chaussée de Gand, ele viu mais lojas que vendiam candelabros, tapetes enrolados, cortinas de renda, rolos de tecido. Muitas das mulheres na rua usavam lenços na cabeça e Max percebeu que apenas os homens pareciam se reunir nos pequenos cafés onde eles bebiam copos de chá quente fervendo em vez de vinho ou cerveja. Mas ao mesmo tempo, Molenbeek não parecia tão estrangeira – ou assustadora – como ele imaginava. A língua que Max mais ouviu foi francês, e as ruas sinuosas e os prédios – com suas janelas altas e telhados de duas águas – eram com certeza belgas.

Minutos depois, ele viu um prédio branco com uma enorme marquise vermelha que um dia deve ter anunciado o espetáculo de cada noite, mas que agora simplesmente dizia FORUM em letras grandes e brancas. Antes de chegar lá, Farah saiu de trás dos colchões e conjuntos de jantar que estavam até na calçada da frente e correu para encontrá-lo.

— Oscar me passou o endereço por telefone — ela disse em francês. — Não é longe. Vamos!

Farah saiu da Chaussée de Gand e entrou em uma rua residencial ladeada por prédios de apartamentos e casas. Então ela parou e apontou para uma quadra quieta.

— Foi ali que eles pegaram Salah Abdeslam, do ataque de Paris.

Max não sabia ao certo o que esperava, mas não era isso, uma quadra meio velha, mas ainda bonita, com varandas de ferro. Ele pensou no que Madame Pauline disse.

— Você acha que muitas pessoas sabiam que ele estava aqui?

— Algumas — Farah admitiu. — É difícil quando homens jovens não conseguem bons empregos e sentem que não existe lugar para eles aqui na Bélgica. Alguns entram para o crime e caem nas drogas, e tem mesquitas e imames radicais que se aproveitam deles. Mas muitas pessoas não se envolvem nisso. Elas só querem ficar em paz.

— Eu não sei se isso é possível para qualquer um agora.

Farah parou na frente de um prédio alto de apartamentos de tijolo.

— Você pode estar certo. Mas não conte ao Ahmed. Eu tenho certeza de que ele já está bem assustado. — Ela gesticulou para o prédio. — É esse.

Como no resto dos apartamentos pelos quais eles passaram, cortinas brancas de renda cobriam todas as janelas. Max percebeu um conjunto de campainhas, mas era impossível saber qual era de qual apartamento já que o nome dos moradores havia sido arrancado.

— Muitas pessoas fizeram isso depois do bloqueio — Farah disse. — Elas não queriam a polícia incomodando.

— Espero que Oscar tenha te dado o número do apartamento — Max disse.

— O endereço só diz primeiro andar — Farah disse, apertando uma das campainhas mais baixas. Ninguém respondeu. Ela tentou outra.

A voz curta de um homem surgiu no interfone.

— Quem é? — ele perguntou em francês.

— Meu nome é Farah. Estou procurando uma família iraquiana. Malaki…

Então ela disse alguma coisa em uma língua que Max imaginou ser berbere. O homem respondeu nessa língua e, alguns segundos depois, a porta abriu.

Eles subiram uma escada íngreme e mal-iluminada até o primeiro andar. Farah parou na entrada e apontou para uma porta com uma fileira de sapatos colocados cuidadosamente do lado de fora.

— Ele disse que eles moram aqui.

Max correu e bateu na porta. Ouviu uma tranca correr e a porta abriu alguns centímetros. Um homem com o rosto vincado e a barba por fazer apareceu, seus olhos castanhos piscavam rápido. Era claro para Max que ele não fazia ideia do porquê ele estava ali.

— Estou procurando Ahmed Nasser — Max disse em francês.

O homem abriu mais a porta e olhou para Max, então para Farah.

— Vocês conhecem Ahmed?

— Nós somos amigos dele — Farah disse. — Não queremos criar problemas nem para ele nem para você. Nós simplesmente estamos preocupados com ele e estamos procurando por seu amigo Ibrahim Malaki.

As sobrancelhas do homem se levantaram animadas.

— Eu sou Ibrahim Malaki — ele disse em francês. — Venham, crianças, entrem.

O carinho em sua voz fez Max ter esperança de que Ahmed estivesse lá dentro. Ele foi em direção à porta, mas Farah segurou seu braço.

— Tire os sapatos — ela disse.

Max sentiu seu rosto ficar levemente vermelho. Ele tirou os tênis e os enfileirou ao lado dos dela. Então eles seguiram Ibrahim por um corredor estreito até uma sala com vários tapetes e futons. Max esperava encontrar Ahmed sentado lá, mas o cômodo estava vazio. Ibrahim falou em uma língua que Max supôs ser árabe e a porta do quarto abriu. Uma mulher com sobrancelhas grossas e escuras saiu, seguida por uma menina pequena de olhos largos, e ligou uma chaleira elétrica no canto.

— Minha esposa, Zainab — Ibrahim disse. — E minha filha, Bana.

Zainab os cumprimentou com um aceno de cabeça e algumas palavras árabes que Farah repetiu. Então ela e Bana sumiram atrás de outra porta fechada, voltando alguns minutos depois com uma bandeja com xícaras de chá e doces folhados recheados de mel e nozes.

— Estou feliz que vocês vieram — Ibrahim disse em francês, sentando em um dos futons e indicando com a mão que eles deveriam fazer o mesmo quando Zainab lhes entregou o chá. — Eu também estou procurando Ahmed.

Max sentiu um frio no estômago.

— Ele não está aqui?

Ibrahim chacoalhou a cabeça.

— Eu não o vejo desde que ele me deixou em agosto. Mas, por favor, me contem como vocês conheceram ele.

Max respirou fundo – a ideia de Farah tinha parecido tão boa! –, mas ele sabia que devia isso a Ibrahim. Ele rapidamente explicou como encontrou Ahmed escondido em seu porão, como eles o matricularam na escola, como ele impressionou todo mundo com o seu desempenho, como eles ficaram cada vez mais preocupados que o inspetor Fontaine e Madame Legrand descobrissem tudo.

— Acho que os ataques foram demais — Max admitiu. — Ele estava assustado. Ele só correu. Mas eu esperava que ele tivesse voltado para você ou para sua família.

— Eu espero que ele faça isso — Ibrahim concordou.

Então ele disse algo tão extraordinário que Ahmed pensou ter ouvido errado.

— Desculpe. Você pode falar de novo? — Max perguntou.

Em uma voz clara e lenta, Ibrahim repetiu:

— O pai dele está procurando por ele.

Capítulo quarenta e sete

O parquinho estava tão silencioso quando Ahmed acordou que ele imaginou que ainda era de manhã cedo. Ele se sentou devagar, um pouco dolorido, um pouco gelado, mas muito antes disso ele já tinha se acostumado a dormir em lugares desconfortáveis. Foi apenas quando enfiou a cabeça para fora do globo de madeira e olhou para o sol batendo no parque que ele percebeu que deveria ser perto de meio-dia. Mas o parquinho estava vazio – não havia pais ou avós sentados nos bancos, não havia bebês chorando nos carrinhos, não havia crianças pequenas gritando nos escorregadores ou escalando o morro. Ahmed instantaneamente entendeu: as pessoas estavam com medo de sair. Ele havia fugido milhares de quilômetros para escapar da guerra apenas para descobrir que não foi o suficiente.

Ahmed colocou a mochila, então escorregou por um dos escorregadores de tubo. Ele era muito grande, seu cabelo quase encostava no teto, mas caso houvesse outra pessoa do outro lado da cerca, ele não queria ser visto. Ele amava escorregadores – a pressa e a velocidade, a incerteza da caída final no chão –, mas agora só se sentia pesado e precisava se empurrar para o final onde o tubo afinava. Estava aliviado por não existir ninguém ali para vê-lo: um possível terrorista saindo de um escorregador, o pior pesadelo dos pais belgas. Mas era estranho estar sozinho em um parquinho em um dia ensolarado, como se fosse a última criança viva no mundo.

O que Max estaria fazendo agora? Ele iria voltar para a escola se estivesse aberta. Claro que ele devia estar muito preocupado, mas Ahmed tentou não deixar sua culpa incomodá-lo. Se a polícia viesse, Max poderia dizer honestamente que não fazia ideia de onde Ahmed estava.

Ahmed focou em seu plano – ele precisava conseguir sair da cidade, talvez para um parque maior com mais árvores onde ele pudesse se esconder até tudo se acalmar. E então? Tentou não pensar muito longe no futuro; um passo de cada vez.

Seu estômago fez barulho e ele ficou grato pela banana e o pedaço de baguete que colocou na bolsa. Mas só se permitiu algumas mordidas de cada. Quem poderia saber quanto tempo iria precisar que seus mantimentos durassem? Então ele escalou a parede do parquinho e ziguezagueou pelas rampas da pista de skate até voltar para o caminho das lápides. Ele podia ver mais nomes com a luz do dia – *Auguste, Émile, À la mémoire de Clémence* –, mas mesmo o sol brilhando não podia iluminar os nomes que estavam gastos e desaparecendo.

O barulho de uma coleira o fez olhar para cima. Um cachorro pequeno trotava em cima das lápides, com uma mulher idosa andando ao seu lado. Ele sabia que deveria apenas passar sem fazer contato visual, mas em um momento de pânico, ele se escondeu atrás de uma cerca viva.

Só depois de ouvir os passos da mulher e o barulhinho da coleira desaparecerem ele se permitiu olhar em volta. Estava em uma pequena praça ao lado do caminho principal. Em uma coluna no meio existia uma estátua em tamanho real de uma mulher com o braço em volta de uma criança. O cabelo da mulher estava raspado e ela usava um vestido sem forma. A criança se encostava nela. Ahmed traduziu a placa ao lado delas da melhor forma que pôde.

O Monumento de Ravensbrück... para mulheres da resistência e seus filhos que morreram em campos alemães durante a Segunda Guerra Mundial... A criança representa a memória dolorosa da perda... e a luta para salvar crianças, a esperança e o futuro.

Ahmed fez uma careta para as palavras. Que esperança? Que futuro? As mulheres haviam morrido; seus filhos também. Nada restou deles além de palavras escondidas no canto de um parque.

E ainda assim, a mulher na estátua olhava confiante por sobre a cabeça de Ahmed. Como se visse algo ao longe que Ahmed não conseguia imaginar nem entender. Ele olhou em volta, tentando ver também.

Capítulo quarenta e oito

— Ahmed!

Max estava em pé na frente da fonte seca, rouco de gritar.

No caminho de volta para Molenbeek, ele havia procurado na Parc du Cinquantenaire, olhando até mesmo dentro da Grande Mesquita e no imenso espaço de oração. Ele e Oscar haviam concordado que a melhor maneira era se dividir pelos outros parques perto da casa – Oscar, que conseguiria chegar lá mais rápido, iria para o maior, o Parc Woluwe, e Max iria para a Avenue Georges Henri e para o parque menor, o Georges Henri no final da ladeira.

Ahmed não poderia ter ido longe com todos os metrôs e ônibus parados. Mas e se tivesse pegado uma carona? Ele não tentaria achar aquele Ermir, tentaria? Tomara que Ahmed não estivesse tão desesperado.

— Ahmed! — Max gritou de novo.

Mas o parque estava vazio, a não ser por uma mulher idosa andando com seu cachorro. Ela o encarou de uma maneira pouco amigável, porém Max não se importou.

Ninguém iria impedi-lo de achar Ahmed, nem mesmo o próprio Ahmed.

— Eu sei que você se esconde bem — Max disse. — Mas eu sou bom em encontrar.

Ele deixou a fonte e correu pelo caminho de lápides de pedra.

— Ahmed! — gritou.

Ele não iria desistir.

Capítulo quarenta e nove

Ahmed congelou. Alguém estava gritando seu nome? Provavelmente era apenas uma ilusão causada pela fome e pelo cansaço.

Mas não, o som veio de novo, e de novo!

— Ahmed!

Ahmed correu de trás do memorial para ver Max correndo em sua direção pelo caminho de lápides. Ao ver Max correndo em sua direção com um som de alegria, ele sorriu. Não conseguiu evitar. Bem no fundo, percebeu: ele queria ser encontrado.

Max freou com uma derrapada e parou na frente dele. Estava sem ar, ofegante.

— Como você…? — Ahmed perguntou.

— Procurei em vários parques… Mas isso não é importante… — Max agarrou seu braço. — Seu pai! Ele está vivo.

Ahmed o encarou. Como isso era possível? Não, alguma coisa se perdeu na tradução. Ele devia estar entendendo errado o que Max dizia.

— Você me ouviu, Ahmed?

— Sobre o meu pai…?

— Ele está vivo!

Ele chacoalhou a cabeça.

— Isso não… não é possível.

Mas mesmo dizendo isso, Ahmed sentiu uma ponta de esperança.

— Seu amigo Ibrahim Malaki — Max ofegou. — Ele ainda está em Bruxelas. Mês passado, ele carregou o telefone antigo. Ele encontrou mensagens do seu pai. A Guarda Costeira salvou ele. Ele ficou em um hospital na Turquia por semanas, inconsciente. Quando conseguiu ligar, o contrabandista devia estar com o seu telefone.

Ele não conseguiu falar com você, então deixou mensagens para Ibrahim.

Max nunca mentiria; Ibrahim nunca mentiria. Tinha que ser verdade! Baba estava vivo!

As pernas de Ahmed tremeram e ele caiu na lápide em que estava parado. Lágrimas rolavam das bochechas de Ahmed e caíam na lápide.

— Ele ainda está na Turquia?

Ele olhou para cima, mas Max havia se ajoelhado ao seu lado.

— Não, ele está na Europa. Ele estava tentando te encontrar. Sua última mensagem dizia que ele estava sendo preso e levado para um centro de detenção na Hungria.

A frase caiu como uma bomba. De todos os lugares da Europa em que seu pai poderia ter ido parar, aquele era o pior. A Hungria era o país menos acolhedor na rota de refugiados; Ahmed ainda lembrava da estação de Keleti, em Budapeste, quente e cheia de gente, e da polícia húngara – como eles mentiam para os refugiados sobre o local para onde os estavam levando, ou até mesmo batiam neles.

— Você sabe onde?

— Ibrahim me disse o nome. Ele disse que tinha um grupo de direitos dos refugiados na Hungria que estava tentando ajudá-lo...

Ahmed se levantou.

— Eu preciso ir para esse centro. Agora!

Max estava de pé ao lado dele, com a mão no braço de Ahmed.

— Você não pode simplesmente ir para a Hungria. A Europa inteira está em estado de alerta.

— Mas as fronteiras ainda estão abertas?

— Acho que sim, mas isso não quer dizer que não vai ter policiais nelas agora, checando documentos.

— Eu tenho uma identidade belga.

— Uma identidade belga falsa!

Max estava certo. O Acordo de Schengen mantinha as fronteiras abertas entre os países da União Europeia, mas ainda haveria alta segurança, especialmente para entrar e sair da Bélgica. A viagem seria incrivelmente perigosa. Mas a alternativa também era.

— Não é mais seguro para mim aqui. Ontem, depois de ataques, o inspetor Fontaine me vê indo para casa sozinho. Ele pergunta coisas para *directrice*.

— Foi por isso que você fugiu?

Ahmed concordou.

— Eu preciso ir agora.

Max cruzou os braços sobre o peito.

— Você não pode ir…

— Max…

— Sozinho.

— Você quer ir comigo? — Ahmed perguntou, mas ele já sabia a resposta. Isso o fez querer abraçar Max e ao mesmo tempo dizer para ele não fazer aquilo.

— Nós vamos ser menos suspeitos juntos. Tenho documentos de verdade e eu posso falar…

O que Max realmente queria dizer era que ter um menino em idade escolar, branco e de aparência europeia ao seu lado faria Ahmed parecer menos ameaçador. Ahmed não podia discutir isso, porém Max deixaria a jornada mais arriscada de outras formas.

— Meninos como eu, pessoas não se preocupam se viaja sozinho, mas meninos como você…

— Nos Estados Unidos talvez, mas os pais aqui permitem que as crianças sejam mais independentes, especialmente em grupos. Minha noite nos escoteiros mês que vem não vai ter adultos, só os líderes, que tem, tipo, dezesseis — O rosto de Max brilhou. — Ei! Já sei! Podemos colocar o uniforme dos escoteiros, fingindo que nós vamos fazer uma viagem. Ninguém vai suspeitar de nada, todo mundo ama os *escuteiros*!

— Mas sua família… Eles vão se preocupar. Eles vão chamar a polícia.

Max pegou seu telefone e começou a digitar. Um minuto depois, ele levantou a tela para Ahmed poder ver.

— Olhe, a Hungria fica a catorze horas daqui, de trem. Nós podemos pegar o das nove e vinte amanhã de manhã para Frankfurt, é a primeira parada. Eu finjo que vou para a escola e quando começarem a sentir a minha falta, a gente já vai estar a meio caminho da Hungria.

Esse era o mesmo Max que havia inventado um plano para colocá-lo na Escola da Felicidade – o mesmo maluco, maravilhoso, esperançoso e ingênuo Max. Porém Ahmed chacoalhou a cabeça.

— Não. Eu não posso pedir isso de você.

— Você não está entendendo, né? — Max disse. Ele quase soava bravo. — Eu te devo uma.

— *Me* deve?

— Minha vida inteira, eu me senti muito inútil. Como se eu não fosse bom em nada. Como se tudo que eu fizesse fosse estragar as coisas. Você me fez pensar... — Max olhou para baixo, com o rosto vermelho — que eu podia ajudar.

Ahmed sorriu.

— Menino herói.

— Não — Max disse baixinho. — Só o ajudante de um menino herói.

Ahmed não podia falar, então olhou para longe como a estátua fazia e se concentrou em piscar para não deixar as lágrimas escaparem.

— Vamos, Nabil Fawzi — Max disse sorrindo. — Você fica comigo no meu quarto essa noite. O metrô ainda não está funcionando. Eu digo à minha mãe que você precisa de um lugar para ficar.

— Mas e Fontaine...? — Ahmed conseguiu soltar.

— Ele não vai descobrir tão rápido onde você está, especialmente com isso tudo acontecendo. Além disso, ele já passou por lá hoje. Duvido que ele volte.

Capítulo cinquenta

Já havia passado de meia-noite quando Max finalmente desabou no colchão inflável no chão do seu quarto. Ahmed já estava dormindo na cama de Max. Ele tentou recusar, porém Max insistiu: depois de meses em um colchão de acampamento na adega gelada – sem nem falar da noite passada ao relento no escorregador do parquinho –, Ahmed merecia uma boa noite de sono.

Até ali o plano deles havia funcionado perfeitamente. Os pais de Max aceitaram a história de Ahmed – ainda que não pelo melhor motivo. Por causa do bloqueio dos metrôs, Madame Pauline estava ficando lá também. Sua mãe havia arrumado uma cama para ela no quarto que ficava na frente do porão, fazendo Max ficar ainda mais aliviado que Ahmed não estivesse na adega. Enquanto arrumava o quarto, ela deve ter redescoberto as orquídeas, porque Max percebeu que elas estavam de volta no andar de cima, alinhadas no peitoril da janela da cozinha.

— Orquídeas novas? — Max perguntou.

— Na verdade não. São as velhas. Eu coloquei no porão e me esqueci delas, mas de algum jeito elas se recuperaram. Para você ver como é úmido lá embaixo.

Quando sua mãe não estava olhando. Max sorriu para Ahmed.

Madame Pauline passava a maior parte do seu tempo reclamando dos terroristas e olhando na direção de Ahmed. Mas pelo menos isso envergonhou seus pais e fez com que fossem gentis com Ahmed. Sua mãe até fez questão de elogiar o trabalho de Ahmed no jardim. Claire ignorou os dois, evitando Ahmed o máximo possível. Max tentou não se incomodar com isso. Eles não iriam mais ser um incômodo para ela.

Max fechou os olhos. Ele sabia que precisava descansar também, mas continuava revendo a sua lista: havia deixado a bicicleta presa perto da escola para eles poderem ir até a estação de trem. Suas mochilas da escola estavam perto deles, com uniformes dos escoteiros dentro, jaquetas quentes e sanduíches e lanches suficientes para alguns dias. Além do seu dinheiro de aniversário e Natal, Max pegou algumas notas soltas que estavam pela casa. Serviriam para comprar as passagens de trem na estação – seria bom fazer pela internet, onde ninguém perguntaria nada, mas isso queria dizer usar um cartão de crédito e deixar uma trilha facilmente rastreável. Ele encontrou seu passaporte e o guardou cuidadosamente no bolso interior da bolsa, ao lado da sua identidade belga. Criou uma conta nova e enviou um e-mail para a organização que estava ajudando o pai de Ahmed na Hungria, contando para eles de Ahmed. Ele também anotou o número de emergência do grupo, só para garantir. Mas depois de discutir o assunto com Ahmed, decidiu não levar seu telefone. Havia muito risco de ele poder ser rastreado, e ele não queria lidar com ligações e mensagens frenéticas dos seus pais de qualquer forma. Ele sempre podia comprar um telefone para jogar fora depois. Ele lhes deixaria um bilhete pela manhã.

Max imediatamente avisou Oscar e Farah que havia encontrado Ahmed e que estava levando o amigo para casa. Mas ele e Ahmed tomaram outra difícil decisão: não contar o plano deles de achar o pai de Ahmed. Oscar e Farah iriam descobrir facilmente, mas dessa forma eles honestamente poderiam dizer que não estavam envolvidos.

Max se virou para olhar Ahmed. Ele estava dormindo, todo encolhido. Uma pontada de coragem e de amor protetor surgiu em Max.

— Você vai ver seu pai — Max sussurrou. — Eu não vou te decepcionar.

UM BARULHO ALTO tirou Max dos seus sonhos. Ele achou que fosse o alarme de seus pais. Manteve os olhos bem fechados, esperando que eles o desligassem. Ele ainda estava cansado. Mas o barulho continuou, urgente.

Uma mão chacoalhou seu ombro. Max virou de lado.

— Alarme — ele murmurou sonolento. Mas Ahmed o chacoalhou mais forte.

— Max, acorda! Campainha!

Max se sentou rápido e olhou para o telefone. Eram cinco e cinquenta e cinco. Ele podia ouvir passos pesados, do seu pai, na escada.

— Fique aqui — ele disse para Ahmed. Então correu para descer a escada, passando pela mãe, que estava vestindo o roupão no patamar da escada, e encontrou o pai na entrada. Ele usava uma camiseta e calças amarrotadas que claramente havia acabado de colocar.

— Quem é? — Max perguntou.

Seu pai encolheu os ombros.

— Não tenho ideia.

— Olhe antes de abrir! — sua mãe gritou atrás deles.

Max correu para a janela da cozinha. O inspetor Fontaine estava na entrada da casa, com dois policiais atrás dele.

— Não abra! — Max gritou.

Seu pai correu para a cozinha e olhou pela janela.

— Max! Do que você está falando? — seu pai disse enquanto voltava para a porta. — É a polícia.

Max correu atrás dele, mas ele já estava abrindo a porta. O inspetor Fontaine invadiu a entrada da casa, forçando Max e seu pai para trás enquanto os outros policiais o seguiam para dentro.

— Sinto muito, *Monsieur Ou-Arde,* mas eu preciso ver a adega. Imediatamente.

— Perdão? — seu pai disse.

— Fomos informados de um ilegal, *Monsieur*.

Fique calmo, Max disse para si mesmo. Mas ele sentia que não conseguia respirar. Fontaine parecia tão certo, como se alguém tivesse contado para ele…

Sua mãe se juntou a eles.

— O que está acontecendo?

Fontaine marchou pelo corredor até a porta do porão, com os dois policiais atrás dele. Os pais de Max se olharam confusos, então correram para segui-los.

Assim que eles desapareceram, Max correu para o andar de cima. Mas ao virar no segundo andar, ele quase trombou com Claire.

Ela foi para trás, com o rosto vermelho.

— Você! — ele grunhiu.

— Eu disse para você acabar com isso, mas você não me ouviu! Ahmed parece gentil, mas… você não o conhece.

— Não! — ele gritou. — Eu não conheço *você*!

A porta do porão abriu com um estrondo e Fontaine e os dois policiais correram até a entrada.

— Ele está lá em cima! — Madame Pauline gritou.

Max subiu a escada de dois em dois ou de três em três degraus. Havia mais um motivo para ele ter insistido que Ahmed dormisse em seu quarto. Albert Jonnart lhe havia ensinado mais uma coisa: a importância de sempre ter um plano B.

— *Mex! Mex Ou-Arde!* Você não entende… Esse menino é perigoso!

Max não parou para olhar para trás.

Ele correu para dentro do seu quarto, batendo a porta atrás de si.

— Ahmed, corre!

Então ele pegou as malas e correu para a janela. Ahmed o seguiu sem dizer nada. Max abriu a janela.

Se Ralph conseguia fazer, então Ahmed também seria capaz.

E ele conseguiu.

— Corre! — ele sussurrou.

Ahmed rolou por cima do portão de segurança até o telhado. Max se chocou contra ele. Mas assim que eles se ajeitaram, um puxão forte o levou para trás.

Capítulo cinquenta e um

Ahmed estava prestes a pular até o próximo telhado quando ouviu Max gritar. Ele estava certo de que Fontaine o havia agarrado. Todos os instintos de Ahmed lhe diziam para seguir em frente. Ainda havia uma chance de conseguir escapar. A ideia de Max era boa. Os telhados de trás das casas eram conectados; apenas uma simples barreira ficava no caminho – paredes pequenas de cimento, claraboias, leves diferenças de altura que obrigavam a subir uns centímetros ou saltar para baixo.

Em vez disso, ele virou para trás.

A alça da mochila de Max havia prendido no guarda-corpo. Ahmed correu até ele, deu a volta e a soltou assim que Fontaine entrou no quarto.

— Parem! — Fontaine gritou em francês. — Nós sabemos quem o jardineiro é!

— Do que ele está falando? — Max perguntou para Ahmed.

— Não tenho ideia.

Ahmed correu para a beirada do telhado, puxando Max junto com ele. Eles saltaram juntos e aterrissaram em uma claraboia, quase escorregando no musgo grosso que cobria o vidro. Ahmed caiu no telhado da casa vizinha, então se agachou para puxar Max. No centro daquele telhado, havia duas grandes claraboias. Uma chaminé enorme de cimento tapou por um instante sua visão de Fontaine, mas ele ainda podia ouvir o policial gritando.

— *Mex,* a polícia antiterrorismo interceptou uma mensagem sobre "o jardineiro Ahmed", o sírio que "arrumava os vasos". Nós achamos que ele faz bombas.

O ataque ao amanhecer fazia sentido agora. Fontaine achava que ele era um terrorista, um fabricante de bombas! Era muito pior do que apenas ser ilegal; ele seria preso, interrogado, talvez até apanhasse. No entanto, por mais assustador que aquilo fosse, um pensamento o assustava ainda mais: e se Max não acreditasse que ele era inocente?

Ahmed se virou para ele.

— Esse Ahmed não é eu!

Max o encarou de volta. Parecia estar olhando bem no fundo dele, para o Ahmed que conhecia de cem madrugadas. Max falou baixo, mas a sua voz não tremia.

— Eu sei.

Não havia tempo para responder, até porque nenhuma palavra conseguiria capturar a alegria que Ahmed sentiu, mesmo no meio do desastre. Ahmed apenas segurou a mão de Max e a apertou.

Fontaine apareceu na beira do telhado de Max.

—*Mex*, não seja um idiota!

— Pule! — Ahmed disse.

Juntos, eles pularam no próximo telhado, mais baixo que aquele. Mas a altura entre os telhados era maior do que eles imaginaram e por isso eles se agitaram no ar antes de cair forte de joelhos.

— Você está bem? — Ahmed perguntou, ajudando Max a se levantar.

Max concordou, se encolhendo.

— Descer. Onde descemos?

— Próxima casa é aberta do lado, não conectada — Ahmed disse, grato por ter estudado aqueles jardins e a forma mais fácil de escapar para a rua.

Mas para chegar no último telhado eles teriam que escalar um muro que o separava daquele em que estavam. Com Fontaine correndo atrás, eles ainda teriam tempo? A única outra forma de atravessar era se segurar no topo do muro e esticar uma perna no abismo até a borda do outro telhado. Se eles caíssem, seria uma queda direta até o chão, três andares.

Ahmed sabia que Max já havia pensado nisso, até por causa da camada de suor no seu rosto pálido. Ahmed olhou para ele com dúvida, porém, Max apenas concordou.

— Vá!

Ahmed agarrou o muro dos dois lados, então balançou uma perna. Ele tentou não pensar no espaço vazio enquanto buscava a borda. O bico do seu tênis finalmente a encontrou, mas foi só quando conseguiu abaixar a sola do pé que ele trocou de apoio e se balançou.

— Sua vez — Ahmed disse.

A mão de Max tremia na parede.

— Agora perna!

Max balançou a perna.

— *Mex!* Não seja um idiota! Você vai se matar! — Fontaine gritou.

A perna de Max tremeu.

— Eu não consigo fazer isso!

Ahmed colocou a sua mão na mão de Max.

— Eu te ajudo — Ahmed disse. — Você não cair.

O pé de Max tocou o outro lado. Ahmed o agarrou e o puxou para longe da beirada. Eles podiam ouvir passos do outro lado.

— *Mex!*

— Rápido! — Ahmed disse, puxando-o pelo telhado. — Nós precisamos descer!

— Vão para a rua! — Fontaine gritou para os outros policiais.

A mão de Fontaine agarrou o muro. Seu sapato de couro marrom tateava no ar, procurando a borda.

— Como? — Max perguntou.

Ahmed já estava descendo pela beirada.

— Calha!

Ele abraçou o cano de escoamento com os joelhos e então o segurou entre as mãos.

— Pise no meu ombro!

Max colocou os pés nos ombros de Ahmed. Depois, ele soltou o alumínio da beirada do telhado e agarrou no cano de escoamento.

Juntos, eles meio escalaram, meio escorregaram para baixo. No fim, saltaram em uma entrada de pedras.

Eles olharam para cima e viram o inspetor Fontaine olhando para eles do telhado.

— Eles estão descendo perto do número quarenta e quatro! — ele gritou no seu rádio.

Ahmed puxou Max para o jardim da próxima casa. Eles desviaram de uma cama elástica, ignorando os latidos de um cachorro. Luzes se acenderam do lado de dentro.

— Eles estão indo para o número cinquenta! — Fontaine gritou em seu rádio.

— Albert Jonnart! — Max ofegou.

Ahmed achou ter entendido. Os policiais estavam na Albert Jonnart, mas se eles conseguissem chegar na Rue Vergote, onde estava a bicicleta de Max…

Ahmed desviou por um emaranhado de árvores e arbustos perto do número cinquenta. Ele arrastou Max por aquele caminho até eles alcançarem um muro. Em um único movimento fluido, Ahmed içou Max por cima do muro. Ele caiu do outro lado e rolou na grama. Max já havia pegado a sua mochila e puxou Ahmed para levantá-lo. Eles ainda conseguiam ouvir Fontaine gritando no rádio:

— Um de vocês precisa ir para a Vergote, Rue Vergote, seus idiotas!

Ahmed foi na frente pelo jardim, dando a volta na casa e saindo na rua. Max correu para a sua bicicleta, presa em um poste com uma placa. Ele tirou a chave da mochila e enfiou no cadeado. Mas não conseguia dar um jeito de abri-lo.

Um dos policiais virou a esquina.

Max chacoalhou a chave e depois a virou.

— Rápido! — Ahmed disse.

O cadeado abriu.

O policial estava correndo na direção deles, gritando.

Ahmed se sentou no selim. Estava aliviado pelo fato de eles já terem andado juntos antes. Max jogou a perna para o outro lado.

Ahmed olhou para trás – o policial estava apenas a alguns metros atrás deles, com os braços esticados, pronto para agarrá-los.

— Vá, Max! Vá!

Max meteu o pé no pedal. Ahmed quase caiu para trás quando eles aceleraram, mas de alguma forma conseguiu segurar nos ombros de Max quando a bicicleta ganhava velocidade. Atrás deles, ouviu o policial resmungar um xingamento.

Capítulo cinquenta e dois

No meio do caminho para a estação de trem, Max travou a sua bicicleta em um bicicletário público perto do metrô, torcendo para despistar a polícia. Já passava das sete horas agora, e bicicletas e carros lotavam as ruas; dois dias depois dos ataques, as pessoas haviam voltado para o trabalho e para a escola, mas algumas estações de metrô ainda estavam fechadas e Max acreditava que muitas pessoas ainda estavam com medo de usar o transporte público. No banheiro de um Starbucks, ele e Ahmed colocaram os uniformes dos escoteiros, então continuaram até a estação Bruxelles-Midi a pé. Era uma viagem lenta; eles precisavam ficar mudando de rota para evitar os soldados e policiais que estavam a postos diante das entradas do metrô, shoppings e prédios do governo.

Mas não havia como evitá-los uma vez que eles chegaram à estação. Caminhões camuflados cercavam a Bruxelles-Midi e uma longa fila de passageiros esperava na frente da entrada central, que estava cheia de soldados com rifles de assalto.

— O que está acontecendo? — Max perguntou para um homem de terno que estava mexendo no celular no final da fila.

O homem mal levantou os olhos.

— Checagens de segurança, atrasos. Que pesadelo!

O telefone do homem tocou.

— Eu estou tentando alugar um carro pra ir até Paris – ele resmungou.

O peito de Max apertou. E se eles não conseguissem sair de Bruxelas? A estação de trem estava praticamente bloqueada. Max olhou para o relógio de Ahmed.

— Nosso trem deveria sair em trinta minutos. Talvez a gente não tenha tempo de comprar as passagens. E se eles estão checando as identidades…

Max não terminou seu pensamento, mas sabia que Ahmed entendia onde ele queria chegar. Fontaine provavelmente teria colocado toda a força de segurança em alerta para um menino sírio terrorista e seu cúmplice americano à solta. Mas provavelmente eles não estariam procurando escoteiros. E também havia uma chance de as forças de segurança na estação não terem recebido o alerta. Max se lembrou do que Madame Pauline havia dito sobre a polícia – como, com dezenove forças diferentes, eles eram notoriamente ruins em compartilhar informação.

Ahmed agarrou a manga de Max e apontou para um pequeno grupo de pessoas que chacoalhavam passagens no ar.

— Olhe. Acho que as pessoas estão vendendo passagens. Se comprar deles, não precisamos mostrar as identidades.

— Boa ideia! Guarde o nosso lugar e eu vou ver.

Max correu para onde podia ouvir o que os vendedores de passagens estavam dizendo.

— Uma passagem de Thalys para Paris!

— Três passagens para Aachen.

— Duas de ICE para Colônia.

O expresso intermunicipal de alta velocidade para Colônia seguia até Frankfurt. Max se concentrou no vendedor. Era um homem velho, parado ao lado de uma mulher de cabelos grisalhos que Max imaginou ser sua esposa.

— Eu compro!

O velho olhou para Max. Max estava com a sensação desagradável de que ele estava tentando descobrir quantos anos ele tinha. Ele se preparou para várias perguntas intrometidas. Mas o homem apenas lhe entregou as passagens.

— De graça para um *escuteiro* e sua mãe — ele disse em francês. — Ou é pai?

— Pai — Max murmurou. — Obrigado.

— Diga de nada para ele. E tenha uma boa viagem.

Assim que o velho e sua esposa saíram, Max se juntou a Ahmed na fila e lhe mostrou as passagens.

— Nós podemos realmente conseguir sair daqui.

Ahmed deu um sorriso nervoso.

— Se passarmos por aqueles soldados.

Enquanto ele e Ahmed se aproximavam aos poucos da entrada, Max pôde ver os soldados tirando passageiros da fila e pedindo para ver as passagens ou identidades ou os dois. Ele se encolheu e sorriu, tentando parecer o mais inocente possível. Mas quando eles chegaram na entrada, uma mão instantaneamente agarrou o ombro de Max e o puxou para o lado. Max se viu diante de um soldado alto vestido com um colete à prova de balas. Ele puxou Ahmed para fora da multidão também.

— Onde vocês vão, meninos? — ele perguntou em francês.

— Viagem dos *escuteiros* — Max disse. — Nosso grupo já está lá dentro. Nós estamos atrasados.

O soldado olhou para o rosto deles. Max estava certo de que ele estava juntando tudo – que um deles parecia do Oriente Médio e o outro era branco, que Max havia falado com um sotaque americano, que eles estavam viajando sozinhos. Ele precisava fazer algo para distrair o soldado antes de ele exigir suas identidades, algo que o convencesse de que eles eram apenas escoteiros inofensivos.

Max começou a cantar.

— Escuteiro *de qualquer lugar,* escuteiro *daqui,*
Você é meu irmão, meu amigo,
Hoje, amanhã...

Ahmed mexia a boca junto com ele, fingindo conhecer a música. Mas o soldado estava ocupado demais olhando surpreso para Max para perceber.

Então, com uma risada autoconsciente, ele começou a cantar:

— *Todos unidos em um projeto comum*

De justiça, respeito,
Lar e fraternidade.

O soldado lhes deu a saudação de três dedos dos escoteiros.

— Se apressem, meninos. Não é bom se atrasar, especialmente hoje.

Max se forçou a sorrir em solidariedade aos *escuteiros*. Mas suas pernas pareciam amortecidas enquanto eles corriam para longe.

— Boa ideia, os escoteiros — Ahmed murmurou quando eles estavam longe dos ouvidos.

Eles haviam entrado, passagens nas mãos, dez minutos antes da saída! Porém, Max sabia que não poderiam relaxar até estarem no trem e até o trem estar fora da Bélgica. Ele parou na frente de um monitor dentro da estação.

— Parece que vamos embarcar na plataforma vinte e um.

Isso significava andar até a outra ponta da estação, passando por mais soldados e policiais com *malinois*, os cachorros policiais belgas que eram versões mais compactas do pastor-alemão. A boca dos cachorros ficava aberta, revelando dentes afiados. Max conseguia sentir os olhos dos policiais passarem por eles. Fez questão de falar com Ahmed de uma forma amigável e animada, até mesmo segurando em seu braço – para demonstrar que ele era inofensivo. Ahmed parecia entender; sorria para Max e fingia não se importar com as armas e os cachorros. Porém Max sabia, pela forma como ele apertava seu braço cada vez mais, que ele se importava.

Quando eles chegaram na plataforma vinte e um, o uniforme de escoteiro de Max estava úmido de suor. Mas tudo que precisavam fazer agora era embarcar.

O elegante trem de alta velocidade já estava enchendo, em sua maior parte com viajantes que iam a trabalho para Colônia, homens e mulheres de terno colocando suas maletas e casacos nos bagageiros. Os sons de pessoas falando em francês e alemão nos celulares enchiam o vagão do trem; várias pessoas falavam sobre os ataques ou comentavam sobre a multidão e a segurança. Mas, para alívio de

Max, ninguém pareceu perceber os dois meninos com uniformes dos escoteiros quando eles se enfiaram em seus assentos e abriram seus livros. Ainda assim, Max estava apenas fingindo ler *Meninos heróis*, com o estômago apertado enquanto esperava o trem partir. Os olhos de Ahmed também continuavam escapando de *O caso Girassol* para a janela, como se ele esperasse que um dos policiais ou soldados viesse correndo para a plataforma e os arrastasse para fora do trem.

Uma engrenagem mecânica começou a funcionar; com um balanço, o trem começou a se mover e saiu da estação. Max respirou fundo, descansando a cabeça contra a janela. O trem balançava para a frente e para trás, pegando velocidade; transformadores elétricos passavam rápido e as casas coloridas da cidade de Bruxelas sumiam, desordenadas desigualmente contra o horizonte como em um dos quadros malucos de Magritte. O sentimento de precisar sair de Bruxelas passou, e Max se encheu, em vez disso, de um afeto pela cidade estranha e pela mistura de línguas que havia se tornado sua casa. Ele desejou poder contar para os pais que eles haviam tomado a decisão certa ao trazê-lo para cá, que ele estaria bem, não apenas pelos próximos dias, mas no futuro com que eles sempre pareciam se preocupar.

Com culpa, ele percebeu que não havia deixado um bilhete. Instintivamente colocou a mão no bolso procurando o telefone, então lembrou que não havia trazido. Estava tudo bem. Com certeza eles não acreditaram na loucura de Fontaine de que Ahmed era um terrorista, mas ainda estariam furiosos com Max por mentir para eles e fugir. Quanto a Claire, por sua vez, ele certamente não facilitaria sua vida dizendo que estava bem. Ele *esperava* que ela se sentisse horrível. Mas conhecendo a irmã, ela provavelmente estava muito ocupada fingindo não saber de nada sobre Ahmed e que Max era o estragado da família.

— Max — Ahmed sussurrou.

Ahmed havia se virado para olhar para a entrada. Max seguiu seu olhar. Um policial corpulento, vestido de preto e com um rifle de assalto balançando no peito havia entrado no vagão e estava conferindo documentos. Max escorregou de volta no seu lugar e olhou para Ahmed. Eles estavam com sérios problemas.

Capítulo cinquenta e três

Há apenas um lugar para se esconder em um trem. Ahmed se levantou, agarrando sua mochila e acenou para Max segui-lo. Então, o mais calmamente que conseguiu e sem olhar para trás, ele andou pelo corredor. Não estava certo do que faria se o policial os chamasse e tentou também não pensar no rifle que ele segurava. Esperançosamente, tudo que ele veria, se os percebesse, seriam as costas de dois escoteiros indo para o café.

Ahmed apertou o painel eletrônico na porta que separava o vagão deles do outro. A porta abriu e ele continuou até o vestíbulo para o próximo vagão. Logo no final havia uma placa que sinalizava os banheiros. Ahmed ficou aliviado ao ver uma cabine desocupada. Ele correu a porta para abri-la, apontando com a cabeça para Max segui-lo.

Eles se espremeram lá dentro e trancaram a porta. Uma luz automaticamente acendeu, jogando um brilho verde no rosto deles. O único lugar para sentar era a privada, então eles ficaram em pé. Ahmed conseguia sentir o cheiro de sabonete antisséptico e urina.

— Se baterem na porta, você responde — ele sussurrou para Max. Então, colocou os dedos nos lábios.

Max concordou. Ele pareceu entender o plano – se o policial batesse, ele podia fingir ser o único ali.

Não havia o que fazer a não ser esperar. Ahmed não fazia ideia de quanto tempo levaria para o policial passar pelo vagão deles e pelo próximo. Ele se encostou na parede, fechou os olhos e orou. Ahmed lembrou que Max nem acreditava em Deus, mas isso parecia ainda mais um motivo para incluir o amigo em suas orações.

Houve uma batida na porta, depois um barulho como se alguém estivesse tentando abri-la. Ahmed se escondeu o mais fundo que conseguiu.

— Está ocupado! — Max falou em francês.

— *Pardon* — a voz de uma mulher respondeu.

Ahmed soltou sua respiração e fechou os olhos.

Os minutos passavam. Passos passavam. Ahmed ouvia, desejando poder saber se algum deles era do policial. E se a mulher falou para alguém que uma pessoa estava no banheiro há um tempo meio suspeito? Sobrevivência nem sempre era questão de coragem ou inteligência; algumas vezes era apenas a sorte de decidir entre escolhas ruins.

Ahmed olhou para Max.

— Destrave a porta, saia. Se você vir a polícia, volte como se estivesse passando mal.

Max destrancou a trava e empurrou a porta para abrir. Mas mal havia dado um passo quando se virou e segurou a porta aberta.

Ahmed esperava ser o policial lá, mas em vez disso um homem mais velho empurrava para passar por eles até o banheiro. Ele passou por Ahmed, mas parecia menos desconfiado do que impaciente. O policial não estava à vista.

Eles voltaram para seus lugares e abriram os livros, tentando chamar a menor atenção possível. Ahmed torcia para que o policial não voltasse – uma passada pelo trem parecia suficiente –, mas depois dos ataques terroristas e com um suspeito ainda à solta, ele não podia ter certeza. Ele se distraiu pensando no pai. Cada vez que Ahmed o imaginava, seu estômago se revirava de animação. Ele se imaginava correndo para os braços de Baba, contando tudo que havia acontecido com ele nos últimos nove meses. Ele não sabia se conseguiria esperar mais um dia.

O trem mal parecia se mover, mas finalmente, meia hora depois, parou em uma estação.

— Olhe — Max sussurrou.

Ahmed olhou pela janela bem a tempo de ver o policial belga andando pela plataforma, até a estação.

— Aonde ele está indo? — Max perguntou.

Ahmed olhou as listras horizontais pretas, vermelhas e douradas da bandeira balançando acima da estação e sorriu.

— De volta para a Bélgica.

Eles haviam conseguido passar para a fronteira alemã.

Capítulo cinquenta e quatro

Em Colônia, eles trocaram de trem. Apenas uma hora depois, o trem parou no átrio de vidro da Estação Central de Frankfurt. Ahmed se virou para Max.

— Você já veio a Frankfurt?

Max chacoalhou a cabeça.

— Nunca. Você?

— Em agosto, em trem especial para refugiados — Ahmed disse. — As pessoas são gentis. Quando viemos de trem, eles bateram palmas como se a gente fosse herói. Eles têm balões. Eles nos dão bolsas com comida.

— É estranho que os alemães antes eram os bandidos — Max disse. — Agora eles são os mocinhos.

Ahmed encolheu os ombros.

— Vai ver eles aprenderam.

Não havia comitê de recepção formado por nativos da cidade, nem lanches ou balões, mas, assim que pisou fora do trem, Max decidiu que a estação de Frankfurt oferecia algo ainda melhor. A estação era enorme, com mais de cem pistas e cinco salas de embarque, era bem fácil desaparecer na massa de viajantes, mendigos e trabalhadores das ferrovias ao meio-dia. Apesar de alguns policiais estarem parados com rifles de assalto, todos pareciam menos tensos do que em Bruxelas. Não havia soldados nem verificações aleatórias de identidades, nem cachorros.

Mas eles ainda precisavam comprar passagens para a próxima parada, em Viena. O vendedor de passagens, um cara jovem com uma barba hipster, os olhou curioso.

— Americano? — ele perguntou em inglês.

— Sim — Max disse.

O vendedor de passagens sorriu como se isso confirmasse alguma suspeita. Max imaginou um boletim policial na sua frente – "Procurado: menino americano, viajando com suspeito sírio". Ele respirou fundo. Mas antes de poder decidir se pegava a mão de Ahmed e corria, o homem empurrou suas passagens pelo balcão até Max.

— Eu fui para Nova York no ano passado.

— Legal — Max conseguiu soltar enquanto agarrava as passagens.

— Tenham uma boa viagem.

— Você também — Max disse.

Ahmed sorriu enquanto eles iam embora.

— Ele não vai para lugar nenhum.

— Cale a boca. Essa foi por pouco.

— Para Clark Kent. Não Nabil Fawzi.

Max deu um empurrão no ombro do amigo. Ahmed o empurrou de volta. Depois eles compraram batatas fritas e Coca-Cola em um McDonald's. Não havia nada suspeito em ficar ali – o lugar estava cheio de garotos. À uma e quarenta e cinco da tarde, eles embarcaram em um trem para Viena. Max leu um pouco, então dormiu.

Ele acordou enjoado por causa das batatas gordurosas e de um pesadelo que não conseguia lembrar bem. O sol estava se pondo lá fora, com campos e casas virando uma silhueta, e enquanto seus olhos se acomodavam às luzes, ele não fazia ideia de onde estava. Então se lembrou de seu sonho e se virou para procurar Ahmed. Ele ainda estava sentado ao seu lado, com *O caso Girassol* largado no colo. Ele encarou Max com preocupação.

— Você está bem?

— Eu sonhei que eles te levaram embora.

Max não disse quem "eles" eram e Ahmed não perguntou.

— Eu estou aqui — ele disse.

Max respirou fundo e se arrumou.

— Onde estamos?

— Áustria. Daqui a pouco vai ser Viena.

Max esfregou os olhos.

— Eu dormi bastante tempo. O que você fez?

— Li, pensei.

— Sobre seu pai?

Ahmed acenou que sim.

— Você vai vê-lo logo.

Os olhos escuros de Ahmed se apertaram. Ele parecia ainda mais feliz do que estava na manhã em que Max o levou para a escola.

— Eu também pensei outra coisa. Quando o Fontaine veio, como você pensou em correr pelos telhados? Você tinha o plano?

Max sorriu.

— Não. Eu não.

As sobrancelhas de Ahmed se enrugaram.

— Quem então?

— *Monsieur* Jonnart.

— Jonnart, tipo a nossa rua?

Max percebeu que nunca havia falado para Ahmed de Albert Jonnart. A história parecia muito deprimente, especialmente quando ele achava que os nazistas haviam pegado Ralph. Mas agora ele queria que Ahmed soubesse qual história tinha sido sua salvação.

— A rua ganhou o nome dele depois da guerra — Max explicou. — Em 1942, ele…

Enquanto ele mergulhava na história, o mundo lá fora sumiu na noite leve de primavera. Era quase como se estivessem sendo transportados de volta no tempo, como se três quartos de século não estivessem a mais de um piscar de olhos.

Capítulo cinquenta e cinco

A sorte, Ahmed sentia, estava com eles. Com tempo de sobra, eles pegaram o último trem noturno de Viena para Budapeste e até acharam assentos juntos no segundo vagão. Em apenas duas horas e meia eles chegariam à capital húngara. Mas agora, sentado ao lado de Max, ele sabia que essa sorte tinha nome – Albert Jonnart – e que não era apenas sorte, mas gentileza. Ele pensou no menino, Ralph, que havia perdido os pais, que havia recomeçado a vida depois da guerra. Ahmed sabia que ele devia ter ficado destruído pela culpa e pela tristeza, assim como o próprio Ahmed ficou. Ahmed esperava que Ralph tivesse encontrado a paz.

Não havia mais nada para olhar – o mundo fora do vagão iluminado era escuro e sem significado. Fronteiras e limites eram invisíveis agora, e passando por eles Ahmed imaginou o fluxo de milhões de sentimentos: de esperança, saudade e amor. Pensou em sua mãe, Jasmine e Nouri. Talvez a morte fosse apenas outra fronteira, uma linha que seu corpo não podia atravessar, mas que seu coração ultrapassava o tempo todo.

O trem diminuiu a velocidade, tirando o garoto de seus pensamentos. Max também percebeu e ergueu os olhos do livro.

— A fronteira?

Ahmed olhou para o relógio. Fazia quarenta e cinco minutos desde que o trem havia saído da estação de Viena. Ele lembrou que a fronteira da Hungria não era muito longe.

— Acho que sim.

O trem parou em uma plataforma deserta e ficou ali.

— O que estamos esperando? — Max sussurrou.

— Eu não sei.

Ahmed se mexeu no lugar, com suas mãos suando. No mês de agosto do ano anterior, segurando Bana no colo, enfiado em um trem cheio de refugiados que ia para o lado oposto, ele jurou que nunca mais pisaria na Hungria. Lembrava como a polícia havia empurrado homens que carregavam crianças, havia detido famílias por horas, sem água, e mais tarde jogado sacolas de comida na cara de todos. A mensagem era clara: eles eram vermes, animais, não pessoas. Mas, então, ele pensou em como seu pai havia pulado no mar para salvá-lo.

— Olhe — Max sussurrou, apontando para a janela, para um grupo de condutores uniformizados andando pela plataforma. — Acho que eles estão trocando a tripulação.

Alguns minutos depois, houve um anúncio em húngaro e alemão. Ahmed não entendia nenhuma das línguas, apenas a palavra alemã *willkommen*, que significa "bem-vindo". Ele sabia que não era bem-vindo na Hungria por mais que o condutor dissesse o contrário, mas pelo menos ele e Baba estavam finalmente no mesmo país. O trem foi para a frente.

— Achei que fosse só uma parada normal — Max sussurrou.

— Sim — Ahmed concordou. Mas nada parecia normal agora que eles estavam na Hungria. Cada som, cada sombra, cada estação parecia representar uma ameaça.

Max conferiu o relógio de Ahmed.

— Eu não sei até que horas os trens daqui funcionam. Talvez a gente precise ficar em Budapeste essa noite, aí pegamos o primeiro trem para Kiskunhalas de manhã. O centro de detenção fica a menos de três quilômetros da estação de trem, então nós podemos ir a pé.

Ahmed estremeceu ao lembrar de ficar abandonado em Keleti, a estação de trens de Budapeste. Não havia trens suficientes para todos os refugiados, então eles acamparam nas plataformas com outras centenas. Ele lembrava de ouvir que as mães estavam dando banho nos filhos nas pias do banheiro e que contrabandistas ofereciam caronas de táxi para a fronteira em troca do dinheiro que as pessoas tivessem guardado. Ele lembrava de ver a multidão desesperada

– até idosos e mulheres grávidas – correndo para os trens quando eles chegavam. Mas pelo menos Ahmed havia explorado a estação na sua busca por água e comida e a conhecia bem.

— Eu passei dois dias nesta estação de trem no último verão. Eu conheço lugares para a gente se esconder até de manhã.

Max sorriu.

— Eu não estou preocupado. Se tem alguém bom em se esconder, esse alguém é você.

Ahmed se viu quase rindo, aquela risada boba que surge em momentos de nervoso.

— Esse *realmente* é meu grande talento.

— Não seja humilde — Max disse. — Você também é bom em correr.

— Ha — Ahmed disse.

Mas antes de conseguir pensar em uma resposta melhor, a porta do vagão deles abriu. Um condutor de uniforme e boné azuis e com uma bolsa preta no ombro entrou e começou a conferir as passagens.

— Eles já fizeram isso — Max sussurrou.

— Na Áustria — Ahmed sussurrou de volta. — Eles precisam fazer de novo na Hungria.

Com o condutor se aproximando deles, Ahmed se enfiou em seu assento e ficou olhando pela janela. Ele também não olhou quando Max entregou as passagens, esperando que o condutor apenas olhasse os bilhetes e o ignorasse, como fez o condutor austríaco. Mas pôde ouvir o condutor falar com Max em húngaro.

— Inglês? — ele ouviu Max perguntar.

— De onde vocês estão vindo? — o condutor perguntou.

— Viena.

— Sozinhos? Sem pais?

Ahmed não gostou da pergunta, mas era noite agora, e viajar sozinho parecia mais suspeito.

— Estamos indo para um intercâmbio de escoteiros — Max disse.

— Você e...

— Meu amigo.

Ahmed se virou e sorriu o mais gentilmente que conseguiu. O condutor o encarou.

— Você tem identidade?

Sem falar, Ahmed entregou para o condutor sua identidade belga. Ele mal olhou para ela.

— Passaporte?

— Ele não precisa de passaporte — Max disse. — Ele está viajando na União Europeia.

— Você é advogado dele? — o condutor soltou.

— Não, mas…

— Eu tenho passaporte — Ahmed cortou, segurando o passaporte falso.

O condutor olhou para a águia e o escudo gravados na frente e então o devolveu.

— Alguém vai encontrar vocês em Budapeste?

— Sim — Max disse. — Nosso líder escoteiro.

O condutor concordou e devolveu as passagens, então seguiu pelo corredor.

— Ele não foi com a nossa cara — Ahmed sussurrou assim que ele saiu de perto.

— Mas também não nos parou — Max disse. — Ele só queria incomodar.

Ahmed o cutucou com o cotovelo para ele ficar quieto. O condutor estava passando por eles ao voltar para a frente do vagão. Ahmed percebeu que ele olhou na direção deles antes de a porta fechar.

— Espero que você tenha razão.

O trem diminuiu, parando em uma estação. As portas abriram e Ahmed teve uma vontade repentina de agarrar a mão de Max e correr para fora. Mas era o último trem da noite, e ele não fazia ideia de onde estavam.

As portas fecharam e o trem saiu. Segundos se tornaram minutos. As luzes do trem piscavam, então o toque de um celular rompeu o silêncio, assustando Ahmed. Um anúncio surgiu no interfone;

alguns passageiros começaram a guardar seus computadores e a pegar jaquetas e mochilas do bagageiro. Eles estavam se aproximando da próxima estação.

O trem diminuiu de velocidade e as pessoas se moveram nos corredores, antecipando a parada. Ahmed ficou olhando enquanto elas abriam a porta e passavam para a antecâmara.

De repente, a fila parou de andar e as pessoas recuaram. O condutor passou por eles pela porta e apontou na direção de Max e Ahmed. Atrás deles, Ahmed viu a boina vermelha de um policial húngaro.

Ahmed se levantou e puxou Max pelo corredor.

— Para o fundo, vá lá para o fundo!

Max olhou rapidamente atrás de si, então se virou e correu. Ahmed agarrou as mochilas dos dois e correu atrás dele.

— Parem! — vozes gritaram.

Mas Ahmed continuou correndo. No final do vagão, ele alcançou Max e bateu a mão contra o painel eletrônico que abria a porta. A porta abriu rapidamente e eles entraram numa antecâmara cheia. O primeiro pensamento de Ahmed foi que eles ficariam presos ali, porém Max era pequeno o suficiente para passar entre as pessoas e Ahmed se acotovelava para passar atrás dele. Eles correram para o próximo vagão, desviando de passageiros que bloqueavam o corredor. Ahmed olhou para trás e viu que não era tão fácil para o policial e o condutor passarem, eles eram maiores e precisavam de mais espaço.

— Como vamos sair? — Max perguntou quando eles se enfiaram na próxima antecâmara.

— Estação logo. Continua indo!

O trem continuava a diminuir. Mas e se eles alcançassem o último vagão antes de o trem chegar à estação?

Ahmed olhou pela janela. Havia o começo de uma plataforma, luzes amarelas da estação e um prédio retangular que ele imaginou ser a estação. O trem estava parando agora. Eles podiam evitar a polícia; só precisavam de mais alguns vagões. Mas um homem acima do peso bloqueava completamente o próximo corredor.

— Assentos! — Ahmed disse.

Eles pularam por cima dos assentos vazios de cada lado do homem, então continuaram a correr. Ahmed conseguia ouvir o policial gritando, provavelmente para o homem se mover. O trem andava lentamente. A qualquer momento iria parar e as portas iriam abrir. Lá fora, estava escuro; eles poderiam achar algum lugar para se esconder.

Mas no momento em que estava pensando isso, Max parou de repente e Ahmed quase bateu nele.

Ahmed não precisou perguntar qual era o problema. Ele apenas olhou para cima. A porta no final do vagão estava marcada com um grande círculo vermelho com uma linha branca atravessada. Era um símbolo internacional, um símbolo que Ahmed conhecia bem, um símbolo que marcava sua vida inteira: não entre.

Capítulo cinquenta e seis

Max congelou. Eles estavam encurralados, presos. Mas foi apenas naquele momento de pânico, quando parou de se mover, quando ficou completamente imóvel, que ele percebeu que o trem também não estava mais se movendo.

Ele se virou e empurrou Ahmed de volta para a antecâmara. Um sopro de ar gelado lhe deu esperança. Sabia que Ahmed também o sentiu. Ahmed agarrou a mão de Max e eles correram para a antecâmara até a porta aberta.

Mas então o policial entrou correndo, vindo do outro vagão, gritando para o grupo de passageiros à espera de desembarcar que estava parado entre eles. Assustados, os passageiros se moveram de uma forma descoordenada – alguns de lado, outros para trás, outros em direção à porta. No caos, Max e Ahmed passaram por eles e pularam pela porta até a plataforma.

Segurando firme a mão de Ahmed, Max caiu de pé. Seus tornozelos tremeram com o choque do concreto, mas ele imediatamente começou a correr. Eles correram por uma escada abaixo, por um caminho subterrâneo até a estação. Ahmed estava correndo tão rápido que Max sentia seu braço ser puxado para baixo. Temia que sua manga rasgasse, ou que tropeçasse, que suas pernas perdessem o apoio. Mas os gritos dos policiais atrás deles o deixaram determinado a continuar. Max mal percebeu a estação ou os rostos que encaravam os dois enquanto ele tentava ignorar a queimação em suas pernas.

A estação não era grande – um minuto depois, Ahmed escancarou uma porta e eles estavam do lado de fora. Ele se deteve tempo suficiente para Ahmed perceber uma praça escura cercada de prédios de pedra de duas águas antes de puxar Max pela rua na direção deles.

Eles se mantiveram próximos das silhuetas das árvores enquanto corriam, tentando ficar longe do brilho da lanterna que os seguia. Max temia que eles ficassem presos de novo, mas Ahmed apontou para uma fresta entre dois prédios. Ele puxou Max por ali até chegarem à calçada da próxima quadra. Max esperava que eles pudessem descansar um pouco, mas Ahmed não parou nem para conferir se o policial ainda estava atrás deles. Arrastando Max, ele passou correndo por um prédio enorme e iluminado, com uma torre de relógio e pináculos – a prefeitura da cidade talvez, ou um tribunal, mas não um lugar para se esconder.

— Parque — Ahmed ofegou.

Olhando para cima, Max percebeu para onde Ahmed estava indo: um aglomerado escuro de árvores que parecia se alongar por várias quadras. Com a energia que lhe restava, ele correu na direção do parque. Segundos depois, eles mergulharam nas sombras. Ahmed continuou correndo, mas Max tropeçou no chão irregular. Ele aterrissou na grama molhada e ficou deitado ali.

Ahmed ficou em pé ao lado dele e, pela forma como seu peito estava se mexendo, Max soube que ele também não conseguiria correr por muito tempo. Ele se agachou e apontou para o aglomerado de arbustos.

— Atrás.

Então, fez Max levantar e os dois caíram nos arbustos e se agacharam entre eles.

O único som era de suas próprias respirações pesadas, tão altas que Max tinha certeza de que qualquer um que passasse pelos arbustos iria ouvir. Cada músculo do seu corpo doía e ele percebeu, enquanto a grama molhada encharcava sua camiseta, que havia esquecido o casaco no trem. Ahmed também havia percebido isso porque tirou sua jaqueta e colocou em cima dos dois.

Alguns minutos passaram. Então, do outro lado dos arbustos, eles ouviram vozes, passos. O cheiro de fumaça de cigarros fazia a garganta de Max coçar. Ele tentou juntar saliva na boca seca para aliviar a tosse que sentia se formando. Quando finalmente tinha o bastante e engoliu, ele ouviu um barulho tão alto que se preocupou que houvesse ecoado pelo parque.

Gradualmente, o parque foi ficando quieto. O sino da torre do relógio tocou.

— E agora? — Max sussurrou. — Ficamos aqui até de manhã e aí voltamos para o trem?

Ahmed havia fechado os olhos – como se não se ver pudesse deixá-lo mais invisível –, mas então ele os abriu. Max ficou espantado ao ver o quanto ele parecia triste e derrotado. Eles não haviam acabado de escapar da polícia?

— Sem trem.

— Você tem certeza de que eles estão nos procurando?

Ahmed concordou.

— Talvez tenha um ônibus?

Ahmed fez cara feia.

— Ônibus, trem, táxi... a polícia está procurando por nós em tudo.

— E o que vamos fazer?

— Andamos para a fronteira da Áustria. Tentamos atravessar a pé.

— E seu pai?

— Max, eles estão nos procurando agora.

Max se apoiou nos cotovelos.

— Tem que ter uma forma de chegar lá. Alguém que pudesse nos levar…

— Sem contrabandistas!

Max não podia culpar Ahmed por rejeitar a ideia depois do que havia acontecido em Bruxelas. Ele ficou quieto, pensando. Era ridículo chegar tão longe e desistir. Ele pensou em Albert Jonnart e Ralph. O que eles teriam feito? Ele não fazia ideia. Até onde Max soube, eles nunca estiveram na Hungria. Mas Ralph esteve em um país onde as autoridades eram hostis. E ele sobreviveu, não porque ele pagou alguém para ajudá-lo, mas porque mesmo nos momentos e nos lugares mais assustadores sempre havia pessoas de bom coração, pessoas que ajudariam outras movidas pela gentileza que tinham no coração.

Max agarrou o braço de Ahmed.

— Eu sei o que fazer! Mas precisamos de uma conexão de internet.

Capítulo cinquenta e sete

Logo depois de o ponteiro do Mestre dos Mares dar uma hora, um carro parou perto do parque e acendeu os faróis três vezes.

— É ele — Max disse.

Ahmed pulou da proa do navio de pirata de madeira que eles encontraram em um parquinho. Havia sido o esconderijo perfeito, permitindo que vissem a rua, mas também que se agachassem atrás do casco quando ouviam vozes ou passantes. Ele se sentiu exposto ao atravessar a areia e não conseguiu evitar a lembrança de Ermir enquanto seguia Max até o pequeno carro branco de duas portas. Mas disse para si mesmo que aquele motorista seria diferente.

Max chegou primeiro ao carro e abriu a porta do lado do passageiro. Ahmed congelou, assustado pela pessoa que estava dentro. O motorista não era o homem que ele havia imaginado, mas uma mulher bonita e jovem, com um casaco vermelho, cabelo escuro com luzes loiras na altura do ombro.

— Entrem rápido — ela disse em inglês. — Ahmed atrás.

Max empurrou o assento para a frente e foi para o lado. Ahmed escalou para dentro. O carro estava quente do lado de dentro e um cobertor de lã estava dobrado no assento ao lado dele.

— Você pode sentar na frente — a motorista disse para Max. — Você é menos suspeito.

Max dobrou o assento de novo, entrou e fechou a porta. Ahmed se enrolou no cobertor. Ficou imaginando se era melhor deitar embaixo dele para alguém que olhasse para dentro do carro ver apenas duas cabeças – a de Max e a da motorista.

A mulher virou para o lado para poder ver os dois.

— Meu nome é Reka. Daniel disse que vocês estão indo para Kiskunhalas?

— Sim — Ahmed disse. — Para encontrar meu pai.

Havia sido ideia de Max contatar o grupo de direitos dos refugiados que estava ajudando o pai de Ahmed. Depois de uma busca rápida, eles encontraram um hotel perto do parque com um centro de negócios. Ahmed esperou do lado de fora – mantendo vigia para a polícia – enquanto Max fez o papel de turista americano, cumprimentando o funcionário noturno em inglês e mencionando que seus pais estavam no andar de cima enquanto ele perambulava para usar o computador. Ao mandar uma mensagem para a linha de emergência do grupo de direitos dos refugiados, Max conseguiu falar com o coordenador, Daniel, que havia prometido mandar ajuda. Max já havia enviado uma mensagem para ele em Bruxelas, então seu pedido não veio como uma completa surpresa.

Reka ligou o carro e entrou na rua.

— Kiskunhalas fica a umas duas horas e meia daqui. Quando chegarmos lá, vocês podem ficar no apartamento de um amigo.

— Obrigado — Ahmed disse.

Reka encolheu os ombros como se dar carona para dois fugitivos menores de idade pela Hungria no meio da noite não fosse grande coisa.

— Ninguém vai nos incomodar tão tarde. Vocês podem descansar, dormir. Tem sanduíches e Coca-Cola na mochila nos seus pés.

As lembranças de Ahmed sobre Ermir desapareceram quando ele pegou um sanduíche de queijo e uma Coca-Cola da mochila e os passou para Max. Ele estava com fome agora e imaginava que Max sentisse o mesmo – o alívio que fez com que ele se lembrasse do estômago vazio que estava ignorando. Reka colocou umas músicas em inglês no rádio do carro, mas quando eles terminaram de comer, ela de repente o desligou.

— Espero que vocês não se incomodem de eu perguntar qual o plano.

Ahmed foi pego desprevenido, apesar de saber que não deveria ter sido. Ela tinha todo direito de perguntar.

— Nós vamos para o centro de manhã e perguntaremos se Ahmed pode visitar seu pai — Max disse.

No espelho retrovisor, Ahmed percebeu Reka sorrindo da forma como os adultos fazem quando eles acham que as crianças não sabem como o mundo realmente funciona. Ahmed pode ter sorrido daquela forma alguma vez também. Mas Reka não sabia quantos dos esquemas loucos de Max realmente haviam funcionado.

— Vocês sabem que a Hungria fechou suas fronteiras para os refugiados no último outono e está prendendo qualquer um que entre no país ilegalmente? E se eles tentarem deixar Ahmed em custódia? — ela perguntou.

— Eu tenho uma identidade belga — Ahmed disse.

Ele não mencionou que era falsa, Max também não.

— Isso vale alguma coisa — Reka admitiu. — Mas quantos anos vocês têm, meninos?

Reka riu do silêncio deles.

— Tudo bem, vocês não precisam me contar. Mas vocês são jovens o suficiente para não poder apenas entrar no centro de recepção de Kiskunhalas sozinhos sem levantar questionamentos. Vocês precisam de um adulto com vocês, só para garantir que eles respeitem os documentos de Ahmed.

Ahmed sabia que ela estava certa. Chegar em Kiskunhalas já havia sido bem difícil; por causa disso, eles não haviam realmente pensado sobre o que fariam quando chegassem lá.

— Você pode nos ajudar? — ele perguntou.

— Fico feliz que você perguntou, porque a única forma que eu vou deixar vocês irem lá é comigo. De manhã, nós vamos juntos. Os guardas me conhecem. Vou garantir que eles não prendam vocês.

Ahmed sorriu. A sorte estava com eles depois de tudo.

— Você é muito gentil!

— Obrigado — Max adicionou.

— Mas vocês precisam me prometer uma coisa...

— O quê? — Ahmed perguntou.

— Max precisa ligar para os pais dele e contar onde está. Esta noite.

— Eles sabem onde eu estou — Max mentiu.

No espelho retrovisor, Ahmed conseguiu ver Reka levantar uma sobrancelha, cética.

— Eles deixaram você vir sozinho?

Quando Max falou depois, sua voz estava baixa, mas firme.

— Eu ligo para eles depois que Ahmed encontrar seu pai. Certeza que eles estão dormindo agora, mesmo.

Reka pensou sobre isso por um momento.

— Tudo bem. Mas isso é uma promessa.

Um silêncio pacífico encheu o carro. Ahmed se enrolou no assento e colocou o cobertor em volta do corpo. Em poucas horas iria ver o pai de novo. Não aguentava esperar para tocá-lo, sentir seu cheiro, sentir as cócegas de sua barba contra a sua bochecha. O barulho do carro o ninou; seus olhos fecharam. Na sua mente, ele viu o pai, dormindo em uma cama de dormitório. Ahmed imaginou que podia sussurrar nos seus sonhos.

Estou quase lá, Baba; eu estou muito perto.

A voz de Reka o tirou do sono que ele não percebeu que tinha começado. Ela estava conversando com Max no assento da frente. O carro ainda estava em movimento, a única luz na estrada escura. Ahmed manteve os olhos fechados, ouvindo.

— Tem muitos de nós que discordam do governo — ela estava dizendo. — Que estão com vergonha da forma como eles tratam os refugiados, que querem ajudar.

Ahmed sorriu fraco sozinho. Max acertou ao não desistir. Sempre há pessoas que se importam.

Capítulo cinquenta e oito

Logo depois das nove horas da manhã, Max saiu do carro no estacionamento do centro de detenção de Kiskunhalas. Quando olhou para os lados, ficou feliz que Reka estivesse com eles. Uma barreira de metal de um metro e cinquenta com arame farpado no topo se alongava por toda a volta do centro. Saía do estacionamento até um prédio retangular cinza. Barras de metal cobriam as janelas.

— Você tem certeza de que isso é para refugiados? — Max perguntou. — Parece uma prisão.

— Sim e sim — Reka disse. — É uma prisão para pessoas que não cometeram um crime.

Max olhou para Ahmed, mas ele mal aparentava ter ouvido os dois, seus olhos brilhavam, e Max percebeu que ele não estava vendo. Estava apenas enxergando seu pai lá dentro, como se o amor fosse um superpoder que lhe permitisse ver através das paredes.

Eles saíram do estacionamento e andaram pela calçada da entrada. Bandeiras húngaras e da União Europeia estavam uma ao lado da outra acima da porta. Porém, Max também percebeu que uma câmera de segurança monitorava a entrada.

Reka apertou uma campainha; alguns segundos depois, a porta abriu e Max e Ahmed a seguiram até uma área de espera escassamente decorada que fazia Max se lembrar de um consultório médico. Um calendário de 2015 ainda estava na parede e uma pilha de revistas de esporte húngaras estava em cima de uma mesa de canto. Sentada atrás de uma mesa estava uma mulher magra com um uniforme azul e um boné combinando. Ela falou com Reka em húngaro. Reka respondeu – com uma voz educada e calma. Enquanto a mulher desaparecia por uma porta nos fundos da sala de espera, Max imaginou se ela falava inglês. Estava feliz por Reka estar com eles.

— É melhor vocês se sentarem — Reka disse. — Isso pode demorar.

Max se largou em um dos assentos de plástico, Ahmed ao lado dele. Max sabia que ele estava ansioso pela forma como mexia a perna.

— Daniel me mandou o arquivo do caso do seu pai ontem à noite — Reka disse. — Algumas semanas atrás, ele atravessou a fronteira entre a Hungria e a Sérvia depois que um contrabandista o enganou. Então, ele foi preso pela polícia da fronteira.

— O que vai acontecer com ele? — Ahmed perguntou.

— A gente espera conseguir fazê-lo se juntar a você na Bélgica. É bom que você esteja registrado lá.

Max e Ahmed se entreolharam preocupados. Em algum momento precisariam contar a verdade para Reka, mas não antes de Ahmed ver seu pai.

A porta de trás abriu e Ahmed pulou do seu lugar. Max se levantou também, esperando ver o pai de Ahmed. Em vez disso, dois guardas, com armas balançando nos coldres, marcharam na direção de Ahmed. Reka agarrou Ahmed pelo braço e o puxou para trás.

Max freneticamente se virou para Reka.

— O que está acontecendo?

Reka o ignorou e falou com os guardas em húngaro. Um deles deu respostas curtas enquanto o outro desviou dela e agarrou o braço de Ahmed. Max sabia que o que quer que estivesse acontecendo não era nada bom porque Reka começou a gritar. Max puxou o braço do policial, tentando libertar Ahmed. Atrás dele, ele ouviu a porta abrir e mais alguém entrou na sala, mas ele não se virou com medo de afrouxar a pegada no braço do policial. Ahmed parou de lutar e olhou incrédulo. Por um milésimo de segundo, Max pensou que o pai de Ahmed devia ter entrado na sala, mas então ouviu uma voz familiar, falando em inglês.

— *Mex*, pare. Ahmed precisa ir.

Max se virou. O inspetor Fontaine estava no corredor, deslocado como em um pesadelo. Max apenas o encarou, sem conseguir falar.

Apenas Reka se manteve imperturbável.

— Sinto muito — ela disse em inglês para Fontaine. — Eu não sei quem você é, mas acabei de explicar para eles que não podem levar o Ahmed em custódia. Ele tem um documento de residente da Bélgica.

O inspetor Fontaine sorriu para ela.

— É falso. Acredite em mim, eu sou policial em Bruxelas.

Reka estava olhando para Ahmed agora.

— Mas você se registrou na Bélgica? Quando você chegou?

Ahmed olhou sem esperanças para Max, então para o chão.

A voz de Reka soava mais desesperada.

— Você deve ter aberto um pedido?

— Não — o inspetor Fontaine respondeu por ele. — Ele não abriu. Ele ficou na Bélgica ilegalmente com documentos falsos.

— Ele não é terrorista! — Max interrompeu. — Não importa o que você acha. Você está errado! Ele não machucaria nin...

— Eu sei! — Fontaine resmungou.

Max o olhou em silêncio, surpreso.

— Eu cometi um erro — Fontaine disse rude. — Apesar de que, se Ahmed não tivesse fugido como se fosse culpado, talvez eu pudesse ter descoberto isso antes.

— Então ele pode voltar pra Bélgica com o pai? — Max perguntou, cheio de esperança.

— Absolutamente não! Seu pai deve ficar aqui na Hungria, e é aqui que ele também vai se registrar com as autoridades.

— Mas isso não é justo! — Max gritou.

— O que não é justo, *Mex*, é como você preocupou e assustou a sua família, sem mencionar ter infringido a lei. É hora de eu levá-lo de volta a Bruxelas.

O inspetor Fontaine colocou a mão no ombro de Max, mas Max a chacoalhou e correu para Ahmed.

— Eu não vou te deixar!

Ele jogou seus braços em volta do amigo. Mas Ahmed não podia abraçar Max também – os guardas estavam segurando seus braços.

— Max — ele disse calmo. — Como eles dizem no livro dos soldados? Nós estamos em maior número.

— Em menor número — Max conseguiu falar.

Quando Max se deu conta, estava soluçando. Ele nem ligava que tinha treze anos e que todo mundo estava vendo.

— Por favor — Ahmed piscou e piscou. — Não chore.

Mas isso só fez Max chorar mais forte, com lágrimas desordenadas caindo pelo seu rosto.

A voz de Reka tremeu quando ela falou com os guardas em húngaro. Um segundo depois, eles largaram os braços de Ahmed e ele abraçou Max de volta, bem apertado.

— Max, está tudo bem — Ahmed sussurrou. — Eu ficar bem aqui.

— Eu fracassei com você — Max sussurrou de volta.

— Não, você me trouxe até aqui.

— Para uma prisão!

— Para o meu pai.

Ahmed começou a se afastar, mas Max não se soltava.

— Eu não consigo... — ele disse entre soluços.

Ahmed o olhou direto nos olhos, como se soubesse mais sobre Max do que o próprio Max sabia.

— É só por um tempo. Você cuida das orquídeas, tudo bem?

Então Ahmed soltou Max. Ao mesmo tempo, o inspetor Fontaine puxou Max para longe.

— Venha, *Mex*. Nós temos que pegar um avião em Budapeste. Precisamos ir.

Dessa vez, Max não lutou. Não havia motivo. Ele não conseguiria trazer Ahmed de volta para Bruxelas, para a Escola da Felicidade. Não havia nada que pudesse fazer além de dar um último tchau.

Capítulo cinquenta e nove

Não houve tempo para Ahmed pensar no que havia acabado de acontecer. Tudo que ele sabia é que precisava ser corajoso, pelo menos por Max. Assim que a porta fechou atrás do inspetor Fontaine e de Max, os guardas agarraram seus braços de novo. Reka implorava com eles em húngaro, mas eles meio andavam, meio o arrastavam pela porta que levava para o fundo do centro de detenção.

— Ahmed, eu não posso ir com você, mas nós vamos tentar ajudar! — Reka gritou atrás dele.

Então ele estava no corredor e a voz dela ficou abafada quando a porta bateu para fechar atrás deles.

Os guardas o largaram em uma cadeira.

— Meu pai está aqui? — Ahmed perguntou. — Posso ver meu pai?

— Sem inglês — O maior dos dois guardas respondeu.

— *Français?* — Ahmed perguntou, esperançosamente, mas os homens chacoalharam a cabeça.

Eles tiraram a sua mochila e a revistaram, colocando tudo no chão – suas roupas, *O caso Girassol*, até mesmo seu sanduíche de queijo meio terminado. Então, eles o revistaram procurando por facas e armas e até o fizeram tirar o Mestre dos Mares para poder inspecionar. Um deles tirou uma foto dele e a colocou em um computador. Outro pegou suas digitais. Finalmente, um terceiro homem, magro e com cabelo grisalho, se juntou a eles. Ele sentou atrás de uma mesa e fez perguntas em inglês para Ahmed.

— Nome completo?

— Ahmed Abdullah Nasser. Posso ver meu pai?

— Precisamos fazer a sua ficha antes.

— Mas ele está aqui?

— Idade?

— Catorze.

O homem levantou uma sobrancelha.

— O dentista vai checar seus dentes.

Eles não confiavam nele e o sentimento era mútuo.

— Nacionalidade?

— Sírio.

— Seu passaporte é falso.

— Eu sou sírio.

As perguntas foram assim por um bom tempo. Qual era a sua cidade natal? A rua de sua casa? Como ele havia se separado do pai? Por que havia ido para a Bélgica? O que havia feito lá? Ahmed as respondeu o mais calmo e verdadeiro que pôde, mas depois de um tempo sua cabeça doía e sua garganta estava seca. Eles nem mesmo lhe ofereceram um copo d'água.

E assim, de repente, havia acabado.

Capítulo sessenta

Max olhou pela janela para o avião da Ryanair que parava no portão deles.

— É o nosso — o inspetor Fontaine disse em inglês.

Max não respondeu. Ele não disse nem uma palavra para Fontaine desde que eles saíram de Kiskunhalas, nem na viagem de duas horas de carro para Budapeste, nem enquanto eles esperavam em várias filas no aeroporto. Fontaine tentou – ele lhe ofereceu um sanduíche, uma Coca-Cola, um doce; ele lhe perguntou sobre os escoteiros, a escola. Mas mesmo sua gentileza parecia traição, como se estivesse forçando Max a esquecer Ahmed e aceitar o melhor tratamento que recebia gratuitamente enquanto menino branco. Cada tentativa de Fontaine para ajudar ou confortá-lo deixava Max mais bravo. Era Ahmed quem precisava de perdão e de segundas chances, não ele.

Alguns minutos depois, eles embarcaram no avião e Max pegou o assento da janela que Fontaine lhe indicou. Fontaine sentou ao lado dele no corredor.

— Seus pais vão nos encontrar no Charleroi — ele disse, em francês.

Max havia visto nos monitores que transmitiam a CNN Internacional no terminal que o aeroporto de Bruxelas ainda estava fechado depois dos ataques. Eles iriam de avião para Charleroi, que ficava a uma hora de viagem de carro sentido sul. Max imaginou que Fontaine havia ido para a Hungria pelo Charleroi também.

— Como você nos achou tão rápido? — Max perguntou em inglês. — Claire não sabia onde nós estávamos indo.

Um sorriso surgiu no rosto de Fontaine, apesar de Max não conseguir distinguir se ele estava orgulhoso do seu esforço ou apenas feliz por Max estar finalmente falando com ele.

— Depois de vocês fugirem, eu pedi para a *directrice* me mostrar o documento de identificação de Ahmed. Quando vi, eu sabia que havia apenas um menino que poderia fazer uma identidade de verdade na comuna. Então eu encontrei Oscar.

— Ele te contou?

Fontaine riu.

— Ele disse não ter feito o cartão, nem saber nada sobre isso. Claro, ele estava mentindo.

Max estava feliz por saber que Oscar havia protegido os dois. Como Fontaine parecia mais divertido do que bravo, ele imaginava que Oscar não havia se encrencado muito.

— Demorou um pouco — Fontaine admitiu. — Mas então Madame Pauline mencionou a menina, Farah...

Max enrijeceu. Farah estava no quarto quando Ibrahim falou que o pai de Ahmed estava em Kiskunhalas. Max não havia contado o plano para ela, mas ela podia ter adivinhado facilmente.

— Mas ela também disse que não sabia de nada. Seu pai falou que era muito rígido com ela, que ela não se envolvia em coisas ruins.

Max calmamente soltou a respiração, aliviado por Farah também ter defendido Ahmed. Mas ele se sentia mal por tê-la colocado em uma situação em que precisou mentir, especialmente para a família.

Fontaine encolheu os ombros de leve, como se não acreditasse em Farah ou no pai dela, mas não ligasse muito.

— Naquela tarde, eu olhei o histórico de buscas recentes do computador que Oscar usou na comuna. Eu encontrei uma busca por um endereço de Ibrahim Malaki em Molenbeek...

O avião ganhou velocidade. Os motores rugiram e a cabine vibrou; havia barulho demais para Fontaine continuar. Mas Max já sabia o resto. Fontaine havia falado com Ibrahim e descoberto que o pai de Ahmed estava em Kiskunhalas.

O nariz do avião levantou do chão. Normalmente, Max amava esse momento, quando o avião parecia desafiar a gravidade e escapar do peso da terra. Mas agora ele só conseguia pensar em Ahmed: ele nunca teve a liberdade de voar acima das fronteiras e barreiras. Ele nem mesmo tinha a liberdade de sair do centro de detenção.

Uma mão parecia puxar o avião diretamente para o céu. Campos diminuíram e viraram quadrados verdes, estradas tornaram-se linhas cinzas. Ahmed era um pontinho em um pontinho em um pontinho em algum lugar lá embaixo. Max queria gritar, mas em vez disso ele se virou para Fontaine:

— Como você pôde pensar que Ahmed era terrorista?

Ele queria que Fontaine pedisse desculpas, mas o policial apenas encolheu os ombros.

— Você precisa admitir, ele agia como um. Se escondendo, infringindo a lei…

— Cuidando do jardim do seu avô — Max o olhou firme. — Ele amava o jardim. Assim como você.

— *Mex* — Fontaine disse, gentilmente. — Ele não podia amar igual a mim. É o meu jardim. Eu brinquei lá quando era menino.

— Você me disse — Max disse bravo.

— Eu tenho muitas memórias felizes da minha vida lá: jogar futebol com os meus primos, minha festa de primeira comunhão, a *fête* de verão quando todos os vizinhos vinham e meu avô fazia uma tenda perto das rosas. Minha infância foi pacífica, serena. Mas a dos meus pais não foi…

— Por causa da guerra — Max interrompeu.

Fontaine concordou com a cabeça.

— Você nunca viveu uma guerra, Max. É uma coisa terrível.

Max nem se preocupou em esconder a sua irritação.

— Ahmed me disse.

Mas Fontaine parecia não ter ouvido.

— A Europa estava em ruínas em 1945, mas, quando eu era menino, apenas algumas décadas depois, já havia se reconstruído. Havia unidade, cooperação na Europa Ocidental; mesmo entre países que antes foram inimigos.

— O que isso tem a ver com Ahmed? — Max interrompeu.

— Migrantes são uma ameaça a essa unidade. Você sabe que mais de um milhão deles veio para a Europa no ano passado? Nossa união é jovem, *Mex*, *fragile*. Se for quebrada, toda a Europa pode entrar no caos.

— Mas caos e guerra são exatamente do que Ahmed estava escapando! Se você sabe como era horrível pela sua própria história, não devia desistir de pessoas como ele. Você devia ter compaixão, como Albert Jonnart.

— Jonnart?

— O homem que deu nome à minha rua. Ele salvou um menino judeu durante a guerra. Seu avô deve…

Fontaine olhou para longe.

Max olhou para Fontaine, chocado por isso não ter passado por sua cabeça antes.

— Foi seu avô que o traiu?

Fontaine se virou de novo, com uma careta no rosto.

— Meu avô não fez nada! Ele não era um herói como Jonnart, mas também não era um colaborador.

Mesmo se Max acreditasse nele, ainda não havia nada honrável em não fazer nada.

— Mas você concorda que Jonnart foi um herói porque ajudou um refugiado…

— A situação de Ahmed é diferente…

— Ahmed só queria ir à escola — Max disse. — O que tem de tão perigoso nisso?

Fontaine levantou um dedo.

— Eu não acho que você entenda. Ahmed infringiu a lei ao ficar na Bélgica e você também fez isso o matriculando na escola. A lei é importante, *Mex*. A sociedade não pode funcionar sem ela.

— E se a lei estiver errada?

— E se o coração estiver errado? E se você deixar todas essas pessoas entrarem no nosso país, na nossa casa, e elas acabarem sendo pessoas ruins que querem te machucar e mudar a sua forma de viver? E se elas não valerem o seu sacrifício?

Max queria poder dizer para o inspetor Fontaine que até Ahmed entrar em sua vida, ele não se sentia com muito valor.

Mas, em vez disso, ele falou:

— Você não pode saber o valor de ninguém a não ser que dê uma chance para eles.

— Ah, ser jovem — Fontaine disse. Ele chacoalhou a cabeça. — Se anime, *Mex*. Ahmed está com o pai dele, no seu lugar.

Max podia agradecer a Fontaine por isso. Porém, havia mais uma coisa de que ele estava certo: o lugar de Ahmed era na escola, não em uma prisão.

Capítulo sessenta e um

— Os guardas vão te levar de volta — o interrogador de Ahmed disse, indicando que ele devia se levantar.

A respiração de Ahmed se acelerou. Ele mal havia percebido os guardas o metendo por outra porta até o ar frio bater nele e ele se dar conta de que estava do lado de fora de novo. Eles o guiaram para outro prédio e por um longo corredor até chegarem a uma porta aberta. Então apontaram para Ahmed entrar.

O quarto estava vazio, sem nada nas paredes e sem móveis, a não ser por duas beliches. As janelas eram estreitas e barradas, mas mesmo com pouca luz Ahmed podia ver uma figura encolhida na cama de baixo, lendo.

— Baba?

O livro caiu das mãos do homem e ele se levantou rapidamente. Ahmed o encarou. Ele estava mais magro, mais grisalho, mais baixo (mas ele não poderia estar menor, Ahmed percebeu, era ele que havia crescido!). Havia uma cicatriz no pescoço de seu pai que não estava lá antes. Mas seus olhos eram os mesmos, seu peito largo, seu sorriso.

— Ahmed!

Não era um sonho ou uma fantasia inútil. Seu pai estava aqui agora, correndo até ele naquele momento e naquele lugar. Seus braços fortes estavam em volta dele, apertando seus ombros, seus braços, como para conferir se ele realmente estava lá também. Então, os lábios de seu pai se pressionaram contra a sua bochecha, sua testa, seus lábios.

— Meu filho — ele ficou repetindo em árabe.

Seu pai estava rindo e chorando, e Ahmed se sentia da mesma forma, tudo misturado entre alegria e tristeza.

— Baba — ele disse entre soluços. — Eu pensei que tinha te perdido pra sempre.

Seu pai colocou o queixo de Ahmed em suas mãos e sorriu.

— Calma, minha alma, foi apenas por um momento.

Ahmed fechou os olhos, relaxando a cabeça contra o ombro do pai. Como se Baba houvesse proferido um feitiço, Ahmed sentia o tempo voltar – suas lembranças correndo de trás para a frente, passando pela Europa e pela terrível noite no mar, pela Turquia e a bomba, e até chegar à terra e às flores e aos botões do viveiro de plantas de seu avô, à sua mãe cantando baixinho "*Rima tnam*" para Nouri dormindo, a Jasmine rindo enquanto brincava de *hajla*, a seu pai que o cumprimentava depois da escola com um beijo.

— Não chore, Ahmed.

Ele era um menino pequeno e um viajante ancião. Tinha quatro anos de idade e tinha catorze. Ele havia arranhado o joelho. Havia furado o dedo em uma rosa. Ele havia ouvido um barulho à noite. Mais nada. Estava seguro agora.

Ahmed tirou o Mestre dos Mares, tentando devolvê-lo ao pai, mas Baba o prendeu de novo em seu pulso.

— Fique com ele. É seu.

Os versos do antigo poeta sufi ecoaram na mente de Ahmed: *Por que você me ensina a amar/ Então me deixa quando meu coração se torna parte sua?*

Agora ele sabia a resposta.

Para eu poder saber o quanto eu te amo.

Capítulo sessenta e dois

Com um barulho alto, o sinal do cinto de segurança apagou. Passageiros saíram de seus lugares, tiraram malas do bagageiro. Porém Max apenas olhou pela janela e para as nuvens com cor de hematomas. Não era esse o plano. Ele não devia voltar para a Bélgica sem Ahmed.

O telefone de Fontaine vibrou quando ele o tirou do modo avião. Ele se virou para Max.

— Seus pais estão no desembarque.

O estômago de Max se revirou. Ele não se sentia pronto para lidar com eles. Aquilo era muito pior do que o braço quebrado da criança maluca do nono ano. Ele havia mentido, roubado, falsificado documentos, fugido, quebrado inúmeras regras e leis. Tentou imaginar o que eles poderiam fazer. Colocá-lo de castigo até ele fazer dezoito anos? Mandá-lo para um daqueles programas para crianças más onde elas precisam sobreviver de orvalho e frutinhas? *Pelo menos*, ele pensou amargo, *eu aprendi algumas dicas nos* escuteiros.

Os passageiros que entupiam o corredor foram para a frente. Fontaine se levantou.

— Venha, *Mex*. Eles estão te esperando.

Não havia mais nada a fazer a não ser terminar com aquilo. Max colocou a mochila no ombro e seguiu Fontaine.

O terminal estava cheio de viajantes cujos voos haviam sido transferidos de Bruxelas. Eles esperavam com expressões sérias na frente das filas de embarque ou em longas filas de agências de passagens. Policiais e soldados com rifles andavam pela multidão. Todos estavam claramente nervosos com a possibilidade de que pudesse haver outro ataque terrorista, no entanto Max só conseguia pensar em seus pais. Esperava que eles gritassem e brigassem, falassem e chorassem de desespero quanto ao desastre que ele era. Ele respirou fundo, então seguiu Fontaine por uma porta de segurança até o desembarque.

Ele os viu imediatamente, com os pescoços enfiados na porta de segurança. Mas assim que eles o viram, fizeram a única coisa que ele não esperava: correram e o abraçaram.

Max fez algo que ele também não esperava fazer: ele os abraçou de volta.

Sua mãe começou a chorar, mas o que surpreendeu Max ainda mais foram os espasmos rítmicos dos ombros de seu pai. Ele nunca havia visto seu pai chorar.

— Está tudo bem — Max disse, piscando para evitar as suas próprias lágrimas. — Eu estou em casa.

Seu pai o apertou mais forte. Max imaginou o pai de Ahmed fazendo o mesmo e pela primeira vez desde que deixou Ahmed, se sentiu como se não tivesse fracassado completamente com ele.

Os ombros de seu pai pararam de se mexer e quando Max finalmente olhou em volta, percebeu que Fontaine havia saído. Então algo mais importante lhe ocorreu.

— Onde está Claire?

Sua mãe enxugou os olhos.

— Em casa.

Covarde, Max pensou. Ela não conseguia nem olhar para ele. Mas ele estava feliz por ela não ter vindo.

Sua mãe tocou seu queixo, encostando seu rosto no dela. Seus olhos estavam injetados, com sombras fundas por baixo. Max percebeu que ela provavelmente não havia dormido desde que ele saiu.

— Max, você sabe quanto nós amamos você?

Ele queria dizer: "Agora eu sei". Mas em vez disso apenas baixou a cabeça.

— Eu sinto muito. Mas eu precisava ajudar Ahmed...

Seu pai segurou sua mão.

— Você está bem encrencado, Max. Você traiu a nossa confiança e a de outras pessoas também…

— Eu sei — Max murmurou. Não havia motivo para negar isso.

— Mas nós estamos orgulhosos de você.

Max apertou os olhos, ele com certeza não havia ouvido seu pai direito.

— Vocês *estão?*

— Você fez algo que a maioria das pessoas não faz. Você se colocou em risco por outra pessoa.

Max sentiu suas bochechas queimarem pelo elogio de seu pai.

— Então vocês não estão bravos?

Seu pai riu alto.

— Eu não disse isso. Você está de castigo pelo resto do ano. E se você fizer qualquer coisa assim de novo, sua mãe e eu vamos…

— Me matar? — Max ofereceu.

— Dar todos os seus eletrônicos para Claire — a mãe disse.

Max deu um resmungo melodramático.

— Seria mais bondade me matar.

Seu pai sorriu.

— Eu sei. Mas o mundo precisa de uma criança como você.

Capítulo sessenta e três

Nos seus primeiros três dias em Kiskunhalas, Ahmed mal percebeu onde estava. Tudo que importava era que seu pai estava com ele. Se havia guardas, paredes e arame farpado, ele não se importava. Havia tanto para falar, tantas histórias para contar. Durante a noite, Ahmed saía da sua própria cama para dormir com Baba na dele. Seu pai lhe dava espaço sem reclamar, pondo seus braços ao redor dele.

— Duas vezes, eu esperei nove meses por você — ele sussurrou em árabe. — A primeira vez para você nascer, e a segunda para você me encontrar. Nas duas vezes você me deu grande orgulho e felicidade.

Então sua mão dura limpou as lágrimas de Ahmed.

— Calma, minha alma.

— Eu queria que eles pudessem voltar também. — Ahmed disse.

Ele não precisava dizer quem "eles" eram. Seu pai sabia. Essa era a língua não dita da família. Baba apenas o apertou mais forte.

No terceiro dia, depois de um dentista verificar a idade de Ahmed, um supervisor os transferiu para o alojamento das famílias. Lentamente, o mundo em volta de Ahmed entrou em foco. As outras famílias detidas com eles eram de uma variedade de países – Afeganistão, Síria, Iraque, Eritreia, Kosovo, Nigéria, Paquistão, Somália. Os poucos com quem Ahmed conseguia se comunicar não pareciam entender o motivo de estarem presos. Eles oravam em um ginásio fechado e compartilhavam duas refeições quentes por dia na cafeteria – café da manhã e almoço consistiam mais de arroz, batatas ou pão e um pequeno pedaço de fruta ou vegetais. Os guardas distribuíam um jantar frio, normalmente cheio de peixe em lata ou bolachas, no final da tarde. À noite, eles trancavam todo mundo nos quartos, xingando se alguém era muito lento para voltar dos banheiros sujos do lado de fora.

Mas os guardas não eram o maior problema. Enquanto Ahmed gastava seu suprimento de histórias, ele percebeu que o real perigo de Kiskunhalas era o tédio. Havia apenas uma única televisãozinha para duzentas pessoas. As duas mesas de pingue-pongue estavam sempre sendo usadas, e os únicos livros que Ahmed conseguiu achar estavam em húngaro (os guardas nunca devolveram o conteúdo da sua mochila). Um caminhão de uma ONG católica jovem provia acesso de internet oito horas por dia, mas as filas para usar os computadores eram tão longas que Ahmed mal conseguia escrever algumas frases para Max antes de terminar sua vez. Não havia telefone.

Todo dia, eles eram mandados para fora em um pátio de cascalho por uma hora. Havia um parquinho para as crianças menores e um supino e algumas outras máquinas de exercício. Mas não havia nem mesmo uma bola de futebol para chutar, e apenas uma pequena marquise para protegê-los quando chovia. Normalmente, Ahmed e seu pai apenas passavam seu tempo lavando suas roupas em um balde de plástico já que parecia não haver qualquer máquina de lavar. Eles as secavam nas barras das janelas do quarto.

— Não se preocupe — seu pai disse. — Eles vão nos deixar sair logo. Você precisa ter fé.

Ahmed começou a entender o preço do cativeiro e da insegurança: as mulheres que reclamavam todo dia de dor de cabeça; os homens que fumavam como chaminés por horas a fio; as crianças pequenas que se agarravam às mães, rabugentas e reclamonas, as mais velhas com olhos vermelhos de muitas horas de televisão. Ele dormia mais intermitentemente, mesmo com o pai ao seu lado, e acordava nervoso para respirar. Mas ele ainda tentava se manter otimista. Especialmente nas suas mensagens para Max:

Eu não tenho muito tempo no computador então te digo que está tudo bom.

Meu pai e eu estamos muito felizes juntos. Tem muito tempo para descansar e conversar. Eu ensino algumas palavras de francês para ele. Seu amigo, Ahmed / Nabil Fawzi.

Capítulo sessenta e quatro

Em uma manhã de segunda-feira, dia onze de abril, Max deu tchau para os pais e se enfiou no mar de crianças que passavam pelo corredor da Escola da Felicidade. Apenas duas semanas e meia haviam se passado desde a última vez em que ele pisou no pátio, mas parecia muito mais. Durante as férias de Páscoa, as árvores haviam aberto um dossel de folhas novas, e os passarinhos aumentaram o volume de seu canto. Havia até mesmo o sol brilhando e um céu que parecia impossivelmente azul, talvez, Max pensou, porque ele não estava acostumado a ver o céu sem seu véu de nuvens. O dia estava tão perto de ser perfeito. Apenas...

— Max!

Uma bola de futebol voou na direção dele. Ele desviou exatamente na hora.

Oscar correu para ele sorrindo.

Max empurrou o ombro de Oscar.

— Também senti saudades — ele disse em francês.

— Sinto falta de Ahmed. Ele teria parado essa bola.

— Obrigado — Max disse, fingindo estar ofendido.

— Pelo menos ele encontrou o pai. Você sabe, eu sempre tive essa fantasia maluca... — ele olhou para baixo e respirou fundo.

— Sobre seu pai?

Oscar falava tão baixo que Max mal podia ouvi-lo.

— Que ele anda por aí em algum lugar.

— Isso não é maluco — Max disse. — Só quer dizer que você sente falta dele.

Oscar não falou nada. Ele apenas concordou.

— Como foi com Madame Bertrand?

Max e seus pais se encontraram com a *directrice* no dia seguinte à sua volta para Bruxelas.

— Tudo bem. Ela disse que poderia me expulsar, que eu quebrei praticamente todas as regras da escola, mas que eu não tinha realmente contrariado o espírito das regras, e que então ela ia me deixar ficar. Meus pais não entenderam nada que ela falou a não ser que ela ia me deixar ficar.

— Você é sortudo. Minha mãe entendeu tudo. Eu vou precisar ficar longe dos meus eletrônicos até...

Max sorriu.

— Semana que vem?

Os olhos de Oscar se estreitaram maliciosamente.

— Mais ou menos isso.

— Pelo menos Farah não teve problemas.

— Você quer dizer na escola...

Max olhou para ele.

— Mas Fontaine disse que o pai dela não acreditou nele!

Oscar resmungou.

— O cara não é idiota.

— Nós trocamos mensagens. Ela não me contou...

Oscar encolheu os ombros, então virou a cabeça.

— Sua namorada está chegando. Fale com ela.

Max se virou e viu Farah correndo na direção dele.

— Ela não é minha namorada — ele murmurou, mas podia sentir seu coração batendo mais forte.

Seus olhos grandes estavam ansiosamente fixados nele por trás dos óculos.

— Como Ahmed está?

Ela não parecia brava. Porém Max ainda sabia o que queria dizer.

— Sinto muito por te dar problemas com o seu pai.

A testa de Farah ficou enrugada.

— *Você* não me deu problemas.

— Claire sim — Oscar adicionou.

— Eu ainda não estou falando com ela — Max disse. — Mas é minha culpa também. Fui eu que te convenci…

Farah levantou sua mão no ar como se estivesse espantando uma mosca.

— Eu *me* dei problemas, e você sabe o que mais? Eu não ligo. Tem gente que vale a pena.

Max teve vontade de dar um abraço nela, mas sabia que Oscar nunca ia largar do seu pé, então apenas sorriu.

— Obrigado, Farah.

— Como Ahmed está?

— Ele está bem, eu acho.

Porém Max conhecia Ahmed bem o suficiente para saber que as mensagens que estava mandando eram apenas para tranquilizá-lo, não para revelar a verdade da sua vida em Kiskunhalas. Max havia respondido com suas próprias notícias otimistas.

Meu pai e eu cuidamos do jardim durante o feriado.
Ele e minha mãe prometeram ligar para você. Eu estou
cuidando das orquídeas (não se preocupe, eu não estou
deixando minha mãe chegar perto delas). Tem mais botões,
e eles parecem que vão florescer logo – talvez quando você voltar?

— Alguma novidade da Reka? — Farah perguntou.

— Ela falou que eles podem deter famílias com crianças apenas por trinta dias — Max disse.

— E depois?

— Eu não sei — Max admitiu. — Mas pelo menos eles não vão estar na prisão.

O sinal tocou e as crianças começaram a pegar as mochilas e ir para dentro, mas Oscar não se mexeu.

— Então, Mente Criminosa, qual é o plano? — ele perguntou.

Max percebeu que os dois estavam olhando para ele, o esperando dizer o que fazer. Seus amigos de Washington nunca o olharam assim. Ele estava com vontade de inventar alguma ideia maluca apenas para eles não ficarem desapontados. Mas isso também não parecia certo. Boas ideias, assim como orquídeas, demandam tempo, paciência. Ele precisava também dar uma chance para os adultos ajudarem Ahmed.

— Vamos esperar.

Oscar fez uma careta, mas não protestou. Max entendia como ele se sentia. O velho Max não teria sido capaz de esperar também.

— Não é a mesma coisa que desistir — Max olhou firme para eles. — Nós não vamos desistir.

Mas era difícil não sentir como se Ahmed houvesse ido embora para sempre, especialmente mais tarde naquela manhã, quando Max percebeu um desenho preso na parede da sala de Madame Legrand. Era uma imagem do jardim atrás da casa de Max, e a assinatura de Ahmed estava no canto. Havia flores vivas por todo lugar – rosas, forsítias, íris, azaleias e outras cujos nomes Max não sabia de cor, e que ele imaginou que nem mesmo eram nativas da Bélgica, mas em vez disso, como as orquídeas que Ahmed salvou, vinham de cantos mais distantes da terra. Parecia para Max que Ahmed tivesse desenhado o jardim não como era quando ele vivia na adega, mas da forma como imaginava que poderia ficar com carinho e afeto.

Madame Legrand prendeu o desenho no mapa-múndi, e a justaposição entre a terra inteira e vasta – com todo seu medo e violência – e a paz do mundo de miniatura do jardim fez Max sentir mais saudade de Ahmed do que de qualquer outra coisa.

Uma sombra caiu sobre ele. Ele olhou para cima e viu Madame Legrand. Esperava que ela dissesse para ele manter os olhos na sua tarefa, mas em vez disso ela apertou seus ombros como se entendesse.

Capítulo sessenta e cinco

No vigésimo nono dia, um dos supervisores convocou Ahmed e seu pai para o escritório principal, onde eles encontraram Reka esperando por eles com uma pasta grossa.

Seu pai falou em inglês pelos dois.

— Srta. Reka, nós estamos tão felizes em vê-la!

Mas Ahmed percebeu que a sobrancelha dela estava enrugada de raiva.

— Estou tentando entrar pra ver vocês há semanas! Eu sinto muito mesmo que tenha demorado tanto tempo…

Ahmed a interrompeu.

— Max me escreveu dizendo que eles têm que nos liberar logo.

Reka suspirou.

— Ele está certo quanto a isso. Mas por isso eles vão deportá-los de novo para a Grécia. Não existe nenhum meio legal de levar vocês para a Bélgica ou nem mesmo para a Alemanha. Esses países não estão mais aceitando refugiados no momento, a não ser pela Turquia.

Ahmed imaginou pegar um barco lotado de volta para Izmir – depois de tudo que havia passado ele não podia suportar a ideia de simplesmente voltar para trás. Ele se mexeu na cadeira.

— Então nós precisamos voltar para a Turquia para ter uma chance de voltar para a Europa? — seu pai perguntou.

— As condições nos campos da Grécia estão muito ruins agora porque toda a migração sentido norte parou. Mas, se vocês aceitarem ficar na Grécia por um tempo, meus contatos lá vão ver o que podem fazer.

— Obrigado — seu pai disse.

Ele deu tapinhas na mão de Ahmed como se fossem boas notícias. Mas Ahmed não seria enganado. A vida só lhes dava más alternativas.

Ele olhou para Reka.

— Você explicou isso para o Max?

Reka acenou que sim.

— Ele ainda está tentando achar um jeito de te levar de novo para a Bélgica.

Apesar de tudo, Ahmed se sentiu sorrir.

— Claro.

Ahmed imaginou que Max provavelmente estava pensando em Albert Jonnart, tentando imaginar se havia alguma outra lição na sua história que eles pudessem aplicar à deles. Mas a história de Jonnart não havia terminado exatamente bem. Ele havia morrido em um cativeiro, longe da Bélgica; setenta anos depois, e sua história estava esquecida. Teria valido a pena? Ele havia salvado um único menino, uma vida. E quem sabia o que havia acontecido com Ralph depois da guerra, quantos anos ele havia vivido sozinho ou se sua vida havia sido feliz?

Ahmed agradeceu a Reka, então seguiu seu pai e o supervisor de volta para o quarto.

— Não se preocupe — seu pai disse em árabe. — Pelo menos nós estamos juntos.

Ahmed forçou um sorriso. Quão poderosa era, no fundo, uma única história? Poderosa o suficiente para reunir pai e filho, mas não poderosa o suficiente, parecia, para mudar seus destinos. Uma história não poderia mudar o mundo, assim como uma pessoa não poderia. Mas duas…

Ahmed prendeu a respiração. Ele saiu de perto de seu pai, correndo até a unidade de internet móvel.

— O que foi? — seu pai gritou atrás dele.

— Eu preciso escrever para o Max.

Capítulo sessenta e seis

Max estava sentado no balcão da cozinha comendo um lanche depois da aula, baguete com salsichas, quando uma mensagem de Ahmed apareceu no seu telefone.

— Max, pronto para a *dictée*? — Madame Pauline falou da sala de jantar.

Max olhou além dela, para as flores brancas das orquídeas que brotaram no peitoril da janela da sala de estar. Elas o faziam lembrar Ahmed e a resiliência que Ahmed havia ensinado para Max.

— Eu consigo fazer sozinho.

Madame Pauline não discutiu. Eles tinham chegado a um acordo desde que Max havia voltado: Madame Pauline não falava mais sobre Ahmed – ou muçulmanos em geral – na frente dele, e apesar de ficar com seus olhos de águia em Max (provavelmente por ordens de seus pais), ela não mandava mais tanto nele. Parecia perceber que agora ele se importava com a escola e podia se concentrar sozinho.

Max foi para o seu quarto, deitou em sua cama e abriu a mensagem de Ahmed. Não era muito longa, mas logo de cara era diferente das outras. Assim que terminou de ler, Max correu para a sua mesa, abriu o computador e fez umas buscas no Google. Então, ele abriu um novo documento no Word e começou a digitar.

Ele mal estava percebendo o tempo passar enquanto escrevia e deletava, pesando cada palavra. Só quando ouviu uma batida na porta foi que ele olhou para o telefone e percebeu que já passava das cinco e meia.

— O quê?

Claire empurrou a porta para abri-la.

Max se virou e fechou o computador para ela não poder espiar.

— O que você quer? — ele perguntou sem olhar para ela.

— Olhe, a gente não pode ficar assim para sempre...

— Eu posso. Você me traiu.

— Você pode virar para mim, Max? Olhe para mim só um segundo.

Max olhou para ela, então se virou de novo.

— Isso foi um segundo — ele murmurou. Sabia que estava sendo infantil, mas não ligava.

— Eu sinto muito, Max, tudo bem? Eu só estava tentando te proteger, manter a nossa família segura.

— Do quê?

— Eu não sei.

A voz dela parecia apertada, como se ela fosse chorar. Max olhou de novo, seus olhos estavam injetados, como se ela não estivesse dormindo bem.

— Eu só estava... com medo. Todas essas coisas malucas que eu não conseguia controlar estavam acontecendo e a ideia de perder a mãe ou o pai... ou você...

Max revirou os olhos da forma como ela sempre fez com ele.

— Como se você se importasse comigo.

— Quando você fugiu... — ela chacoalhou a cabeça. — Todo mundo ficou tão assustado...

— Eu precisava ajudar Ahmed.

Ela não parecia estar ouvindo.

— Eu fiquei pensando no que podia acontecer com você. Você é meu irmão mais novo.

Max sentiu um nó se formar em sua garganta. Mas não iria deixá-la ganhar tão fácil. As pessoas justificam fazer coisas bem ruins em nome de proteger a sua própria família. O vizinho que traiu Albert Jonnart provavelmente pensou que estaria mantendo a sua família a salvo quando ajudou os nazistas.

— Você não precisava ter ficado com medo do Ahmed.

— Eu fiz besteira, tá?

Ela se virou para ir embora, Max a viu puxar a porta para abrir e começar a sair. Ele percebeu que ela nunca havia pedido desculpas para ele, por qualquer coisa. Mas ele precisava admitir que ela estava tentando.

— Espera — ele disse.

Ela se virou tão rápido que ele pôde sentir seu alívio.

— Eu preciso da sua ajuda.

— Com o quê? — ela perguntou avidamente.

— Preciso que você leia uma carta. Me diz se está boa. — Ele acenou e a empurrou levemente em sua cadeira. — Leia.

A carta precisava ser boa, a melhor história – ou histórias – que ele havia contado. Mas o rosto de sua irmã estava branco, sem se mover a não ser pelos olhos azuis que piscavam enquanto desciam pela página. Max tentou não distraí-la. Ele andou de um lado para outro até, depois do que pareceu uma eternidade, ela se virar.

— Está muito ruim, né? — ele falou. — É por isso que eu te perguntei. Você é muito melhor nisso.

— Max…

— Você pode mudar o que quiser. Quer dizer, talvez eu devesse ter começado com Ahmed, não com Albert Jonnart e Ralph, mas eles foram a nossa inspiração e as nossas histórias caminham juntas, eles têm força juntos…

— Max!

Lá vinham as críticas. Mas ele aceitou porque se aprendeu alguma coisa nos últimos nove meses, era que ninguém podia ser um herói sozinho. Ele nunca poderia ter ajudado Ahmed a encontrar seu pai sem Farah, Oscar e Reka. De algum jeito esquisito, ele estava grato até a Madame Pauline por ter lhe contado a história de Albert Jonnart e ao inspetor Fontaine por fazer Ahmed fugir para eles poderem descobrir que seu pai ainda estava vivo. Mas o herói de verdade era Ahmed: ele mesmo havia tido a ideia de escrever uma carta para a organização de ajuda aos judeus e pedir auxílio. Agora Max precisava que Claire o ajudasse a fazer a sua parte.

— O quê?

Claire leu a primeira frase em voz alta:

— "Eu estou escrevendo para vocês a respeito de duas pessoas, Ahmed Nasser e Albert Jonnart, cujas histórias mudaram minha vida."

Ele havia incluído o que Madame Pauline lhe contou sobre a vida de Jonnart, então adicionou os detalhes que havia encontrado em suas buscas em francês no Google, em jornais e arquivos: como Jonnart havia continuado a ajudar seus colegas da resistência mesmo na prisão – em uma das suas cartas para sua esposa, Simone, ele escreveu: "*Je ferai mon devoir jusqu'au bout*", "Eu vou cumprir meu dever até o final". Como depois da guerra a família de Jonnart continuou a viver na quadra ao lado da família que os traiu. Max não incluiu o nome da família, mas percebeu que não era Fontaine. Como Ralph, cujos pais foram assassinados em Auschwitz, havia se mudado para o Canadá, então voltado para Bruxelas; sobre como ele se casou, mas nunca teve filhos. Como todo ano até a morte de Madame Jonnart, em 1985, ele enviava flores para ela no aniversário da morte de Albert. Como depois da morte de Ralph, em 1998, aos setenta e quatro anos, a família Jonnart recebeu um cartão: "Para todos aqueles que suavizaram minha existência com seus sentimentos, eu dirijo um último obrigado e um último adeus".

Então, Max escreveu a história de Ahmed – a história de um menino que morou em uma adega de vinhos, que salvou orquídeas, que apenas queria ir para a escola.

— "Eu tentei suavizar a existência de Ahmed, mas foi ele quem realmente suavizou a minha. Eu disse obrigado. Mas nenhum de nós realmente teve a chance de dizer adeus."

As bochechas de Max queimaram.

— É demais, não é?

Claire empurrou sua cadeira e ficou de pé na frente dele.

— Não, Max. É perfeita.

Capítulo sessenta e sete

Trinta dias viraram quarenta. Quarenta viraram cinquenta. Famílias saíram. Abril virou maio. E ainda ninguém veio liberar Ahmed e seu pai de Kiskunhalas.

— Reka disse que tem um atraso nos nossos documentos — seu pai avisou depois de falar com ela brevemente. — Mas talvez seja melhor aqui do que na Grécia. Você precisa ter fé nos planos de Alá.

Ahmed teria que tentar; ele havia perdido a fé no seu próprio plano. Que organização judaica iria realmente querer ajudar um menino muçulmano? Eles provavelmente apenas se ressentiram da comparação entre a sua situação difícil e a de Ralph. Pessoas viviam comparando seu sofrimento ao dos outros, em vez de usá-lo para formar laços. Ele escreveu para Max: "Não funcionou".

"Seja paciente", Max escreveu de volta. Mas o fato de Max não ter escrito mais nada fez Ahmed perder mais ainda a esperança.

A única árvore do pátio tinha se coberto de folhas, pintando o chão do pátio com a sua sombra. Uma hora do lado de fora já não era mais suficiente; Ahmed se sentia com inveja dos passarinhos que voavam pela cerca, da roupa que ficava pendurada do lado de fora das janelas com barras, voando na brisa. Ele aprendeu algumas frases de húngaro, e, uma tarde, um dos guardas que admirava seus esforços lhe trouxe uma bola de futebol. Ahmed a chutou o mais forte que pôde contra a cerca, tentando abrir barreira à força. Mas a cerca ficou intacta e um dia o guarda tirou a bola dele e a entregou para umas crianças menores. Depois disso, Ahmed ficou apenas sentado embaixo da árvore, imaginando sua vida de volta na Escola da Felicidade – pulando o muro do jardim, Madame Legrand elogiando sua *dictée*, jogando futebol com Oscar e Max.

Uma manhã no fim de maio, enquanto estava deitado contra o tronco da árvore, afundado em uma dessas lembranças, ele ouviu a voz de seu pai.

— Ahmed, levante, levante! Eu tenho notícias!

Ahmed se levantou em um pulo. Seu pai estava correndo na direção dele pelo pátio, chacoalhando um pedaço de papel.

— O que foi?

— Nossa petição foi aprovada! Nós estamos indo!

— Para a Grécia?

— Não, minha alma. — Seu pai colocou os braços em volta dele e lhe deu um beijo. — Para os Estados Unidos!

— Mas... como?

Com uma mão tremendo, seu pai lhe mostrou o pedaço de papel. Era uma carta da Associação Judaica de Ajuda a Imigrantes de Silver Spring, em Maryland.

— Reka me disse hoje cedo que eles souberam de você e estavam tentando nos ajudar. Mas os Estados Unidos só vão aceitar dez mil sírios. Tem até mesmo um candidato a presidente que quer banir todos os imigrantes muçulmanos. Por isso eu não quis dizer nada até termos certeza.

Ahmed se reclinou contra a árvore. Seu pai estava com lágrimas nos olhos, mas Ahmed queria chorar por outro motivo. Ele não voltaria para a Bélgica. A Escola da Felicidade ficaria para trás. Ele nunca mais seria um aluno de lá de novo.

Então, ele lembrou: em apenas mais alguns meses, Max voltaria para os Estados Unidos.

— Onde?

Seu pai apontou para o último parágrafo da carta.

— Charlottesville, na Virgínia. É uma cidade três horas ao sul de Washington, D.C.

— É onde Max mora!

Ahmed respirou fundo, afastando a ponta de tristeza. Desafios enormes o esperavam – um novo país, uma nova cultura, uma nova escola. Ahmed sabia que não seria fácil. Mas seu pai e Max estariam por perto.

— Baba, estou sentindo de novo.

— O quê, minha alma?

Ahmed tocou o ombro do pai da mesma forma que seu pai uma vez tocou o seu na noite sem luz no mar quando imaginou que eles nunca encontrariam a praia, quem diria uma casa.

— Esperança.

Uma conversa com Katherine Marsh

1. Menino de lugar nenhum *junta a história de dois meninos, Ahmed e Max, que se encontraram longe de casa. Qual foi a sua inspiração?*
Em julho de 2015 eu me mudei de Washington, D.C., para Bruxelas, na Bélgica, para que meu marido, um repórter jornalístico, pudesse cobrir a segurança europeia. Nós nos mudamos para uma bela casa antiga com um jardim murado na – adivinhe! – Avenida Albert Jonnart. Uma placa no fim da quadra contava uma breve história da vida de Jonnart: como ele havia escondido um adolescente judeu na sua casa durante a ocupação alemã da Segunda Guerra Mundial e como seu ato de resistência custou a sua vida. Eu pensei na história de Jonnart quando descobri uma adega no porão de nossa nova casa. Parecia o lugar perfeito para esconder alguém.

2. *Como a sua experiência como imigrante americana alterou a sua perspectiva quando você escreveu* Menino de lugar nenhum?
A história se passa na nossa rua e na nossa casa, assim como em uma versão ficcional da minha escola de infância. Quando eles começaram na escola, meus filhos falavam apenas algumas palavras de francês e eram os únicos falantes de inglês na sala deles; como Max, meu filho precisou batalhar com uma caneta tinteiro e a *dictée* semanal. Eu, enquanto isso, precisei montar um quebra-cabeça de notícias escolares confusas e instruções da comuna usando um francês enferrujado do ensino médio. Lidar com a vida cotidiana como uma estrangeira era exaustivo e estressante, mesmo para uma família com vantagens consideráveis, como a minha. Me deu uma noção

muito grande de compaixão não apenas pelos meus três avós imigrantes, mas pelos milhões de refugiados que chegaram à Europa, no último ano, com muito menos.

3. *Como você viveu a crise dos refugiados na Bélgica e como isso moldou o livro?*
Em Bruxelas, o símbolo mais visível da crise dos refugiados era o Parc Maximilien. Como muitos outros, eu me sentia muito envergonhada que homens, mulheres e crianças estivessem dormindo em tendas no meio da cidade. De longe os refugiados mais vulneráveis eram os menores desacompanhados: jovens com menos de dezoito – em sua maioria meninos –, como Ahmed. Muitos desses jovens estavam traumatizados pela guerra ou pela violência e haviam perdido anos de sua educação. Dos dois mil seiscentos e cinquenta que se inscreveram para pedir asilo na Bélgica em 2015, quinze por cento tinha *menos* de catorze anos de idade.

Mas havia uma história inspiradora também: o Parc Maximilien estava sendo totalmente gerenciado por voluntários – incluindo vários dos meus vizinhos e amigos, que se entregaram generosamente e sem preconceito. O espírito de Albert Jonnart estava claramente vivo. No entanto, quando a ideia para este livro começou a se formar, eu percebi que ele também estava em risco. Nem todos na Europa, ou nos Estados Unidos, que fique bem claro, estavam felizes quanto ao fluxo de, na maioria, refugiados muçulmanos. O perigo apenas aumentou com os ataques terroristas do Estado Islâmico em Paris, Bruxelas, Nice e outras cidades.

4. *Por que você decidiu trabalhar esses eventos reais em* Menino de lugar nenhum*?*
Senti que era importante descrever o medo que as pessoas estavam sentindo. Durante o ataque de Bruxelas, eu corri para a escola dos meus filhos, como a mãe de Max, e os busquei. Nas semanas que se seguiram, eu pensei muito sobre o meu medo de que algo pudesse acontecer comigo ou com as pessoas que eu amava e como era fácil

deixar o medo distorcer percepções e fatos. Decidi colocar essa luta no livro e tentar fazer isso de uma maneira honesta – não apenas por meio dos exemplos de personagens como Madame Pauline, que se recusava a lidar com o medo, mas também por meio de exemplos de personagens como Max, que lidaram com isso.

5. ***Obviamente, você tinha muita experiência pessoal para guiar a perspectiva de Max. Mas como você criou a história de Ahmed?***
Ao imaginar a vida de Ahmed, eu fui ajudada enormemente por várias famílias e indivíduos da Síria, especialmente de Alepo, que generosamente compartilharam suas lembranças – tanto de Alepo como de refugiados – e responderam às minhas perguntas sem-fim. Eu também tenho sorte de viver em uma era de ótimo jornalismo e usei detalhes de páginas de notícias, blogs e boletins de agências não governamentais. Entrevistei repórteres, voluntários, advogados de refugiados, membros da comunidade muçulmana de Bruxelas e um menor desacompanhado. Cada experiência individual é única, mas eu tentei capturar algo de uma verdade emocional maior.

6. ***Enquanto Max aprende mais sobre Albert Jonnart e Ralph Mayer, ele percebe alguns paralelos fortes entre o tratamento dos judeus durante a Segunda Guerra Mundial e o dos refugiados sírios de atualmente. O que você espera que os leitores levem deste livro?***
Uma das experiências pelas quais eu mais tenho carinho no que se refere a este livro foi ter conhecido Bénédicte Jonnart, a neta de Albert Jonnart. Vários anos atrás, Bénédicte ouviu falar do termo Justo Entre as Nações, uma designação especial do Estado de Israel para homenagear não judeus que arriscaram a vida para salvar judeus durante o holocausto. Imediatamente, ela pensou no seu avô. Para ele ser elegível, Bénédicte precisava ter provas, então se tornou a historiadora não oficial da família – coletando cartas entre Albert e sua esposa, Simone Deploige; conduzindo entrevistas com membros de famílias de sobreviventes; até mesmo encontrando uma ação judicial confidencial do pós-guerra contra o vizinho que traiu Jonnart,

que incluiu o testemunho de Ralph em primeira mão. Como resultado de seus esforços, em 2013, tanto Albert quanto Simone foram designados Justos Entre as Nações, e seus nomes estão em um muro no jardim dos Justos em Jerusalém.

É impossível incluir todos os detalhes incríveis da história que Bénédicte compartilhou comigo. Mas cada detalhe incluído neste livro – inclusive a fuga de Ralph pelos telhados – é verdadeiro. Colette Dubuisson-Breuer, filha de Jacques Breuer, o arqueólogo que escondeu Ralph depois da prisão de Albert Jonnart, também compartilhou a sua história comigo, assim como suas próprias lembranças de Ralph, que se manteve em contato com as famílias Jonnart e Breuer.

Alguns pós-escritos merecem menção adicional aqui: Pierre, pai de Bénédicte e colega de Ralph, saiu de casa depois da prisão de seu pai para se juntar à resistência; ele morreu no dia primeiro de março de 2018, aos noventa e três anos. Bénédicte se esforçou para não mencionar o nome do vizinho que traiu sua família, e apesar de eu ficar sabendo por meio dos documentos legais, para manter seu exemplo escolhi não compartilhar essa informação. A história de Albert Jonnart não é sobre traição ou raiva. Longe disso, é sobre o que eu espero que os leitores levem deste livro: a incrível importância da decência e da gentileza, especialmente para aqueles que não são da família ou da tribo, mas são "outros".

Katherine Marsh
Abril de 2018
Bruxelas, Bélgica

Agradecimentos

Eu não poderia ter escrito este livro sem uma equipe internacional de heróis:

Tive a boa sorte de encontrar a minha primeira editora, Jennifer Besser, e de continuar com ela em duas editoras fabulosas. Suas ideias afiadas sobre personagens e trama me ajudaram a construir e a moldar a história de Max e Ahmed. Alex Grass, meu agente há tanto tempo, acreditou neste livro desde o começo; por uma década agora, ele é meu campeão. Eu sou grata a Jason Richman da Agência United Talent por me ajudar a pensar nesta história cinematograficamente. Minha gratidão também vai para Rotem Moscovich, Abby Ranger e Christian Trimmer por compartilharem sua sabedoria e entusiasmo por este livro em seus estágios iniciais. Um enorme obrigada para a equipe da Putnam, incluindo a talentosa Kate Meltzer, as editoras com olhos de águia Nicole Wayland e Cindy Howle, e as sempre solidárias Jen Loja e Jocelyn Schmidt. Um agradecimento igualmente sincero para o time da Macmillan – incluindo Allison Verost, Kathryn Little, Molly Ellis, Luisa Beguiristain, Lucy Del Priore, Jennifer Sale e Nancy Elgin – por levar este livro até a linha de chegada com grande entusiasmo e apoio.

Sou profundamente grata aos leitores com ótimas ideias que me ajudaram a moldar a história: Valentina Pop, Rami Midani, Caroline Hickey, Lyda Phillips, Karen Leggett Abouraya (com a ajuda de Tharwat Abouraya) e a família Wise (Jill, Russell, Raleigh, Nell e Jack). Um agradecimento especial para Valentina, que também compartilhou seu conhecimento em primeira mão da rota dos refugiados, me guiou por Molenbeek, me conectou com refugiados e me ajudou a conceber uma trama com reviravoltas realistas. Suas reportagens poderosas sobre a crise dos migrantes para o *Wall Street Journal* devem entrar para a lista de leituras. Eu também sou especialmente grata a Rami Midani por sua leitura atenta à precisão e à sensibilidade de uma perspectiva síria.

Bénédicte Jonnart compartilhou suas memórias de família, assim como documentos históricos, fotos e memorabilia, com uma cordialidade e abertura que trouxeram a história de seu avô Albert Jonnart e do período da guerra em Bruxelas de volta à vida. Nicole (Colette) Dubuisson-Breuer relatou em primeira mão a história de seu pai, Jacques Breuer, assim como suas próprias memórias da guerra. Agradecimento especial a seu marido, Louis Dubuisson; seu filho, Baudouin Dubuisson; e seu neto, Jean-Christophe Dubuisson, por arranjar e enriquecer a entrevista com suas presenças.

Rehab Alhdad, Muhamedkher Alhjibrahim, Sabah Sheikh Fadhel, Moundher Dawoud e Yazan Rajab generosamente compartilharam suas lembranças e histórias da vida em Alepo e suas experiências da vinda para a Europa como refugiados sírios. Sabah Fadhel também preparou um jantar sírio fenomenal para mim. Abdulahi Abdulkadir Omar compartilhou a sua história corajosa de chegar à Bélgica em 2015 como menor desacompanhado. Elke Zander, Barbara Winn-Hagelstam e Amy Anderson foram a encarnação da ideia de auxílio durante a história; eu sou grata por eles terem ajudado na minha ligação com a comunidade de refugiados.

Sofia Mahjoub da Child Focus, o Centro Europeu para Crianças Desaparecidas e Exploradas Sexualmente, me ajudou com informações sobre os desafios de menores sem documentos na Europa. Semma Groenendijk da Minor-Ndako compartilhou sua experiência em primeira mão trabalhando com menores sem documentos na Bélgica. András Léderer do Comitê de Helsinki pelos Direitos Humanos compartilhou notícias que deram uma dura realidade aos centros de detenção de Kiskunhalas e da Hungria.

Jamal Khayar me apresentou para a cultura calorosa e rica dos belgas marroquinos. Anahita Nickdast corrigiu o francês do livro;

Jennifer Walsh Weyers, Jessica Barist Cohen e Mouhamed Farouk ajudaram a traduzir entrevistas orais em francês e árabe. Hendrik Verstraete da Petrens & Co., a quinta geração de um orquidário e a dra. Anne Ronse do Jardim Botânico de Meise me ajudaram a escrever com mais precisão sobre orquídeas.

Agradeço a Celeste Rhoads e à equipe da Biblioteca Americana de Paris pela chance de lançar um capítulo deste livro, e a Amy Huntington e o Fórum de Artes Performáticas (PAF, na sigla em inglês) da França por um retiro produtivo. Eu também sou grata a Amy e meus amigos escritores da PAF por me ajudarem a criar o título deste livro.

No decorrer dos últimos anos, Teresa Cuvelier, Aida Radovic, Katy Hull e Katy Walters Brink me encorajaram e me mantiveram sã com croissants, cafés e cervejas belgas. Amie Hsia e Ben Harder me alegraram em vários fusos horários e feriados malucos na Europa. Eu sou grata aos meus pais, Elaine Milosh e Ken Marsh, por me ensinarem o valor de contar histórias e da criatividade. Também estou em débito com meus avós falecidos, Natalia Ostapiuk Molish, John Milosh e Lazar Marsh, cujos espíritos de esperança os trouxeram para os Estados Unidos como imigrantes.

Meu mais profundo agradecimento para a minha família – Julian E. Barnes, que deu o impulso para a mudança para a Bélgica e apoiou este livro e cada passo meu pelo caminho, e meus filhos, Sasha e Natalia, que encararam o desafio de um novo país, uma nova língua e uma nova escola. Eu sou particularmente grata a Sasha pela sua vontade de ler este livro em seus vários rascunhos e compartilhar suas experiências e corrigir meus erros culturais. Um agradecimento especial à sua escola, a verdadeira École du Bonheur, que acolheu nossa família de braços abertos e cuja equipe e comunidade resumiram a gentileza e decência do povo belga.

Finalmente, obrigada às duas pessoas que inspiraram essa história: Ralph Mayer, pela sua coragem de perseverar mesmo em face dessa tragédia insuportável, e Albert Jonnart, por sua coragem de viver uma vida moral.

Acreditamos
nos livros

Este livro foi composto em Fairfield LH e
impresso pela Gráfica Santa Marta para a
Editora Planeta do Brasil em março de 2019.